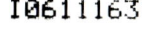

COMA

HUÉRFANOS LITERARIOS

COMA
©Dianna M. Marquès
www.diannammarques.com

Diseño de cubierta: Dianna M. Marquès
Primera edición: Marzo de 2012

ISBN: 978-84-615-6374-6
Depósito legal: M-8260-2012

Impreso en España

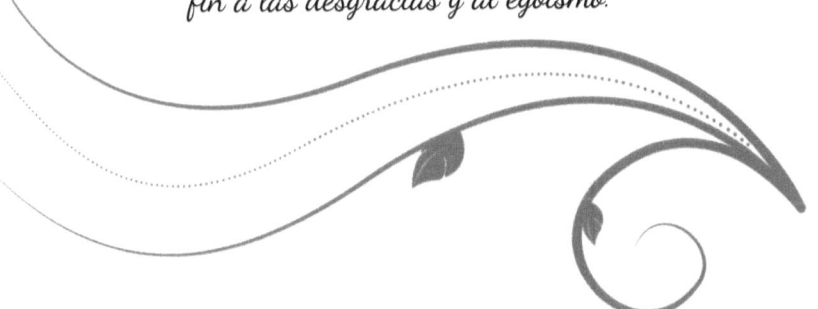

*Para todo aquel que sueña con un mañana mejor y
con un mundo donde el amor supere por
fin a las desgracias y al egoísmo.*

Los Mayas dejaron su sabiduría y legado grabado en unas piedras, dándonos las pistas con siete profecías, las cuales auguraban que el veintiuno de diciembre de dos mil doce empezaría una nueva era para el ser humano, sobreviviendo sólo aquellos que quisieran formar un todo con la energía del planeta y erradicando a todo aquel que quisiera herir a la madre tierra.

Una época de luz y paz estaba a punto de empezar.

1
Justin

Sus ojos azules centellearon pícaros en el espejo del baño de la discoteca, mientras limpiaba una mancha de pintalabios de su cuello con un trozo de papel higiénico.

Pasó sus dedos por su cabello negro y se recolocó la camisa.

La puerta del baño se abrió, filtrando el sonido de la música en el interior. Un chico rubio de grandes músculos le sonrió al verle.

—¡Eh, tú! ¡El del cumpleaños! Las chicas dicen que si queremos ir a casa de Helen. Tiene piscina y sus padres estarán todo el fin de semana fuera.

Justin echó un último vistazo a su imagen en el espejo y sonrió.

—Traslademos la fiesta entonces.

Salieron del baño y una joven de larga cabellera rubia con una alta tasa de alcohol en sangre se colgó del cuello de Justin.

—Tengo un regalo muy especial por tu dieciocho cumpleaños —Arrastraba las palabras.

Él le rodeó la cintura con sus fuertes brazos y, junto con el resto de amigos, emprendieron la marcha hacia la salida.

—¿Y de qué se trata?

—Cuando estemos a solas te lo doy —Empezó a reír nerviosa.

Justin subió al Cadillac que le habían alquilado sus amigos como regalo para aquel cumpleaños tan especial y su amiga se acomodó en el asiento del copiloto.

El rubio musculoso pasó a toda prisa con una flamante Ducati negra, seguido de tres coches más, repletos hasta la última plaza con sus amigos del instituto.

Justin hizo rugir el motor del coche y arrancó, dejando en pocos segundos la calle donde estaba ubicada la discoteca.

En cada semáforo en el que se veían obligados a detenerse, aumentaban el sonido de sus equipos de música y empezaban a cantar, evitando que el ánimo decayera.

La Ducati rugió al lado del Cadillac de Justin y él y su amigo se desafiaron con la mirada.

—¡Dale caña! —gritó su amiga cogiéndose fuerte del cinturón de seguridad.

El semáforo se puso en verde y los dos vehículos salieron dejando atrás al resto.

Los gritos de emoción de Justin se combinaban con el rugir del motor de su coche, hasta que la moto le adelantó girando por una estrecha y solitaria calle secundaria.

Las ruedas del coche chirriaron al tomar la curva y, frente a ellos, unos ojos brillantes alertaron a Justin.

—¡Cuidado con el gato! —La chica se tapó la cara con las manos.

Él hizo una brusca maniobra, cruzando el vehículo para no herir al gato de color negro que, estático, miraba como el Cadillac pasaba a pocos centímetros de él.

Justin intentó recuperar el control del automóvil, pero iba demasiado rápido. Empezaron a derrapar de lado, hasta que una de las ruedas rebotó contra el desnivel de una alcantarilla mal asfaltada, haciéndoles dar dos vueltas de campana.

Los gritos de la chica se mezclaron con el sonido de cristales rotos y los crujidos de la chapa del coche mientras se deformaba.

La cabeza de Justin rebotó contra el volante, haciéndole perder el conocimiento al instante.

Abrió la puerta de la habitación del hospital de un fuerte tirón y entró seguido de su esposa, que no podía contener las lágrimas.

La enfermera se aseguró de que el vendaje que rodeaba casi por completo la cabeza de Justin estaba limpio y miró a los desconsolados padres.

—¿Cómo está? —preguntó el padre del chico.

—Ha sufrido una fuerte conmoción cerebral y, a causa de los cortes en los brazos, ha perdido mucha sangre pero, por suerte, su estado ya no es crítico.

La madre de Justin se acercó a él y le acarició el cabello con la punta de los dedos mientras intentaba serenar su respiración.

—¿Está sedado? ¿Cuándo despertará?

La enfermera se dirigió hacia la puerta con pasos rápidos.

—Creo que deben hablar con el Doctor Cooper, es quien lleva el caso.

—¿Qué sucede? —La voz de su madre empezó a temblar.

La enfermera vio la desesperación en sus ojos y tomó una fuerte bocanada de aire.

—Ha sufrido un fuerte golpe y está… en coma.

2
HAILEY Y JAKE

La voz de Hailey llenaba la habitación de risas y bromas. Su padre, alarmado por el escándalo que formaba su hija menor, abrió la puerta y ella le miró con sus grandes ojos marrones.

—Anne, te dejo, ha entrado mi padre. Te quiero.

—¿Sabes qué hora es?

Ella entrecerró los ojos y enroscó uno de sus dedos en los rizos castaños que descendían por sus hombros.

—¿Tarde?

—¡Son las doce de la noche y mañana tienes colegio, jovencita!

—Menudo drama, ya me acuesto —refunfuñó abriendo la cama y metiéndose dentro.

La abuela de Hailey asomó la cabeza por la puerta y entró con un montón de camisetas recién planchadas.

—No le hables así a tu padre, ya sabes que tiene razón.

Hailey puso los ojos en blanco.

—Lo sé abuela, pero ¿acaso ha ido a reñir a Jake a su habitación? ¡Puedo oír la Playstation desde aquí!

La puerta contigua a la de la habitación de Hailey se cerró de golpe y su padre salió furioso para reñir a su hijo mayor.

Hailey soltó una risilla malvada y empezó a escribir un mensaje con su móvil de última generación. Su abuela frunció el ceño y se acercó a ella, arrebatándole el aparato de las manos.

—No seas tan rebelde.

—No soy rebelde —Resopló y se dejó caer sobre la almohada.

—Hailey, tu padre sólo quiere lo mejor para ti y para tu hermano. Ahora quizás no lo veas porque eres aún una niña, pero algún día valorarás la educación y los principios que intenta inculcaros.

—No soy una niña, ya tengo trece años. ¿Me devuelves el móvil? —Le alargó una mano.

Su abuela miró el texto escrito en la gran pantalla del teléfono y chasqueó la lengua.

—¿Es para tu novio este mensaje?

—¡Abuela! —Se sentó en la cama—. No, es para Anne.

—¿Esa nueva amiga que has hecho? —Hailey asintió de mala gana—. ¿Y terminas diciendo que la quieres? Apenas hace dos semanas que sois amigas.

Ella se encogió de hombros y su abuela le devolvió el teléfono.

—Es una buena amiga y le tengo mucho cariño. Desde que llegó al colegio, no nos hemos separado ni un momento.

—Mi niña, decir *te quiero* es algo que debe ser especial y se ha de decir a las personas más importantes de tu vida, como por ejemplo a tu padre y a tu hermano. Si la usas para expresar simpatía hacia una amiga, cuando tengas que decírselo a chico del que te enamores, esas dos palabras estarán tan desgastadas en tu vocabulario que perderán su magia y lo que las hace especiales.

Hailey levantó las cejas, le dio al botón para enviar el mensaje y se recostó en la cama.

—Buenas noches, abuela.

Su abuela salió de la habitación con pasos lentos mientras miraba al cielo.

—Descansa —Ajustó la puerta tras de sí.

El padre de Hailey discutía en la habitación contigua con su

13

hijo de catorce años sobre los horarios y la importancia de ir descansado al día siguiente al instituto.

La abuela dejó escapar un largo y sostenido suspiro. Desde el divorcio de sus padres, sus nietos se habían vuelto contestones y desobedientes, cosa que no mejoraba con los caros regalos que su madre, tras volverse a casar con un prestigioso cirujano plástico, les mandaba desde los lugares más exóticos del mundo.

3
UNA EXTRAÑA ENFERMEDAD

Los alumnos corrían por los pasillos para guardar los libros en sus taquillas y prepararse para la hora de comer.

Hailey cerró la suya y miró curiosa a su mejor amiga, que se hacía la interesante jugueteando con uno de sus mechones azabache.

—Tengo algo que enseñarte.

—¿El qué?

Anne se levantó unos centímetros el fular de color rosa que envolvía su esbelto cuello y Hailey contuvo un grito al ver un enorme moratón causado por unos labios.

—¡¿Ya lo has hecho con Jeremy?!

—Shh... —Se cubrió el cuello—. Aún no, pero hemos hecho otras cosas. Quizás en mi fiesta de cumpleaños pase algo más.

Hailey resopló y se apoyó desanimada sobre su taquilla.

—Vas a cumplir los quince, ya tienes novio y... —Le señaló el cuello— el resto es evidente.

—A ti te queda poco para cumplir los catorce y en cuanto a lo del novio ya sabes que Sean, el primo de Jeremy, está por ti. Pero, como tú eres una tontita, no quieres hacer nada con él.

Anne empezó a caminar hacia la cafetería seguida de Hailey.

—No es que no quiera hacer nada, es que Sean no es mi tipo.

—Eres demasiado exigente. ¿Acaso crees que la primera vez que me lié con alguien él era el amor de mi vida? —Saludó a un grupo de chicos que se habían callado al verla pasar—. Pero tienes que estrenarte.

Hailey cogió una bandeja en la que ella y Anne pusieron un par de manzanas y unos zumos.

Anne era hija de militares y por ello había cambiado mucho de colegio a lo largo de toda su vida. Aquello, sumado a su poco interés por la educación y sus grandes ganas de diversión, la había afectado de tal manera que iba un curso retrasada para su edad. No obstante, esto era una gran ventaja para ella, ya que a sus casi quince años era la chica que más destacaba entre las de su clase que acababan de cumplir los catorce o, como Hailey, aún tenían los trece.

Desde el primer día de clase, se había sentado junto a Hailey, y ella la había tomado como modelo a seguir.

Mordisqueó la manzana y suspiró.

—¿Qué te pasa?

—Tengo hambre.

—Cómete la manzana y no rechistes, Hailey; has de perder alguno kilos si quieres que los chicos empiecen a fijarse más en ti. De lo contrario, deberás salir con Sean, que parece ser el único que te encuentra atractiva.

Ella asintió mientras Anne revisaba su móvil con el ceño fruncido. Jeremy llegaba tarde. Marcó su número y le llamó bajo la atenta mirada de Hailey, que admiraba su ropa y su maquillaje atrevido.

—Cariño, ¿dónde te metes? —Esperó mientras él le contestaba—. ¿Cómo que te has dormido? Son más de las dos... ¿Jeremy? —Miró su teléfono y luego a Hailey—. Me ha colgado.

Apartó un par de patatas con el tenedor y empezó comer lentamente los guisantes que acompañaban el estofado que había hecho su abuela para cenar.

De fondo, el televisor, sintonizado en el canal de noticias, mantenía entretenidos a su abuela y a su padre.

Jake miró a su hermana de reojo y le lanzó una fría mirada.

—¿Hoy también te vas a dejar la mitad de la cena? —le susurró.

—Métete en tus asuntos.

Su padre les miró.

—Chicos, tengamos la fiesta en paz.

Su abuela aún prestaba atención a la noticia más importante de aquella noche.

—Es terrible lo de esos pobres niños africanos; a pesar de la cantidad de médicos que han mandado, no saben qué es lo que les ha provocado el estado de coma.

Hailey, aprovechando la distracción, arrugó la servilleta de papel sobre los restos de comida y se puso en pie cogiendo el plato. Al oír el chirriar de la silla contra el suelo, su padre la miró y ella le devolvió una radiante sonrisa.

—He terminado, papá. Me voy a hacer los deberes a mi cuarto.

Su padre le dedicó una cínica mirada, sabiendo de sobras que Hailey se pasaría el resto de la noche, hasta la hora de acostarse, chateando con Anne.

Jake la imitó, pero con un plato vacío entre las manos.

—Yo también he terminado. Estaba muy bueno, abuela.

La mujer le sonrió.

—Gracias, cariño.

Al entrar en la cocina, Hailey se apresuró a aplastar con la servilleta los restos de la cena en el triturador de basura.

—Eso a lo que estás jugando casi mata a nuestra prima Amy el año pasado, ¿es que no aprendiste nada?

—¿Por qué no vas a jugar a la Play y te olvidas de mí? —Accionó el triturador y salió de la cocina como si nada hubiera pasado.

Jake meneó la cabeza y puso los ojos en blanco.

Cuando Hailey se encontró en la intimidad de su cuarto, se miró en el espejo de cuerpo entero y suspiró. Durante las dos semanas que había pasado junto a Anne había perdido un par de kilos, pero aún era una chica con curvas muy alejada de la imagen esbelta y sin formas redondeadas que presentaba su amiga.

Se sentó en la cama con su portátil y empezó una nueva conversación con Anne; tenían que concretar los detalles de la fiesta que se celebraría aquel sábado.

El pitido insistente y agudo de la alarma de su despertador se filtró en sus sueños devolviéndola de golpe al mundo real.

Apagó el despertador de un manotazo descontrolado. Se deshizo de las sábanas y se encaminó como un alma en pena hasta el baño que compartía con su hermano.

Solía levantarse diez minutos antes que él para ocuparlo y ser la primera en disfrutar de la vigorizante ducha pero, para su desgracia, Jake siempre terminaba aporreando la puerta e insultándola para que dejara libre la ducha cuanto antes.

Odiaba tener un hermano.

Secó su pelo con una toalla de color turquesa, se lavó los dientes con esmero y empezó a peinarse.

Se quedó quieta un instante y escuchó su entorno. Normalmente, a aquellas horas de la mañana, las maldiciones y las palabras malsonantes de Jake ya solían llamar la atención de su abuela, que siempre intentaba calmar el ambiente.

Empezó a vestirse y, tras comprobar su aspecto en el gran espejo del baño, salió sorprendida por el inusual silencio.

Se asomó por la puerta que conducía a la habitación de su hermano, sin poder evitar un resquicio de preocupación por si estaba enfermo, ya que era lo más probable en él. Si en algo era digno de admiración era en su puntualidad y en que jamás se había dormido.

Bajo la colcha se podía apreciar la forma de un cuerpo.

—¿Jake? ¿Te encuentras mal?

Al no obtener respuesta, Hailey entró con pasos prudentes hasta llegar a los pies de la cama.

—¿Oye? —Le zarandeó un pie.

Jake se incorporó de golpe, con su cabello castaño enmarañado por la almohada, y la miró asustado.

—¡¿Qué pasa?! —Miró el reloj de su mesilla de noche—. ¡Joder, me he dormido!

Saltó de la cama y corrió al baño.

Hailey no pudo evitar una sonrisa al ver perder los papeles a su hermano. Salió de la habitación y bajó a desayunar.

La puerta del baño de chicas se abrió dando paso a Anne, que vestía una corta minifalda de color negro. Hailey no pudo reprimir un suspiro. Cuando su amiga se vestía de aquella manera tan llamativa, no podía evitar sentirse como una niña que intentaba ser mayor junto a toda una mujer.

Anne peinó el flequillo de Hailey con los dedos y bufó desanimada.

—Tóma —Le tendió un pintalabios—. Maquíllate un poco, a ver si así mejoramos tu aspecto.

Hailey se miró en el espejo y empezó a maquillarse. El color marrón del pintalabios no iba en absoluto con su tonalidad de piel y al instante se sintió ridícula.

—Soy demasiado blanca para este tono, me van más los rosas pálidos.

—Tonterías, los rosas pálidos son para las niñas y nosotras ya no lo somos.

La poca confianza de Hailey tendía a esfumarse junto con aquellos comentarios de Anne. Se miró en el espejo e intentó autoconvencerse de que el maquillaje le sentaba bien.

—Mañana vendrás a mi casa antes de la fiesta, ¿no?

—Sí, claro.

—Estupendo, tengo un vestido que se me ha quedado grande y que creo que te irá bien; menos mal que sigues mi dieta.

Hailey sonrió sin ganas. Aquella mañana había atacado el bol de cereales que le había servido su abuela sin remordimiento alguno, cuando se suponía que debía haber tomado sólo un zumo.

—Sí —dijo tímidamente.

—Te maquillaré y peinaré, ya verás, Sean no se podrá resistir a tus encantos. A ver si mañana por fin podemos decir que ya sabes qué es besar —Empezó a reír—. Oye, ¿crees que tu hermano querría venir?

Hailey la miró un poco molesta.

—¿Jake? ¿Qué pasa con Jeremy?

—No sé, últimamente creo que está pasando de mí, sólo quiere estar en casa y siempre tiene sueño y está cansado. Se ha convertido en un muermo.

La campana que indicaba el inicio de las clases las hizo salir del baño con prisa.

—Tú sé buena e invítale.

Hailey asintió y corrió hacia el aula de geografía.

La puerta del despacho del director no era lo suficientemente gruesa para retener las súplicas de Jeremy, que intentaba explicar por qué se había pasado durmiendo toda la clase de matemáticas.

La profesora, tras intentar llamarle la atención, había tenido que zarandearlo junto con otro compañero de clase, para que Jeremy se despertara de su profundo sueño.

Por desgracia, su desastroso expediente y su mala fama, no le estaban ayudando para verificar su inocencia, y el director le gritaba un discurso sobre la responsabilidad y lo malas que eran las drogas y el alcohol a su edad.

Jeremy se había ganado la expulsión de la escuela durante tres días.

Se sentó en la mesa con un estado de ánimo a caballo entre la vergüenza y el mal humor. Mientras Anne le había rizado su larga cabellera castaña y aplicado varios potingues en la cara, como una sombra de ojos de color dorado que, según su amiga, resaltaba las tonalidades marrones y verdosas de sus ojos, había estado reprochándole el hecho de que Jake no hubiera aceptado asistir a su fiesta.

Hailey había omitido los detalles de la irónica negativa de su hermano ante la invitación, ya que consideraba a Anne una chica superficial y tonta.

Los ojos de Sean no se apartaban de Hailey, que luchaba con la corta medida de su vestido. Por desgracia, cuanto más tiraba de la parte baja de éste, más dejaba al descubierto su generoso escote a causa de la naturaleza elástica de la tela.

Maldijo la lycra y recolocó estratégicamente unos mechones de cabello sobre su poco desarrollado pecho.

El dueño de la pizzería había juntado varias mesas para dar cabida a todos los invitados de Anne, que comían y reían animados. La mayoría eran chicos y todos revoloteaban alrededor de Anne como polillas en la luz.

Todos menos Sean, que se las había ingeniado para sentarse junto a Hailey.

—Estás… muy guapa.

Ella le miró dedicándole una cortés sonrisa.

—Gracias, Anne me ha dejado el vestido.

—Se nota, no es de tu estilo —Ella frunció el ceño—. No es que normalmente vistas mal, es que este vestido es tan… ya me entiendes.

Hailey se ruborizó y dio un mordisco a una porción de pizza, sin importarle las calorías que llevaba; en su interior empezaba a estar un poco harta de la dieta.

Un chico sentado junto a Anne sacó una petaca del bolsillo de su chaqueta y empezó a añadir un líquido amarillo a los refrescos de sus amigos.

Sean se acercó a Hailey.

—Es whisky. Gary aparenta más de los dieciséis que tiene y se ha hecho con un par de botellas que ha guardado en el maletero del coche.

Ella olió el alcohol en su refresco y arrugó la nariz.

Sean le arrebató el vaso y lo vació de un largo trago.

—Tranquila, ya no tienes que bebértelo.

—¿Y si quería hacerlo?

—¿Querías?

Ella negó con la cabeza.

—Voy a clase con tu hermano y hace años que te conozco muy bien. Tú no eres así —Hizo un gesto con la cabeza hacia Anne, que flirteaba con Gary.

—Me gustaría serlo —Abrió la boca, sorprendida al expresar en voz alta sus pensamientos.

—A mí no me gustaría que cambiaras, ya eres genial tal y como eres —Sonrió y sus mejillas se sonrojaron levemente.

El alcohol había acallado la timidez de Sean, que por fin se atrevía a decirle las cosas claras a Hailey.

Ella se limitó a sonreír.

—¿Nos vamos?

—¿A dónde?

Sean se puso en pie y le tendió una mano a Hailey.

—A pasear.

Anne vio como su amiga se levantaba.

—Ya era hora, pasadlo bien —Empezó a reír mientras Gary le mordisqueaba el cuello.

Sean abrió la puerta del local e hizo un gesto con la cabeza para que Hailey saliera. Aquello la hizo sonreír, aquel pequeño detalle le gustaba.

Al salir a la calle, empezaron a caminar en silencio. La soledad de las tranquilas calles de la pequeña ciudad donde vivían aumentaba su timidez.

—¿Dónde vamos?

—Te acompañaré a casa, casi son las diez.

Hailey sonrió. Aquel chico dentudo de ojos negros no era especialmente guapo, pero sus buenos modales y su amabilidad le estaban haciendo ganar puntos por momentos.

El ruido de sus pisadas contra la acera era lo único que quebrantaba el silencio de la noche, mientras se adentraban en el barrio residencial donde vivía Hailey.

—¿Te has enterado de lo de Jeremy?

—No.

—Se ve que ha contraído una extraña enfermedad; no saben por qué, pero empezó a dormir cada vez más hasta que cayó en coma. Creo que en África hay una epidemia o algo así, y aquí están apareciendo casos similares.

Hailey frenó en seco.

—¿Lo de los niños durmientes de las noticias?

Sean asintió.

—Da miedo.

—¿No hay una mosca que causa eso?

Él se encogió de hombros y negó con la cabeza.

—¿Qué harás estas navidades? —Empezó a caminar lentamente.

—Supongo que me iré con mi madre.

Sean chasqueó la lengua y ella le miró.

—¿Qué pasa?

—Me hubiera gustado estar bajo el muérdago contigo —Abrió la verja del camino que conducía a la casa de Hailey, cediéndole de nuevo el paso.

Ella bajó la cabeza intentando ocultar sus mejillas sonrojadas, y ambos avanzaron hasta el porche de la casa.

—Bueno, creo que ya está, has llegado sana y salva —Sonrió y sus ojos brillaron con ternura.

Un hormigueo ascendió por el estómago de Hailey y dio un paso tímido y torpe hacia él.

—Gracias —Le miró a los ojos luchando contra su timidez e inexperiencia.

Sean se inclinó levemente sobre ella y posó con delicadeza sus labios sobre los de Hailey.

Sus movimientos nerviosos indicaban que también era el primer beso para él.

El hormigueo se desvaneció lentamente, dando paso a una agradable sensación, pero carente de pasión.

Hailey se apartó un poco decepcionada, no era así como se suponía que debía sentirse.

Sean sonrió nervioso y volvió a inclinarse para volver a besarla de nuevo.

Humprey, el perro del vecino, empezó a ladrar a Jake, que pasó a toda velocidad con su vespa. Hailey aprovechó la distracción para alejarse de Sean.

—Es mi hermano.

—Lo sé —musitó decepcionado.

El motor de la motocicleta se aceleró y Jake empezó a hacer eses por la solitaria y tranquila calle.

Sean y Hailey corrieron hasta la acera justo en el momento en que colisionaba contra un par de cubos de basura y aterrizaba en mitad de la calle.

Jake había perdido el conocimiento.

4
LOS NIÑOS DURMIENTES

Zarandeó varias veces a Hailey hasta que se despertó y le ofreció un vaso de chocolate caliente.

—Tóma, bebe esto. Estás agotada, tú y la abuela deberíais volver a casa.

Tardó unos segundos en reconocer la sala de espera del hospital y cogió el vaso de papel que le ofrecía su padre.

—No, quiero saber qué le pasa a Jake.

Una enfermera cargada con varias carpetas y con cara de preocupación se les acercó.

—¿Los familiares de... —Miró una de las carpetas— Jake Sullivan?

—Sí —Hailey contestó rápidamente.

La enfermera le sonrió.

—Está despierto, pueden ir a verle a la habitación 322.

—Gracias al cielo —La abuela de Hailey sonrió a la enfermera.

El corazón de Hailey latía con fuerza cuando entraron en la habitación, donde un medio adormecido Jake les dedicó una leve sonrisa.

—Papá —bostezó—, me han dicho que no me duerma, pero tengo... —Empezó a cerrar los ojos y su padre le palmeó las mejillas.

—No cierres los ojos.

Jake apenas podía verles.

—Estoy tan cansado —Entornó los ojos—. ¿Cómo pude dormirme en la moto?

Bajo la atenta mirada de Hailey, Jake se durmió a pesar de los zarandeos de su padre, para caer en un coma muy profundo.

Una sensación de agotamiento y vértigo se adueño de Hailey, que se desmayó.

Abrió los ojos lentamente con la sensación de no haber dormido nada en horas. Le dolía la cabeza y sus sentidos estaban aletargados.

A los pies de la cama del hospital, su abuela la miraba con los ojos vidriosos.

—¿Abuela?

—Cariño, te has despertado.

—¿Dónde están papá y Jake?

La abuela le acarició el cabello y sonrió con dulzura.

—Jake está enfermo, como tú. Iré a buscar a tu padre, le tenéis muy preocupado.

—Vale, abuela —bostezó.

—No te duermas, por favor —Se levantó y corrió hasta la puerta.

—Tranquila, no lo haré.

Su padre sólo tardó unos minutos en aparecer en la habitación con una expresión de cansancio y pánico bailando en sus ojos.

—¡Hailey! —La abrazó con fuerza.

—Papá, ¿cómo está Jake? ¿Ha despertado?

—Me temo que no. Verás, cariño, hay una especie de epidemia.

Ella se incorporó rápidamente en la cama con una expresión de pánico en su rostro.

—¡Somos niños durmientes! —Su padre asintió—. Pero los médicos seguro que ya tienen una vacuna o algo, ¿verdad?

Su padre le cogió una mano e intentó sonar tranquilo.

—Por el momento, desconocen lo que os está pasando, pero seguro que muy pronto os curarán a todos.

Hailey empezaba a ser demasiado mayor para aquellas mentiras piadosas.

—¿Voy a morirme?

—¡No! No digas tonterías.

Un silencio aterrador se instauró entre ellos y Hailey empezó a temblar.

—¿Puedo llamar a Anne?

—Cariño, has estado durmiendo dos días enteros desde que ingresaron a tu hermano y las cosas se han complicado.

—¿Qué quieres decir?

Su padre cogió un periódico de la mesilla de noche y se lo mostró.

Los grandes titulares y los gráficos de colores indicaban que todos los niños, desde los recién nacidos hasta los que ya tenían los quince años, habían empezado a caer presas de la extraña enfermedad.

—No quedan demasiados niños despiertos.

—Pero si...

—Lo sé, es una desgracia, por eso te pido que no te duermas. Por favor.

Hailey se abrazó a su padre, que por primera vez en la vida se mostraba frágil ante ella, y empezó a llorar.

Una semana después, las habitaciones del hospital estaban repletas de niños y adolescentes que habían perdido el conocimiento.

Hailey, a pesar de que dormía más de lo normal, parecía ser inmune a la extraña enfermedad y los médicos se habían centrado en ella, haciéndole todo tipo de pruebas para intentar encontrar un porqué y un remedio.

Puesto que su padre y su abuela se turnaban para visitarla a ella y a su hermano, se habían encargado de que Hailey no supiera demasiado del mundo exterior. No la dejaban poner el televisor y sólo le facilitaban novelas de aventuras.

Aburrida de no hacer nada y un poco perturbada por la chica que habían instalado en la cama contigua en su habitación que, como el resto de jóvenes, dormía profundamente sin despertar, salió a pasear por el pasillo.

Las familias se agolpaban en las puertas de las habitaciones entre llantos y rostros llenos de incomprensión.

Las enfermeras corrían a atender a los nuevos pacientes, que acomodaban en las ya repletas instalaciones.

Agobiada por el ambiente tenso, corrió hasta la habitación de su hermano y se refugió en el interior.

La puerta se cerró lentamente por el mecanismo hidráulico y el silencio y la tenue luz la relajaron poco a poco.

Se sentó en el sofá de dos plazas que había frente la cama y esperó a que sus ojos se acostumbraran a la oscuridad.

Jake había tenido la suerte de estar en una de las habitaciones de uso individual del hospital.

La respiración tranquila y acompasada de su hermano, sumada a la poca luz que se filtraba por las cortinillas de la ventana, hizo que los ojos de Hailey se cerraran por instinto.

Se acomodó en el sofá, a la vez que una cálida y placentera sensación se adueñaba de sus extremidades, recorriendo todo su cuerpo y sumiéndola en un sueño tan profundo que los médicos catalogarían de *coma*.

5
EL DESPERTAR

Movió los dedos de los pies sin ser plenamente consciente de que se estaba despertando. Sacó su seca lengua para humedecerse los labios por puro instinto y abrió los ojos.

No había un músculo en su cuerpo que no le doliera y sentía una ligera sensación de vértigo que la hizo permanecer inmóvil durante algunos minutos.

Lentamente, empezó a examinar el lugar donde se encontraba. Hacía demasiado calor para estar en el interior de su confortable habitación del hospital y los trinos de los pájaros y el rumor de un arroyo lejano verificaban su sospecha.

Sobre su cabeza, diferentes tejidos de colores apagados constituían un tejado improvisado que apenas filtraba la brillante luz del sol.

Se incorporó lentamente y observó el saco de dormir sobre el suelo que le había hecho las funciones de cama.

En la rudimentaria tienda de campaña, había montones de ropa, cacharros de cocina, bolsas cerradas con latas de conserva y varios sacos de dormir iguales al suyo.

Un fuerte dolor de cabeza y un estado de ansiedad la hicieron querer gritar. ¿Dónde estaba?

Intentó respirar lentamente y puso su mano, que aún llevaba la pulsera del hospital, sobre su alterado pecho. La abultada camiseta que llevaba a modo de camisón llamó al instante su atención y posó la mirada en sus desarrollados pechos.

Más intrigada que asustada por su cambio físico, tiró con su dedo del cuello de la camiseta y miró su cuerpo.

Se puso de pie de un brinco, ahogando una exclamación, y su nueva altura la desconcertó aún más.

Junto a uno de los sacos de dormir, perfectamente plegado, había un neceser del que sobresalía un viejo espejo con varias grietas y marcas de óxido.

Corrió para cogerlo, sin dominar del todo sus largas y esbeltas piernas, y se miró.

El grito que salió de su garganta hizo callar a los pájaros.

Reflejada en el espejo, se veía a una mujer joven, pero completamente adulta.

—¡Hailey!

Miró hacia donde provenía la voz que había dicho su nombre y un pánico terrible se adueñó de su alma al ver a un hombre que se le acercaba lentamente.

Empuñó el espejo como si fuera un arma y retrocedió hasta una de las sábanas que hacían la función de pared.

—Tranquila, soy yo —Dio un pequeño paso hacia ella.

—¡No te acerques!

—Sé que estás confusa y que no entiendes lo que ha pasado, pero soy yo, Jake.

Hailey entrecerró los ojos intentando hallar en aquel hombre los rasgos de su hermano. Los ojos marrones y el cabello castaño cayéndole sobre la frente le recordaban a él, pero la barba cerrada y su complexión fuerte la asustaban y la hacían desconfiar.

—Mi hermano está enfermo, está en coma —Agitó el brazo amenazante, blandiendo el espejo.

—Ya no, me desperté hace un par de semanas al igual que los

otros. Sé que todo esto es muy extraño, pero hemos dormido varios años, no sabemos cuántos, pero ahora casi todos somos adultos.

Los ojos de Hailey hicieron una rápida repasada a su femenino cuerpo.

—¿Cómo sé que no me mientes?

—Te llamas Hailey Sullivan.

—Eso no me basta, lo habrás leído aquí —Le señaló la pulsera del hospital con sus datos.

—Está bien, vivíamos con papá y la abuela desde que mamá se marchó.

La posición amenazante de ella se relajó un poco, pero aún desconfiaba.

—Eso lo sabía mucha gente.

—Y lo de que guardabas un libro bajo la almohada que releías cada noche porque estabas enamorada de su personaje masculino, ¿también lo sabe todo el mundo?

—Que me guste la historia de Jayden no quiere decir que sea una loca que… ¿Jake?

Él se acercó a ella lentamente pero manteniendo una conexión con sus ojos que ya no mostraban miedo.

—Me alegro de que hayas despertado hermanita.

Una de las sábanas se agitó, dando paso a una chica rubia de intensos ojos azules que estudió la escena un instante antes de hablar.

—¿Está todo bien?

Jake le regaló una brillante sonrisa.

—El primer impacto ya ha pasado, es toda tuya.

—Hola —La chica se acercó a Hailey—. Me llamo Lori.

Hailey le echó una rápida mirada. Vestía unos desgastados pantalones cortos y una sucia camiseta con la foto de un cantante de rock pasado de moda, pero, a pesar de su viejo atuendo, aquella chica irradiaba belleza por los cuatro costados.

—Hola —titubeó.

—Vamos, Hailey —Cogió una mochila con algunos jirones y le tendió una mano—, te acompañaré para que te laves un poco y te cambies de ropa.

Sin poder oponer resistencia, abandonaron la tienda de campaña y empezaron a caminar por un espeso y verde bosque.

El aire limpio y fresco no tardó en invadir los pulmones de Hailey, que se llenaban una y otra vez disfrutando del olor a hierba y a piedras mojadas.

A pocos metros del improvisado campamento, había un arroyo de aguas frías y cristalinas.

Lori sacó de la mochila un cuenco de madera, un pedazo de pastilla de jabón y una pequeña toalla.

—Lo siento, tendrás que apañarte con esto —Hailey cogió los objetos que le ofrecía y se sentó en una piedra a la orilla del arroyo—. Después te cepillaré esa larga melena que tienes, pero ahora voy a ver qué encuentro para que te puedas vestir con algo más que esa vieja camiseta. No te muevas de aquí —Le sonrió y desapareció por el sendero que llevaba al campamento.

Los dedos de los pies de Hailey rozaron lentamente la superficie del agua hasta que poco a poco los fue sumergiendo. No era muy profundo, apenas llegaba a cubrir sus pantorrillas, pero el rumor del agua y el silencio del bosque la relajaron, animándola a mojar la toalla y a limpiarse lentamente usando un poco de jabón.

Un crujir de ramas secas y una jovial risa la alertaron de que Lori ya había vuelto.

Hailey se puso en pie con la camiseta húmeda, ya que no se había querido desnudar para su higiene matutina, y miró las prendas que llevaba Lori entre sus brazos.

—He encontrado estos vaqueros cortos y una camiseta de tirantes de color naranja en el fondo de una de las bolsas de la última expedición. Creo que estás de suerte, parecen de tu talla.

Hailey sonrió mientras se ajustaba con dificultad los vaqueros sobre su piel mojada.

—Creo que los zapatos te irán algo grandes, son deportivas de chico, pero te prometo que cuando volvamos a las ruinas intentaré buscarte unos que te vayan bien.

—¿Las ruinas?

—Sí, perdona, todo esto será mejor que te lo cuente Jake. Termina de vestirte y te llevaré con él.

Hailey la miró confusa.

—No me voy a desnudar aquí en medio de este… bosque.

—Lo siento, soy un desastre. Puedes cambiarte tranquilamente detrás de ese árbol si te da reparo que te vea desnuda, pero te garantizo que poca gente nos visita y que estás a salvo de miradas indiscretas.

—¿Qué quieres decir?

—Por favor, ve a cambiarte y podrás hablar con tu hermano; es él quien tiene que explicarte lo sucedido.

Hailey cogió las deportivas blancas y la ropa, y se refugió tras el gran árbol que le había indicado Lori.

Sus curvas femeninas encajaron a la perfección en la ceñida camiseta. Por desgracia, y tal y como le había advertido Lori, tuvo que anudar con fuerza las deportivas para que se ajustaran lo más posible a sus pies.

Se acercó a Lori pasando los dedos por su enmarañada y larga cabellera chocolate, que descendía por su espalda en una cascada ondulada.

—¿Quieres que te haga una trenza como la que llevo yo?

—Sería genial.

Lori sonrió y le señaló una roca para que tomara asiento.

Empezó a pasar con cuidado un peine de plástico, que había sacado de la mochila, por el pelo de Hailey para desenredarle los nudos.

—Tenía muchas ganas de que te despertaras.

—¿Ah sí?

—Sí, me llevo muy bien con los otros, sobre todo con tu hermano, pero la verdad es que tenía ganas de tener una compañera de mi misma edad.

Hailey notó como empezaba a hacerle la trenza con sus hábiles dedos.

—¿Con cuántos años te dormiste?

—Con trece, como tú —Sacó un cordel de su bolsillo y anudó el final de la trenza con cuidado para que no se deshiciera.

—¿Cómo sabes que yo tenía trece?

—Dos semanas en un solitario bosque proporcionan muchas horas muertas para charlar, y a tu hermano parece que le gusta hablar especialmente —Hailey bufó—. Vamos, volvamos al campamento, es hora de que sepas lo que está pasando.

Lori empezó a caminar y Hailey la siguió con las dudas revoloteando en su mente.

6
LAS RUINAS

El crepitar de una hoguera recién hecha y las risas de dos niños mientras Jake les contaba algo parecido a un cuento, relajaron un poco la angustia que empezaba a sentir Hailey por la incertidumbre de todo lo que la rodeaba.

Lori se sentó en un tronco junto a los dos niños y Jake le hizo un gesto a Hailey para que se sentara junto a él en una roca con musgo.

—Chicos, os presento a mi hermana Hailey. Hermanita, estos son Dany y Emily.

El niño rubio le agitó tímidamente la mano mientras la niña intentaba ocultar su rostro en el hombro de él.

—Hola —La voz de Hailey fue un leve susurro.

—Emy, no seas maleducada y saluda a Hailey —La animó Lori mientras le apartaba la melena negra, colocándola detrás de sus orejas.

La niña le miró con unos enormes ojos de un inquietante color violeta.

—*Eztoy* contenta de que te *hayaz dezpertado*.

El sesear de la niña, que aparentaba unos doce años, desconcertó a Hailey, ya que aquel rasgo era propio de los niños muy pequeños.

—Gracias, Emily.

—Yo también estoy contento, así tenemos otra mamá.

Hailey se mordió el labio nerviosa.

—Bueno chicos, ya está bien, dejad que Hailey se habitúe un poco a todo esto—. Jake se puso en pie—. Lori, ¿te encargas tú de la comida?

—Sí, tranquilo, podéis marcharos.

—Gracias —Le dedicó una brillante sonrisa, para luego mirar a su hermana con ternura—. Acompáñame, hay mucho que has de saber.

Jake cogió una mochila de dibujos infantiles y empezó a caminar. Hailey le siguió de cerca, mientras de fondo una risueña Emily agitaba su mano despidiéndola.

—¡*Adióz*!

Los hermanos se adentraron por un angosto sendero cubierto de una frondosa vegetación. A los pocos metros de haber emprendido la marcha, las dudas y preguntas de Hailey se agolparon en su boca luchando por ser pronunciadas.

—¿Por qué esa niña tan mayor sesea como si tuviera cinco años?

Jake le dedicó una mirada por encima del hombro mientras apartaba las ramas facilitándole a ella el camino.

—Piensa un poco, si tú te dormiste con trece y ahora tienes unos… veinte, ¿qué crees que les pasó a Emy y a Dany?

—Debieron caer en coma cuando eran muy pequeños. Pobrecitos, han de estar muy asustados.

—Al principio sí, hasta que empezaron a vernos a Lori y a mí como sus nuevos padres.

Jake trepó por una piedra empinada y le tendió la mano a Hailey para ayudarla a subir.

—Eso es un poco raro.

Jake soltó una carcajada mientras escalaba por otra roca menor que la anterior.

—Créeme, de todo lo que nos rodea, eso es lo menos extraño.

Hailey se posicionó jadeante junto a su hermano, que se había parado en un claro con vistas a un acantilado cubierto de verde.

Sus ojos no tardaron en empezar a reconocer las formas de edificios en ruinas y medio derribados, cubiertos por una intensa vegetación a modo de enredaderas.

En algunos de ellos, unos jóvenes árboles habían empezado a crecer, aplastando con sus fuertes raíces los cimientos y el hormigón que en tiempos pasados habían hecho que aquellas edificaciones se alzaran solemnes bajo el cielo azul.

—Dios mío, ¿esto es…?

—La ciudad donde vivíamos.

Jake se encaminó hacia un empinado sendero que descendía hasta la ciudad en ruinas.

—Vamos, haremos una pequeña excursión.

Ella tardó algunos segundos en reaccionar, aquella visión la había dejado en shock y no podía creer lo que veían sus ojos.

Bajó torpemente por el camino, maldiciendo sus enormes deportivas, hasta que las ruinas los rodearon por completo.

El paisaje de su ciudad, tan familiar para ella, era prácticamente irreconocible.

—¿Cuánto tiempo hemos dormido?

Jake se adentró por lo que en su día fue una de las avenidas más importantes.

—Lori y yo hemos calculado que podrían ser unos seis o siete años.

—Pero, ¿cómo ha podido crecer toda esta vegetación en ese tiempo? Las plantas crecen muy despacio, ¿no? —Pasó sus dedos por el tronco de un joven roble.

—Sí, pero es como si la naturaleza se hubiera dado mucha prisa en recuperar el terreno que los humanos hicimos nuestro

—Los ojos de Jake se clavaron en una vieja casa de la cual sólo quedaba en pie un muro y los restos de un viejo frigorífico cubierto de hiedra—. Quédate aquí, no te muevas. Voy a ver si ahí dentro queda comida.

Sin esperar respuesta por parte de Hailey, sacó de su bolsillo una oxidada navaja suiza y empezó a cortar la hiedra hasta que pudo abrir la puerta del frigorífico.

Estaba completamente vacío, a excepción de una pequeña lata de refresco y una frondosa capa de musgo.

Jake tiró la lata y volvió junto a su hermana.

—¿Por qué la tiras?

—¿En serio quieres beberte un refresco caducado? No es buena idea.

Empezaron a caminar en silencio entre edificios más altos. Uno de ellos le recordaba a Hailey al hospital donde habían estado ingresados.

Jake se adentraba cada pocos minutos en las ruinas en busca de alimentos y enseres que les fueran útiles, mientras Hailey intentaba digerir su nuevo mundo.

—Jake, ¿podemos descansar?

—Sí, perdona, acabas de despertar y yo te traigo a una expedición.

Hailey se sentó en un montón de ladrillos junto a una pared y Jake lo hizo en el suelo frente a ella.

—¿Dónde están los demás?

—No lo sé, quizás no haya más. Sólo sé que desperté el mismo día que Lori junto a ti y los dos pequeños.

—Debiste alucinar.

—Cantidad. Lori gritaba y yo corría en busca de la civilización. Pasaron unas cuantas horas antes de que decidiéramos ayudarnos y unir nuestras fuerzas.

Un largo silencio se instauró entre ellos, mientras la pregunta más importante bailaba en la mente de Hailey sin atreverse a formularla.

—Papá, mamá y la abuela… ¿están…?

—¿Muertos? —Ella se limitó a asentir—. No lo sé, pero es posible.

Ella jadeó, pero al instante una cálida sensación la reconfortó, librándola de cualquier sentimiento que la hiciera sentir lástima o desasosiego.

Jake la miró y soltó una carcajada sin humor.

—Tú tampoco puedes.

—¿A qué te refieres?

—A llorar por la pérdida de los nuestros y del cómodo mundo en el que vivíamos.

Hailey intentó concentrarse en todo lo que había cambiado en su vida. No sabía de sus familiares, de sus amigos, tenía que vivir sin móvil y sin internet, destinada a pasar el resto de sus días vagando por aquellas ruinas sin saber si encontraría sustento o si un animal salvaje la atacaría.

—¡Maldición! No puedo —Dejó caer su pesó sobre la pared y bufó—. No puedo ponerme triste.

Jake abrió la boca para hablar, pero sus palabras se perdieron al oír un gran estruendo. Una enorme grieta se formó tras Hailey.

—¡Vámonos de aquí! —Cogió la mano de su hermana y empezó a tirar de ella alejándola de la pared del alto edificio que empezaba a derrumbarse a su alrededor.

Las deportivas de Hailey ralentizaban su fuga a cada paso.

—Atajaremos por aquí, ¡corre!

Él saltó lo que quedaba de una oxidada verja de un parque y le hizo un gesto con los brazos a su hermana para animarla a correr más.

El polvo del derrumbamiento empezaba a filtrarse en sus pulmones dificultando su respiración.

Saltó la verja con torpeza y dio una gran zancada para intentar alcanzar a su hermano que se había soltado de su mano y corría a algunos metros de distancia.

De pronto, un fuerte tirón, precedido de un agudo dolor, la hizo retroceder y caer de espaldas contra la valla metálica del parque.

—¡Me he enganchado! —Un par de escombros cayeron junto a Hailey haciéndola gritar.

Jake corrió hasta ella y sacó la navaja.

—La maldita trenza se te ha enredado en la verja.

Hailey miró hacia atrás, donde una espesa humareda y grandes pedazos de ladrillo y hormigón avanzaban a gran velocidad.

Con un rápido tirón, cortó la punta de la trenza y empezó a correr, obligando a Hailey a seguirle el ritmo.

—¡Corre y no mires atrás!

Los jadeos de su hermana fueron la única respuesta que obtuvo mientras doblaban una esquina que daba paso a un frondoso bosque.

Se adentraron en él hasta que el ruido de los pájaros fue lo único que oyeron.

Los dos se apoyaron en el tronco de un viejo árbol, intentando respirar sin que el polvo del derrumbamiento les hiciera toser.

Pasaron varios minutos hasta que Jake se incorporó y le ofreció una cantimplora con agua que había sacado de la mochila.

—Bebe un poco, te sentirás mejor.

Hailey dio un largo trago y se secó el sudor que perlaba su frente con el dorso de la mano.

—¿Qué ha pasado?

—Las ruinas se desmoronan, sobre todo si les das un golpe —sonrió.

—¿Quieres decir que los restos de dos edificios se han desmoronado porque me he dejado caer sobre un muro?

Jake asintió con una sonrisa burlona.

—Tranquila, a todos nos ha pasado. El primer día que salimos de expedición Lori y yo casi no lo contamos, se nos vino abajo el techo de un supermercado.

Los ojos de Hailey se abrieron como platos.

—Volvamos al campamento, debes estar hambrienta.

—La verdad es que sí.

Jake le sonrió y empezaron a subir por un sendero distinto de por el que habían venido.

7
SALVAJES

Se removió en su saco de dormir con una extraña sensación en su estómago. La media lata de sopa y el cuenco de moras que Lori le había dado para cenar no le habían sentado muy bien.

Se incorporó, incapaz de conciliar el sueño por su malestar y observó su oscuro entorno.

A su lado, Lori y Jake parecían dormir a pierna suelta, al igual que los dos pequeños que se acurrucaban en un mismo saco de dormir, mientras Emily se abrazaba a un raído oso de peluche, que sin duda Jake había rescatado de las ruinas para ella.

El murmullo del viento entre las hojas de los árboles y el ulular de las aves nocturnas empezaron a inquietar a Hailey.

Había perdido siete años de su vida, convirtiéndose en una mujer adulta incapaz de llorar por la pérdida de sus seres queridos e incapaz de asumir de golpe su nueva realidad.

El viento movió las sábanas, que constituían las paredes de su nuevo hogar, y la luz de la luna se filtró entre ellas. Hailey cerró los ojos y aspiró el aroma a hierba y a noche húmeda de verano, pero en vez de sentirse reconfortada empezó a sentir náuseas.

Se puso en pie intentando luchar contra las convulsiones de su estómago y salió corriendo de la tienda de campaña en busca de un arbusto cercano.

Sin mirar demasiado a su alrededor, se apoyó contra un árbol y empezó a vomitar.

Unas cálidas manos le recogieron el pelo a los pocos instantes.

—Tranquila, nos ha pasado a todos, supongo que después de tantos años en coma sin comer, el estómago sufre cuando por fin tiene sustento —Lori le acarició la espalda.

Tras diez minutos de espasmos y sonidos guturales, Hailey se incorporó y Lori la ayudó a sentarse en una roca cercana.

—Pensaba que me moría, qué dolor de estómago.

—Lo sé, la primera noche nos tenías que haber visto a Jake y a mí echando hasta la primera papilla, vaya par —sonrió animada.

Hailey se limpió con una toalla que le había traído Lori.

—¿Qué pasará si un día enfermamos de algo grave?

—No lo sé, supongo que tendremos que apañárnoslas como podamos.

—Se te ve muy tranquila.

Lori se encogió de hombros.

—Qué le voy a hacer, esta situación no tiene remedio.

—¿No tienes miedo?

—Mucho, pero eso no soluciona nada. Hay muchas incógnitas en todo lo que nos ha pasado, como por ejemplo que hayamos pasado varios años sin alimento y sigamos vivos, o que hayamos despertado tan lejos de las ruinas.

—O que no haya cadáveres —Ambas se miraron.

—Quizás algún día tengamos respuestas o quizás no, pero lo que está claro es que ahora mismo hemos de vivir día a día, sin pensar mucho en el futuro, porque eso es lo que más asusta.

Lori se puso en pie y tomó una profunda bocanada de aire.

—Será mejor que volvamos dentro, a veces por la noche salen algunos animales…

Hailey saltó de la roca como si estuviera al rojo vivo.

—¿Lobos?

—Jabalíes, pero tienen mal genio.

Ambas entraron en silencio en la tienda de campaña y se acurrucaron en sus respectivas camas.

Hailey cerró los ojos intentando no escuchar los ruidos del exterior, aterrada por el mundo salvaje que la rodeaba.

—¿Está bien? —La voz de Jake fue un leve susurro que se confundió con el sonido del viento.

—Sí, ya se encuentra bien. Hace un poco de fresco esta noche —musitó Lori.

—Ven, acurrúcate junto a mí, te abrazaré.

El sonido de la tela del saco de dormir de Lori acercándose al de Jake desconcertó a Hailey. Al parecer, ella y su hermano eran algo más que compañeros de expedición a las ruinas.

Unos ligeros calambres en la boca de su estómago la hicieron despertarse lentamente hasta que sus ojos decidieron abrirse.

Ante ella, dos enormes ojos violetas la observaban.

—*Buenoz díaz.*

—Hola, Emy.

—¡Jake, ya *ze* ha *dezpertado*!

Hailey se tapó los oídos con las manos ante la voz chillona de Emily.

La niña salió corriendo de la tienda al ver entrar a Jake con un trozo de melocotón en almíbar en un cuenco medio roto y la cantimplora.

—Buenos días, dormilona. Que sepas que te he dejado dormir porque es tu segundo día, pero a partir de ahora se terminó esto de no madrugar.

—¿Qué hora es?

—No lo sé, pero tarde, eso seguro —Le puso delante el desayuno—. Cómete esto, nos vamos de caza.

—¡¿Cómo?! ¡¿Qué?! ¡No pienso matar nada!

Jake se acuclilló frente a ella y sonrió pícaro, la barba de varios días le daba un aspecto de hombre mayor.

—Como has visto, aquí no hay centros comerciales ni supermercados, así que sí, hay que matar para comer. Vamos, te espero fuera.

Hailey se quedó con la réplica en los labios mientras su hermano desaparecía velozmente.

La comida y el agua calmaron su dolor de estómago y minutos después salía al exterior. Al percibir el brillante sol, avanzó con los ojos medio cerrados.

—Buenos días —Lori le sonrió mientras ella y Dany ordenaban una bolsa de ropa vieja.

—Buenos días.

Sin apenas darse cuenta, Jake le colocó una mochila que pesaba bastante y la cogió de la mano.

—Volveremos para comer.

—Traed algo bueno de comida —canturreó Danny mientras Emily desordenaba su montón de ropa en busca de algo bonito para ella.

—Claro que sí —respondió Jake con una sonrisa.

Hailey le siguió en silencio hasta que llegaron al arroyo.

—¿Cómo lo haces?

—¿El qué? —Se agachó y rellenó un par de cantimploras.

—Estar tan alegre y ocuparte de todo esto. No tienes porque hacerlo.

Él se encogió de hombros.

—He asumido este rol y no me importa cuidarles, además aquí

48

cada uno aporta su granito de arena, igual que lo vas a hacer tú cuando descubramos cuál es tu punto fuerte.

Hailey se lavó la cara en la orilla y humedeció su cabello castaño para poder domar un par de mechones rebeldes.

—Estoy segura de que la caza no lo es.

—Eso ya lo veremos.

Jake le guiñó un ojo y empezó a caminar por una estrecha senda rodeada de altos árboles.

Poco a poco, el bosque empezó a hacerse menos espeso hasta que llegaron a una pradera.

—Ahora no podemos hacer ruido —musitó casi sin emitir sonido.

Hailey asintió mientras fijaba su mirada en los arbustos lejanos.

Jake se ocultó tras el tronco de un árbol e indicó a Hailey que hiciera lo mismo.

Al principio, ella pareció conforme de seguir sus órdenes, pero pasada más de media hora empezó a moverse incómoda y aburrida.

Jake la miró con el ceño fruncido y ella intentó no moverse demasiado.

A los pocos minutos, el rostro de su hermano se iluminó y le hizo un gesto a Hailey para que mirara una liebre que se alimentaba tranquilamente.

El pánico se apoderó de Hailey al ver al peludo y adorable animal.

Jake sacó de su bolsillo un tirachinas de gran tamaño y se dispuso a hacer diana con una piedra en el cráneo del animal.

—¡No!

La liebre, alertada por el grito de Hailey, salió en busca de refugió y Jake erró su disparo.

—¡¿Pero qué haces Hailey?!

—No puedes matarla.

—¿Por qué no?

Hailey abrió la boca sin saber exactamente cómo excusarse.

—Es una pobre liebre indefensa.

—Hermanita, por si no te has dado cuenta, estamos solos en mitad del mundo, sin comida ni medios y lo único que podemos hacer es intentar cazar para sobrevivir.

—Pero… —Miró al suelo— lo siento, tienes razón, es sólo que no creo que pueda soportar matar a un ser vivo.

Los ojos marrones de Jake brillaron con frialdad.

—Pasa un par de días sin comer y verás como sí vences tus escrúpulos. Hailey, ya no somos personas civilizadas, somos salvajes.

El trozo de liebre chamuscado en su plato emitía un aroma tan apetecible que Hailey no tardó en dejar de lado su conciencia.

Jake era realmente bueno con aquel tirachinas y casi nunca fallaba un tiro. Para sorpresa de Hailey, ella también había conseguido hacer diana en blancos ficticios que había visualizado en los troncos de los árboles, ya que por el momento se negaba a matar a ningún ser vivo.

—Jake me ha dicho que eres una cazadora en potencia —Lori mordisqueó la carne adherida en un pequeño hueso.

—Eso parece, aunque no se por qué.

—Yo si lo sé —Jake sonrió haciéndose el interesante—. ¿No recuerdas aquel juego de la *Wii*?

Hailey entrecerró los ojos y empezó a reír.

—¿El de derribar castillos?

—Sí, siempre sabías dónde tirar la bola para hacer más daño, se te daba muy bien.

Lori empezó a reír.

—Y nuestros padres decían que los videojuegos no servían de nada.

Los tres empezaron a reír hasta que una pequeña exclamación de Emily les hizo ponerse alerta.

Frente a ellos y los restos de su comida, un pequeño jabalí se paseaba tranquilamente en busca de sustento.

—*Ez* un *zerdito* —Emily quiso acercase pero Jake la retuvo cogiéndola del brazo.

—¿Jake? —Lori parecía asustada.

—Lo sé… Hailey coge la mano de Danny; Lori, tú a Emy y, poco a poco, vamos a ir entrando hasta la tienda —Su voz era apenas un susurro.

—¿Qué pasa? Sólo es una cría de…

—La madre andará cerca —Hailey abrazó a Danny por la cintura y, muy lentamente, empezaron a caminar sin hacer mucho ruido.

Justo en el momento en el que Jake bajaba con cuidado la sábana que hacía las veces de puerta, una gran sombra cruzó ante ellos emitiendo un gruñido.

Emily se abrazó a Danny, que no osaba emitir ningún sonido como si ya hubiera vivido una experiencia similar.

La tensión se palpaba entre ellos mientras oían como el jabalí y su cría se alimentaban de los restos de comida.

En aquel momento, Hailey fue plenamente consciente de su situación y de que ya no era una chica de ciudad donde los animales tenían forma de hamburguesa, sino una salvaje sin hogar que sólo dependía de ella misma para subsistir.

8
LA LADRONA

Sin apenas darse cuenta, las semanas fueron pasando y Hailey cada día era más responsable con sus nuevas tareas. Durante las tardes, cuando el calor era menos intenso, ella y Lori se turnaban para cuidar a los más pequeños, mientras que la otra salía de caza o de expedición a las ruinas con Jake.

Aquella tarde, Hailey estaba con Danny y Emily haciendo la colada de sus viejas prendas, sin poder evitar jugar con la fresca agua del arroyo.

Las nuevas condiciones de su vida habían hecho que Hailey se viera forzada a madurar de golpe, pero en situaciones como aquella, mientras mojaba a Emily que corría detrás de Danny en busca de su protección, su espíritu infantil salía a la luz.

Las risas de los dos niños sonaban con eco entre las rocas, mientras ella les perseguía con un cubo lleno de agua.

Después de divertirse durante más de una hora y haber terminado su tarea de limpieza, los tres volvieron al campamento, donde Jake y Lori acababan de llegar.

—¿Cuánto rato lleváis lejos del campamento? —La voz de Jake era dura y autoritaria.

—No lo sé hermanito, no hay relojes en el bosque —Emily rió la gracia de Hailey.

Jake dedicó una rápida mirada de complicidad a Lori, que no

tardó en recoger la ropa recién lavada que sostenía Hailey en un capazo medio roto.

—Danny, Emy, vamos a buscar un lugar con sol en la pradera para que la ropa se seque —Los niños siguieron a Lori sin muchas ganas, intuyendo que algo no iba bien.

Las defensas de Hailey se pusieron alerta.

—¿Es que no recuerdas lo que te dije la semana pasada? —Jake sonó irritado.

—¿De cuál de las doscientas órdenes y tareas que tengo que hacer me hablas?

Él bufó mientras se pasaba la mano por su cabello castaño.

—Hablo de la comida, Hailey.

—¿Qué pasa con ella?

—Mira a tu alrededor, ¿a qué no ves la bolsa con las provisiones?

Hailey fijó la mirada en la rama del árbol donde había atado la bolsa con las latas de comida y fruta.

—¡No está!

—Claro que no, te dije varias veces que debías atarla a una rama para que los animales no se lo comieran todo, pero claro, al parecer, jugar en el arroyo con los niños es una prioridad en tu vida, ¿es que acaso no eres consciente de lo que nos cuesta encontrar comida?

Los ojos marrones de Hailey se aclararon, brillado con un destello verde de furia.

—Sé perfectamente lo que debía hacer y te juro que lo he hecho, ¿acaso no recuerdas que yo también me juego el cuello entre las ruinas por una simple lata de tomate?

—¿Y dónde está la comida? Ah, claro, un jabalí listo ha trepado al árbol y se ha llevado la bolsa.

Hailey enredó los dedos en su trenza intentando contener su genio.

—¿Es que acaso no te he demostrado ser digna de tu confianza? ¿Por qué no me crees?

—Quizás porque te conozco demasiado.

—¡Muérete, Jake!

Hailey empezó a correr de vuelta al arroyo con las lágrimas de impotencia brotándole de los ojos.

Para cuando la autoestima de Hailey ya se había recuperado un poco como para volver al campamento, la luna ya había ocupado el lugar más alto en el cielo y Lori estaba repartiendo las pocas latas de comida que habían encontrado aquella tarde en las ruinas.

—¡Hailey! —Emily salió a su encuentro en cuando la vio llegar y la arrastró hasta la piedra donde solía sentarse para comer.

Hailey sonrió a la pequeña e ignoró al resto, dolida por lo sucedido.

Lori le tendió una lata de atún completamente oxidada y Hailey la rechazó.

—¿Es que no vas a cenar? —rugió Jake.

—No —Miró a su hermano desafiante.

—Aunque no comas, no tendremos comida suficiente, las reservas de emergencia han volado.

Los ojos de los dos hermanos se encontraron en una mirada fría.

—¿En serio quieres volver a empezar? Ya te he dicho que yo até la comida al árbol.

Jake soltó una risa irónica.

—Es verdad, yo lo vi —musitó Danny sin apartar la vista de su lata de atún.

Lori miró a Jake, que se atragantó con su nueva frase sarcástica respecto a Hailey.

—Al menos alguien está de mi lado —Acarició la cabeza de Danny.

—Yo también he *vizto* como la *atabaz* allí, en aquella rama —Emily señaló un árbol cercano y Hailey sonrió triunfal.

—Entonces, ¿qué ha pasado con la comida? —La expresión de Jake denotaba que quería que la tierra se lo tragara, pero era demasiado orgulloso para admitirlo.

—Habrá sido un jabalí listo que sabe trepar —Hailey se levantó sonriendo—. Buenas noches, me voy a dormir ya, puesto que mañana hay que buscar el doble de comida para recuperar la que ha desaparecido.

Los ojos de Jake emitieron el mismo destello verde de rabia que el que tenían los de su hermana, ante el ridículo espantoso de su falsa acusación.

—Creo que deberías disculparte con ella, la verdad es que te has pasado un poco.

Jake resopló sin querer mirar a Lori.

—¡Maldita sea! Tienes razón —Enterró su rostro entre las manos y soltó un largo bufido.

Lori acarició su espalda y sonrió.

—Anda, llévale algo de comida y pídele perdón.

Sin protestar, Jake se puso en pie, cogió la lata oxidada de atún que Hailey había rechazado y entró en la tienda de campaña.

—¿Hailey?

—¿Ahora qué he hecho?

—Lo siento, por favor deja ya el sarcasmo, de verdad que lo siento.

Los ojos sinceros de Jake desarmaron a su hermana.

—Y yo siento que la comida haya desaparecido, quizás la ha cogido un oso u otro tipo de animal.

—Eso ahora ya no importa, lo importante es que debo confiar en ti y olvidarme de nuestro pasado.

Ella se sentó en su saco de dormir y empezó a deshacer su larga trenza chocolate.

—La verdad es que eres un borde.

—Y tú una cabezona.

—Si, lo sé, es parte de mi encanto —sonrió divertida.

Jake se sentó frente a ella.

—¿Me perdonas? Prometo no volver a dudar de ti.

—Claro que te perdono, supongo que esto nos pasa por ser hermanos, ¿no?

Él asintió.

—Te traigo la lata de atún de la paz.

Hailey empezó a reír al ver la lata oxidada.

—No te tomes esto demasiado en serio, pero… —Hailey miró al suelo— a pesar de estar solos en medio de la nada, me alegra que estés conmigo; eres mi única familia.

Jake sonrió y la abrazó con fuerza.

—Tan irónica y tan dulce, eso no puede ser bueno.

La risa melódica de Hailey inundó la tienda.

—No *eztáz zola* —Lori intentó esconderse tras las sábanas, pero Emily delató su posición—. *Nozotroz* ahora *zomoz* tu familia.

La niña corrió hasta Hailey y se abrazó a ellos.

—Yo también quiero —Lori arrastró a Danny hasta ellos y empezaron a estrujarse unos contra los otros entre risas y bromas.

Los mechones de cabello castaño caían al suelo con rapidez, mientras Lori movía con destreza la navaja e igualaba el corto cabello de Jake.

Hailey intentaba ser igual de hábil con el precioso cabello rubio de Danny, mientras Emily fruncía el ceño al ver los trasquilones que le había dejado en la nuca. Miró a la niña y se mordió el labio inferior.

—Menos mal que sólo tenemos un espejo.

—¡Qué pasa! —Danny sonó angustiado ante el comentario y la gran cantidad de pelo que había en el suelo.

—Nada que el tiempo no arregle —Hailey le cogió por los hombros inmovilizándole para seguir con su tarea.

Emily miró a Danny sonriente.

—*Eztáz* guapo.

Danny se sonrojó y la pequeña empezó a corretear tras una mariposa que revoloteaba por los alrededores del campamento.

—Creo que deberías afeitarte otra vez —Observó Lori concentrada.

Jake se pasó la mano por el mentón y acarició su espesa barba.

—Es verdad —resopló—. Creo que eso es lo que más echo de menos de mis catorce años, no tenía que afeitarme.

Lori y Hailey empezaron a reír mientras Jake se levantaba y se dirigía a la tienda de campaña para buscar la mochila que contenía las cuchillas y navajas de afeitar que habían conseguido rescatar de las ruinas.

Se quedó quieto como una estatua en la entrada de la tienda, se giró lentamente y sonrió a Lori, que no podía quitarle los ojos de encima.

—¿Sabes? Creo que me dejaré barba, me da un aspecto de náufrago que me gusta —Rodeó la cintura de Lori por la espalda y le susurró algo al oído.

—Tú verás lo que haces, pero a mí no te me acerques así de peludo —Intentó sonar divertida y empezó a recoger a gran velocidad las toallas y la navaja que había usado para cortarle el pelo.

Antes de que Hailey formulara en voz alta su sorpresa por el extraño comportamiento de su hermano, Jake se le acercó y pasó la mano por el cabello recién cortado de Danny.

—Sígueme el rollo y sonríe. Nos han robado los sacos de dormir y es posible que nos observen —susurró cerca del oído de su hermana—. Por hoy, creo que ya está bien de sesión de peluquería, ¿qué os parece un baño en el arroyo?

Danny y Emily vitorearon emocionados.

—Lori, ve tirando con los pequeños mientras nosotros terminamos de recoger.

Ella sonrió, intentando que el nudo que se había formado en la boca de su estómago no se hiciera visible en sus acciones. Sabía que debía llevar lejos de allí a los niños para ponerlos a salvo.

—Vamos chicos, os echo una carrera.

Los niños empezaron a correr hacia la senda que llevaba al arroyo, seguidos de Lori, que intentaba parecer animada.

Jake y Hailey se arrodillaron para recoger un par de cepillos de pelo del suelo.

—¿Llevas el tirachinas?

—Y dos piedras, tal y como me has enseñado.

—Perfecto, vamos a levantarnos y fingiremos ir al arroyo, nos esconderemos en el bosque y esperaremos a que los ladrones ataquen el campamento.

Los ojos de Hailey mostraron su preocupación, pero se puso en pie y se encaminó hacia la bolsa de comida que había colgada en una rama baja.

—Jake, ¿colgamos la bolsa más alta? —Él la miró sin saber cuál era su intención—. Lo digo porque si vuelve a venir el oso que nos dejó sin comida la última vez, cuanto más alta este la comida, más segura estará.

Él sonrió.

—Ven, te ayudaré para que puedas trepar hasta esa rama —Cogió a su hermana por la cintura como si ella no pesara nada y Hailey trepó hasta una rama gruesa de la parte más alta del árbol. Se deslizó con cuidado por el tronco, ató la bolsa y bajó hasta que las manos de su hermano volvieron a sujetarla.

—Ya está, y ahora… —Le sonrió con complicidad— ¡una carrera hasta el arroyo!

Ambos empezaron a correr dejando a solas el campamento.

Apenas habían avanzado cincuenta metros, cuando se adentraron en el bosque que lo rodeaba y volvieron lentamente, ocultándose entre la frondosa vegetación.

Permanecieron en silencio tras unos árboles con vistas a la bolsa de comida, hasta que una joven de la edad de Hailey apareció con pasos sigilosos.

Tenía el cabello negro como la noche y su piel morena le daba un toque exótico.

Jake sacó su tirachinas del bolsillo y Hailey le imitó con movimientos lentos y cautos.

La chica empezó a trepar con la habilidad de un gato por el árbol hasta que alcanzó las provisiones.

Jake no dudó un instante en dispararle a su mano, que se apresuraba en deshacer el nudo.

La chica emitió un grito apagado, se llevó la mano al pecho y perdió el equilibrio precipitándose al suelo.

—Quédate aquí, no salgas hasta que vea que está sola —susurró Jake antes de ir junto a la joven, que parecía medio inconsciente.

Al ver a Jake y su gran altura, la joven se incorporó con dificultad e intentó huir, pero él la retuvo cogiéndola del brazo con fuerza.

—¡No me hagas daño, por favor!

—¿Por qué nos estás robando?

La chica empezó a llorar y Jake sintió lástima de ella.

—Los niños tienen hambre y estamos solos, por favor déjame ir —sollozó.

—No te vamos a hacer daño, ¿por qué no nos has pedido ayuda en lugar de robarnos todas nuestras cosas?

Los grandes ojos negros de la chica suplicaban clemencia, mientras intentaba zafarse de la mano de Jake.

De pronto, saltó sobre él un chico rubio de complexión fuerte, inmovilizándolo en el suelo, y empezó a golpearle sin que Jake tuviera mucho tiempo para reaccionar.

La chica se secó las lágrimas y empezó a trepar por el árbol, con una fría expresión en el rostro. Había estado fingiendo para ganar tiempo hasta que su compañero la rescatara.

Hailey, escondida entre los árboles, empezó a temblar presa del pánico, mientras veía impotente como el chico rubio propinaba puñetazos en las costillas de Jake, que intentaba defenderse sin demasiado éxito, ya que las piernas de su contrincante le presionaban sus brazos contra el suelo.

Sacó temblorosa el tirachinas y las dos piedras, y cogió una gran bocanada de aire para intentar serenarse.

"Puedes hacerlo, sabes que puedes hacerlo" —se dijo a sí misma, intentando infundirse valor.

Apuntó directamente a la cabeza del chico rubio, contuvo el aliento y disparó un certero tiro que le noqueó al instante, haciendo que cayera sin sentido sobre Jake.

La chica, que ya había conseguido coger la bolsa de comida, empezó a mirar a los alrededores en busca del atacante, pero

Hailey estaba muy bien escondida y era invisible.

Segura de sí misma, apunto a la cabeza de la ladrona y, en cuestión de segundos, cayó sobre unos arbustos perdiendo, al igual que su amigo, el conocimiento.

Hailey salió a socorrer a su hermano, que luchaba por quitarse de encima el peso muerto del chico rubio y suspiró aliviada al ver que las heridas de Jake no eran demasiado graves.

9
INSTINTO MATERNAL

Enjuagó la toalla llena de sangre en un cubo de agua y se dispuso a limpiar la herida de la chica de cabellos negros.

Hailey la observaba, mientras Danny y Emily se escondían tras ella a la espera de que los ladrones volvieran en sí.

Jake les había atado al tronco de un árbol con varias sábanas viejas, para evitar su fuga y sacarles información sobre por qué habían intentado dejarles sin nada, en vez de pedir ayuda.

—Lori, eres demasiado buena.

—No quiero que estos golpes tan feos se les infecten, no te gustaría que les pasará nada malo, ¿no?

Hailey leyó entre líneas y comprendió que, sin hospitales ni medicinas, la mínima complicación supondría la muerte y, entonces, pesaría sobre su conciencia el asesinato de aquellos dos chicos.

—Tienes razón.

La chica se removió inquieta cuando Lori le limpió la herida y abrió los ojos asustada, esta vez de verdad. Miró a su compañero, aún inconsciente.

—¡Despierta, Troy! ¡Despierta! —Su voz tenía un punto de histerismo.

—Tranquila, no os vamos a hacer daño.

La chica le dedicó una fría mirada a Lori, que no dudó en

retroceder y dejar su empeño por curarle la fea herida.

—Vosotros no lo entendéis. ¡Soltadme! —gritó desesperada.

—Tranquilízate y todo será más fácil —Jake se acercó a ella y se puso de cuclillas para que sus rostros estuvieran a la misma altura—. ¿Por qué nos habéis robado?

La chica empezó a respirar nerviosa.

—¡Despierta, Troy!

Emily asomó la cabeza por detrás de Hailey.

—*Zi* él *ze* llama Troy, ¿cómo te *llamaz* tú?

La chica se quedó mirando los ojos inocentes de Emily y pareció calmarse un poco.

—Vosotros también tenéis niños.

—Sí, por eso no nos ha hecho gracia que nos robaseis nuestras cosas —comentó Jake acercándose a Emily y a Danny.

—Me llamo Amber, y él es Troy, hace más de un mes que despertamos solos en este bosque, hasta que… —Empezó a ponerse nerviosa— hasta que encontramos a dos niños de unos siete u ocho años que apenas saben valerse por sí mismos.

Lori miró a Jake con preocupación y se acercó a Amber.

—¿Están solos?

—Sí, por eso debéis soltarme —Se retorció bajo la sábana.

—No —Jake sonó autoritario—. Ya me has engañado una vez con tu llanto y no volveré a picar. Si es cierto que tenéis a vuestro cargo a dos niños, me dirás dónde están y yo mismo los traeré hasta aquí para ponerlos a salvo.

Los ojos de Amber se entrecerraron con furia.

—Yo tampoco confío en ti. ¿Quién me dice que no quieres herir a mis pequeños?

Lori y Hailey se miraron con complicidad ante aquellas palabras cargadas de protección; ambas habían desarrollado un gran instinto maternal hacia Emily y Danny y, en cierto modo, sabían lo que sentía Amber y que sus palabras eran ciertas.

—Iremos nosotras —Hailey se acercó a Amber—. Hace horas que están solos y deben estar asustados.

Los ojos negros de Amber se clavaron en los de Hailey, buscando en ellos la sinceridad de sus palabras.

—Pasado el arroyo, hay un sendero empinado que sube hasta la montaña, hay un árbol quemado por un rayo justo al pie del camino, si trepáis en línea recta, encontraréis una cueva. Keith y Nicole están allí.

—Los traeremos sanos y salvos, te lo prometo —Lori le sonrió y se adentró en la tienda de campaña en busca de la cantimplora y la mochila que usaban en las expediciones.

Jake se movía nervioso mientras ella y su hermana se preparaban para partir.

—No me fío de ella, ¿y si hay más como ellos allí y lo que quieren es dividirnos?

Lori le miró con una sonrisa en los labios.

—Creo que ya nos habrían atacado, Jake. Fíjate en ellos, están tan perdidos y desesperados como lo estábamos tú y yo los primeros días. Volveremos enseguida.

Jake le cogió la mano y la acercó hasta él.

—Si no habéis vuelto antes del anochecer, os iré a buscar —Sin importarle que todos los observaran, la besó en los labios con pasión.

Lori se separó de él con una gran sonrisa y le acarició la mejilla.

—Hemos de marcharnos ya. Todo saldrá bien.

Hailey cogió una mochila y, tras despedirse con una suave caricia de los niños, emprendió la marcha con Lori.

—Id con cuidado.

—Cuidaré de ella —Hailey sonrió a su hermano, que parecía un ser desvalido sin Lori y no pudo evitar sentir celos de la unión que compartía con ella.

El calor empezó a remitir, conforme el sol iba bajando. Hailey y Lori hacía más de una hora que habían hallado el sendero del árbol quemado y trepaban por las rocas con cuidado.

—Así que mi hermano y tú…

Lori puso el pie en falso y una pequeña roca se desprendió precipitándose al vacío.

—Sí, hace algunos días que hemos empezado a ser algo más que compañeros de caza.

—La verdad es que me alegro, hacéis buena pareja.

Lori se limitó a soltar una risilla animada, que relajó el ambiente tenso que las había envuelto aquellas últimas horas.

El silencio volvió a reinar, hasta que llegaron a un llano, donde una cueva se abría paso entre las rocas que formaban la montaña.

—Ha de ser aquí —musitó Lori mientras recobraba el aliento.

Hailey apartó varias ramas secas que intentaban ocultar sin éxito la entrada a la cueva y se adentró en ella, sin ser consciente de que podría ser la guarida de un animal salvaje.

—¿Keith, Nicole?

Lori empezó a caminar tras ella, mientras la oscuridad de la cueva les dificultaba la visión.

—¿Hola? —musitó prudente Lori.

El silencio era espeluznante y Hailey no dudo en cogerse de la mano de Lori antes de adentrarse más.

—¿Crees que sí era una trampa? —El corazón de Hailey empezó a latir con fuerza al formular en voz alta sus temores.

—Jake… los niños… —Lori se quedó petrificada sin poder moverse.

—¡Volvamos! —Empezaron a correr hacia la salida con el pánico impreso en cada uno de sus movimientos.

De pronto, Lori frenó en seco y Hailey la imitó asustada.

—¿Has oído eso?

Hailey frunció el ceño y se concentró en el silencio que las rodeaba. De pronto, un llanto cada vez más agudo llegó hasta sus oídos y ambas empezaron a correr a oscuras hasta el origen del sonido.

—¡Nicole! ¡Keith! —La voz de Lori rebotaba en las paredes de la cueva resonando con eco.

Poco a poco, una tenue luz que provenía de una grieta les fue iluminando el camino hasta dos niños, que lloraban acurrucados sobre un montón de hojas secas.

Hailey intentó calmar a la niña de cabellos castaños, mientras Lori abrazaba al niño de cabello negro.

Al percibir el contacto humano, ambos se fueron calmando y Hailey les dio de beber agua de su cantimplora.

Su estado era deplorable. Estaban muy delgados y sus ropas viejas estaban cubiertas de barro y suciedad.

—Volvamos al campamento —Lori cogió de la mano a Keith, que al ponerse en pie reveló su verdadera altura y Hailey hizo lo mismo con la pequeña Nicole.

A pesar de su comportamiento, típico de los bebés, ambos aparentaban unos siete u ocho años.

Cuando el sol del atardecer iluminó sus frágiles rostros, Lori supo que la desesperación de Amber era genuina ya que, a diferencia de su pequeña familia bien organizada y eficiente, Amber y Troy no habían sabido lidiar con su nueva situación y las responsabilidades que ésta traía consigo.

Tras una breve parada en el arroyo para asear a los niños, que habían descendido la montaña dejándose arrastrar entre las piedras, Lori y Hailey llegaron al campamento llevando en brazos a los dos exhaustos pequeños, que habían empezado a dormirse tras el relajante baño.

Amber y Troy las miraron llegar con una amplia sonrisa y Jake corrió hasta ellas para aligerar su pesada carga.

—Dejadlos en la tienda, he conseguido recuperar los sacos de dormir —Miró a Troy con furia—. Los habían escondido en el bosque para llevárselos más tarde a la cueva.

Emily y Danny se acercaron a los pequeños y Lori les hizo un gesto para que no les despertaran.

Cuando salieron al exterior, Lori se inclinó frente Amber.

—Quiero soltaros, porque comprendo lo mal que lo habéis pasado, pero tenéis que comprender que nosotros tampoco lo hemos tenido fácil, y que nos esforzamos por subsistir cada día con la colaboración de todos.

—Lo sé y lo sentimos.

Hailey y Jake observaban el tono frío y distante de Lori. Jamás la habían visto así.

—A partir de ahora, vais a formar parte de esta pequeña familia, pero para ello debéis acatar nuestras normas de convivencia y no volver a atacarnos.

Troy miró a Lori directamente a los ojos y ella le devolvió una mirada autoritaria.

—Siento de veras lo sucedido, pero es que os encontramos por casualidad y parecíais tan felices. Nosotros llevábamos dos días sin comer y los pequeños no paraban de llorar —Bajó la cabeza arrepentido.

Jake se acercó a ellos con una navaja en la mano.

—Ahora ya no tendréis que sufrir por estar solos, nos ayudaremos entre todos —Deslizó la cuchilla bajo la sábana que les mantenía inmóviles y los liberó.

10
VUELTA AL PASADO

El aumento repentino de miembros en el campamento supuso una mejoría en la calidad de vida de todos, ya que Troy y Jake intercambiaron conocimientos de caza. Troy había puesto en práctica una idea para pescar en el arroyo, y durante varios días consecutivos habían vuelto con varios peces medianos para la cena.

A pesar de su fuerte instinto protector, Amber había delegado en Lori el cuidado de los más pequeños, que requerían una atención prácticamente constante, y se había centrado más en la recolecta de frutos con Emily y Danny, mientras Hailey se turnaba entre la limpieza y la caza.

Aquella tarde, Hailey y Amber, se encaminaron hacía el arroyo para su aseo diario, mientras el resto preparaban la cena y cuidaban de los pequeños.

La luz violácea del cielo y el sonido del agua, constituían el ambiente perfecto para relajarse después del largo día.

Hailey se sumergió en las poco profundas aguas completamente desnuda, ya que su antiguo pudor se había esfumado con su vida pasada y Amber hizo lo mismo a pocos metros de ella.

—Éste es mi momento preferido del día —susurró Amber, antes de sumergirse en el agua y resurgir con el cabello empapado cayéndole como seda negra sobre sus hombros.

—¿Por qué éste?

—Me recuerda a lo que perdí.

Hailey la miró intrigada, mientras deshacía su trenza y dejaba que el agua empapara su cabello.

—Es curioso, yo sólo recuerdo sensaciones, como cuando el chico que me gustaba me miraba en clase o cuánto deseaba ser mayor para que mi padre me dejara hacer lo que me apetecía —suspiró—; solía enfadarme mucho con él. Es curioso como ahora mis problemas de entonces me parecen una tontería. ¿Qué perdiste tú?

Amber bufó y se recostó sobre una roca dejando que el agua acariciara su espalda.

—La diversión de las fiestas en casa de mis padres cuando se marchaban de fin de semana, mi novio universitario…

—¿Eras una chica muy popular?

—La más popular de todas. ¿Sabes por qué me gusta este lugar y la sensación del agua sobre mi piel?

Hailey negó mientras Amber entrecerraba los ojos misteriosa.

—¿Por qué?

—La noche antes de caer en coma, perdí la virginidad con mi novio en el jacuzzi de mis padres.

Hailey sonrió cordialmente, mientras Amber soltaba una risilla, y una sensación que ya creía olvidada invadió su mente; aquella chica le recordaba a Anne. Tan popular, tan guapa y sexy que todas querían ser como ella, pero Hailey había madurado con su nueva situación y ahora era inmune al aura de frivolidad que acompañaba a Amber.

—¿Tú aún eres virgen? —Un rubor invadió las mejillas de Hailey al instante—. Vaya, mírate, sí lo eres.

—Bueno, tengo… tenía trece años.

—Yo catorce, y eso no me impidió nada. Al menos te habrás dado el lote con algún chico.

Hailey empezó a sentirse incómoda con la conversación y los sentimientos del pasado. Había conseguido superar todo aquello que la acomplejaba y ahora, aquella chica de ojos negros, la hacía sentir como una niña en un mundo sólo de adultos.

—Se hace tarde, volvamos antes de que oscurezca del todo —Salió del agua y cogió una vieja toalla para secarse.

—¡Vamos! Dímelo. ¿Te han besado?

Hailey pensó en Sean y en la tristeza de su pérdida, pero aquella sensación que le impedía ponerse triste la calmó al instante.

—Me besó un chico —contestó desganada.

—¿Y?

Hailey frunció el ceño mientras veía como Amber empezaba a vestirse.

—No fue nada del otro mundo.

—Aix, pobrecita, perdida en esta situación y sin saber lo que es la pasión —Se acercó a ella y empezó a peinarla al igual que lo solía hacer Anne para mejorar su imagen—. Me encantaría decirte que encontrarás a tu príncipe azul pero, en la situación en la que estamos, no podemos ser muy optimistas.

Hailey se encogió de hombros, intentado no darle importancia al comentario de Amber, pero cuando volvieron al campamento y rodearon la hoguera donde la pesca del día se cocinaba, no pudo evitar reparar en el hecho de que absolutamente todos estaban por parejas. Amber y Troy, a pesar de no compartir ningún gesto romántico, siempre terminaban sentados muy juntos, como si fueran dos piezas imantadas. Lo mismo sucedía con Danny y Emily, hasta el punto de que él se encargaba de ahuyentar los insectos que tanto molestaban a la pequeña, simplemente por el hecho de verla sonreír. Jake y Lori habían empezado a ponerse hasta empalagosos y ya hacía varias noches que se perdían en el bosque para volver acalorados y con un brillo especial en los ojos. Hasta los pequeños Keith y Nicole lloraban desconsoladamente si por las noches no dormían cerca el uno del otro.

Hailey empezó a observarlos a todos mientras comía lentamente su ración de pescado. Era como si la naturaleza se hubiera encargado de emparejarlos a todos. Pero en su plan había un gran fallo; ella estaba sola. Los miedos de su pasado se instauraron en la boca de su estómago, cerrándolo y dificultando que la cena entrara.

Aquello parecía una broma cruel del destino. El temor a terminar sola, que le había quitado el sueño en su adolescencia, volvía a materializarse en aquella situación surrealista y extraña en la que vivía ahora.

Cuando Jake besó la mano de Lori, después de que le quitara un pedazo de pescado que se había enganchado en su barba de varios días, una punzada atravesó el corazón de Hailey, sintiéndose de nuevo aquella niña diferente a las demás y que nunca encontraba su sitio.

Se levantó y, fingiendo un repentino dolor de cabeza, se adentró en la tienda de campaña y se acurrucó en su saco de dormir, intentando que las lágrimas no brotaran de sus ojos.

Un grito, seguido de una ristra de palabrotas que hicieron que Emily abriera los ojos como platos, dio paso a una Amber encolerizada que se rascaba con insistencia la mano derecha. Hailey y Lori abandonaron su tarea de enseñar palabras nuevas a Keith y Nicole para ir a socorrerla.

—No te rasques, Amber, ya sabes que es peor —Lori hizo una rápida mezcla de agua y barro y se la aplicó en la mano.

—¿Es que esas malditas arañas siempre han de picarme a mí?

—Viven en los arbustos de las moras, ya deberías saberlo —canturreó Hailey divertida—. ¿Ésta es ya la tercera picada en esta semana?

Amber la miró indignada. Desde la conversación en el arroyo, Hailey se había vuelto fría y distante con ella, sacando una parte de su carácter que creía que no tenía.

—Odio este lugar, odio a esas arañas… ¡Odio esta vida! —Se alejó por el camino del arroyo, dejando a Lori con las manos llenas de barro.

Troy no tardó en seguirla, preocupado por ella.

—Y allí va su príncipe a socorrerla —Hailey soltó una risilla sin humor.

—¿Se puede saber qué te pasa? —Jake se sentó junto a su hermana, que había vuelto junto a los pequeños, que ahora jugaban con unas hojas.

—No sé de qué hablas.

—Sí lo sabes. Llevas unos días muy rara, sobre todo con Amber.

Hailey se encogió de hombros sin mirar a su hermano a los ojos.

—Sabes que nos lo puedes contar —Lori le dedicó una cálida sonrisa.

—No me pasa nada.

—Vamos, hermanita, el sarcasmo es tu acompañante a todas horas del día.

Hailey levantó la mirada y se encontró con los ojos preocupados de su hermano y de Lori.

—Lo siento, últimamente estoy algo triste, y los comentarios de Amber no ayudan.

Las facciones de Jake se endurecieron al instante.

—¿Qué te ha dicho ésa?

Una media sonrisa se dibujó en los labios de Hailey al notar el tono protector de su hermano.

—Nada que no sea verdad.

Lori empezó a acariciarle el pelo con cariño.

—Y esa verdad es...

—Es una tontería —Miró al suelo, sintiéndose una niña pequeña.

—Si te hace estar triste no lo es.

Hailey bufó.

—¿Desde cuándo te has vuelto tan maduro? Me recuerdas a papá.

Jake meditó un segundo antes de contestar.

—Gracias, supongo. Pero ahora deja ya de escurrir el bulto, ¿qué te pasa?

Los dedos de Hailey empezaron a entrelazarse con la hierba del suelo.

—Amber me hizo ver que todos tenéis una pareja. Todos excepto yo.

—¡Eso es una chorrada enorme! —Jake enarcó las cejas, dándole énfasis a su exclamación.

—¿Estás seguro? Vosotros, Amber y Troy... Hasta los pequeños están emparejados.

Lori se mordió el labio inferior sin saber cómo animar a su amiga, ya que su observación era cierta.

—Nadie ha dicho que estemos solos. Hasta que nos topamos con Amber y los demás, creíamos ser los únicos habitantes del planeta —comentó Lori, contenta de haber encontrado un buen argumento.

—¿Y si no?

Jake deslizó la mano bajo el mentón de su hermana y la obligó a mirarle a los ojos.

—Hermanita, ¿recuerdas cómo te lamentabas porque todas tus amigas ya habían besado a alguien y tú aún no?

Hailey asintió, incómoda por hablar de aquello con su hermano.

—Pues si mal no recuerdo, antes caerme de la moto, me pareció ver a cierta jovencita de cabello castaño besando a Sean.

—¿A qué viene eso? —Sus mejillas se tiñeron de rojo y Jake no pudo evitar sonreír ante su inocencia.

—Creo que lo que intenta decirte tu hermano es que todo llega. Querías un beso y te lo dieron y seguro que dentro de poco encontrarás a alguien con quien compartir tu vida.

Hailey miró a Lori y sonrió tímidamente.

—Pero como ese tío no tenga una cueva de propiedad y una buena bolsa de comida no saldrá con mi hermana —bromeó Jake, poniéndose en pie.

Hailey empezó a reír y se cubrió la cara con las manos.

—Soy una tonta por preocuparme por un romance cuando lo importante es buscar comida.

—No digas eso, todos necesitamos amor —Lori le pasó el brazo por encima de los hombros—. Y mientras tu príncipe azul no aparece, nos tienes a nosotros.

Ambas se abrazaron pero, a pesar de sentirse mejor, en el fondo de su alma aún quedaban restos de la tristeza que le evocaba un futuro lleno de soledad.

11
EVOLUCIÓN

Las risas de Nicole invadieron el campamento aquella tarde, mientras Troy la hacía girar con sus fuertes brazos.

—Te gusta, ¿verdad?

—¡Sí! —gritaba la pequeña entre risas.

Amber acarició el negro cabello de Keith, que estaba construyendo una montaña de piedras con Emily y Danny, y cogió una mochila con las cosas necesarias para su aseo diario.

—Vamos ya, Troy, anochecerá pronto y es hora del baño.

Hailey la miró de reojo, mientras buscaba piedras por los alrededores para la caza del día siguiente. Al parecer, aquellos dos eran algo más que compañeros si ya compartían los baños en el arroyo.

Prefirió ignorarlos y se centró en su tarea.

Troy dio un sonoro beso en la mejilla de Nicole y sonrió a Jake que, junto a Lori, separaba las pocas latas que habían encontrado en la última expedición a las ruinas. Jake le devolvió la sonrisa y siguió lamentándose por la escasez de comida.

A los pocos minutos de que Amber y Troy se hubieran marchado, una extraña sensación se apoderó de todos ellos.

Revisó el contenido de la mochila y chasqueó la lengua al ver las dos latas de conservas y la cantimplora con agua.

—¿Es que ésta es tu idea de provisiones para el camino?

—Amber, Jake tiene muy controladas las reservas de comida y se hubiera percatado de nuestra fuga si llego a robarles más.

Tomaron un camino que descendía por una colina, alejándose cada vez más del campamento.

—Bueno, algo es algo, pero tendrás que cazar.

—Tranquila, he aprendido mucho estos días junto a ellos.

Siguieron caminando en silencio durante un largo período de tiempo.

—¿Crees que estarán bien?

—Troy, ya has visto cómo son, cuidaran bien de los niños, y tú y yo encontraremos restos de nuestra antigua civilización. Ahora que ya no tenemos que cargar con ellos podremos buscarla sin problemas.

Él asintió algo triste. En el fondo, le gustaba tener a su cargo a los pequeños.

—Crees realmente que queda algo de nuestra sociedad, ¿verdad?

Amber se giró y le miró con los ojos llenos de esperanza.

—Sí. Si mi vida ha de ser a partir de ahora cazar y buscar harapos para vestirme, te aseguro que me suicidaré.

Troy negó con la cabeza y siguieron caminando hasta que la noche les obligó a acampar.

Lori intentó calmar el llanto de Keith y Nicole ante el revuelo que se había organizado en el campamento. Jake volvió corriendo del sendero del arroyo negando con la cabeza, mientras Hailey maldecía a Amber y a Troy por haberles abandonado con dos bocas más que alimentar.

—Sabía que algo así pasaría, tenía un mal presentimiento —Jake se sentó abatido y acarició el cabello rizado de Nicole, que había parado de llorar.

Emily le secó las lágrimas con su mano a Keith.

—Saldremos de ésta, como hasta ahora —Hailey se sentó en el suelo y rodeó con el brazo a Danny, que la había estado ayudando a buscar a Amber y a Troy.

—Sé que parezco debilucho, pero yo puedo aprender a cazar.

—¿Ves, Jake? Danny es todo un hombrecito —Lori le sonrió.

Jake le devolvió la sonrisa sin ganas, sintiendo el peso de la responsabilidad, que recaía de nuevo sólo sobre sus hombros.

Terminó de extender sobre unas ramas la ropa recién lavada para que se secara y observó, sin que ella se diera cuenta, a la pequeña Emily, que mientras enseñaba varios objetos a Nicole y a Keith les pronunciaba su nombre.

—Za-pa-to —Agitó una deportiva delante de los ojos de los pequeños.

—Za… pa…

—Vamos, Keith, tú puedes.

El niño se concentró.

—Zapa… to.

—¡Muy bien! —Emily empezó a aplaudir.

Jake se acercó a Lori con más ropa recién lavada, seguido de Hailey que llevaba los restos del agua con jabón en un viejo cubo oxidado.

—Qué raro —musitó Lori para sí.

—¿El qué? —preguntó Jake.

—Escuchad a Emy.

Los tres se quedaron en silencio entre las sábanas que ondeaban con la brisa de la mañana.

—Ahora vamos a aprender para que sirve un zapato —Les volvió a enseñar la deportiva y los dos pequeños repitieron su nombre—. Un zapato se pone en los pies y sirve para caminar.

—¡Caminar! —exclamó Nicole, mientras cogía la deportiva y sonreía.

Hailey miró a Lori sonriente.

—Ya no sesea.

—Es verdad —musitó Jake sorprendido.

—Hace unos cuantos días que la observo a ella y a Danny, y es como si hubieran crecido mentalmente hasta alcanzar la misma edad que tienen sus cuerpos.

Una piedra pasó rozando la pierna de Lori, que saltó asustada.

—¡Estoy listo para cazar, Jake! —Danny corrió hacia ellos.

—Eso ya lo veremos, casi le das a Lori —Le riñó Hailey.

Danny se agachó junto a Lori y recogió algo del suelo.

—No quería darle a ella, sino a esto —Agitó ante ellos un lagarto de color verde.

Se quedaron asombrados ante la puntería de Danny.

—Parece que sí lo estás, pero que sepas que no pienso cenar eso.

Danny empezó a reír y corrió hasta Emily para mostrarle su caza. Ella lo cogió sin hacer demasiado caso a la proeza del chico y aprovechó para enseñarles a los pequeños el nombre del animal.

—¿Nosotros también hemos madurado hasta nuestra edad actual?

Jake miró a su hermana, que había lanzado la pregunta al aire.

—Supongo que sí, somos más responsables y hemos dejado de ser aquellos jóvenes que sólo querían divertirse.

El rostro de Lori esbozó una pícara sonrisa, le arrebató a Hailey el cubo con restos de agua jabonosa y empezó a mojarles mientras sus risas se elevaban por encima de las copas de los árboles.

—¡Te vas a enterar! —La amenazó Jake corriendo hacia ella con el pelo completamente empapado.

Jake empezó a perseguirla y ella no dudó en vaciar el resto del contenido del cubo sobre él.

Hailey empezó a reír al ver a su hermano completamente empapado y los más pequeños se le sumaron, mientras Jake intentaba dar caza a una rápida y esquiva Lori, que se refugiaba entre los árboles cercanos.

12
EL DESCONOCIDO

Conforme los días iban pasando, el calor del verano empezaba a remitir y la llegada del otoño se sumaba a los problemas que habían tenido entre las ruinas para hallar nuevas reservas de comida.

Tras una larga deliberación por parte de todos, Jake y Hailey habían partido aquella mañana en busca de una nueva ubicación para el campamento, cerca de las zonas de las ruinas que aún no habían explorado.

Bajaron por una colina, con la esperanza de encontrar una zona de terreno habitable y así poder establecerse, pero conforme más descendían, más espesa se hacía la vegetación y más empinado se volvía el camino.

—No creo que por aquí encontremos un buen sitio —Jake trepó con agilidad por un roble, para ampliar su perímetro de visión.

—Opino lo mismo, quizás deberíamos bordear las ruinas por el lado opuesto, pero me preocupa que si no tenemos una provisión de agua cerca…

—Lo sé, probaremos hacia el otro lado —Saltó del árbol con cuidado y algunas piedras se deslizaron bajo sus pies.

Hailey dio un respingo hacia atrás ante la aparición repentina de su hermano y perdió el equilibrio, cayendo de culo en el suelo y deslizándose por la superficie de la montaña.

—¡Agárrate a mí! —Jake le tendió la mano, pero ella no pudo

cogerla —¡Cógete a algo, he visto que la pendiente se acentúa muy cerca de aquí!

Los ojos de Hailey se abrieron como platos ante el pánico de su caída inminente e intentó aferrarse a las ramas bajas de los árboles y arbustos que no lograban frenar su rápido descenso.

—¡Jake! —Su voz sonó lejana.

Él empezó a bajar con cuidado de no seguir la suerte de Hailey, hasta llegar a un desnivel, cubierto de matorrales y hojas secas.

—¡Hailey! ¿Estás bien?

Ella le miró desde abajo, arrodillada en el suelo y con las manos ensangrentadas.

—Estoy bien, las hojas muertas han amortiguado la caída.

—No te muevas de ahí, voy a buscar un camino menos empinado para ayudarte a subir.

—Vale —Vio cómo su hermano desaparecía y resopló maldiciendo su torpeza.

Miró a su alrededor sin levantarse del suelo y se removió incómoda. La superficie en la que había aterrizado estaba llena de hojas marrones y amarillas cubiertas de tierra y barro, pero era irregular.

Mientras esperaba a Jake, sacó de su mochila la cantimplora y una pequeña toalla de mano; la humedeció y se limpió los arañazos que las ramas habían ocasionado en sus manos.

Decidió ponerse en pie con cuidado, por si había lesiones que aún no había detectado y al apoyarse sobre el montón de hojas que tenía en frente quedó paralizada.

Sus manos se habían hundido algunos centímetros y ahora tocaban algo cálido y suave que le recordaba a algo muy familiar.

Apartó las hojas con cuidado y contuvo la respiración al ver sobre lo que estaba sentada a horcajadas.

Ante ella, un hombre con el cabello y la barba negros, cubierto de ramas y barro, parecía muerto, pero la calidez de la piel que Hailey había acariciado denotaba lo contrario.

Estaba en coma.

Se apartó de un brinco y le observó de lejos sin atreverse a tocarlo.

Al cabo de un rato, que a Hailey le pareció una eternidad, Jake apareció jadeante y con una amplia sonrisa al verla.

—No te vas a creer el lugar tan perfecto para el nuevo campamento que he encontrado mientras buscaba un sendero para llegar hasta aquí. Es un claro en medio del bosque y lo mejor es que, frente a él, hay una presa de agua natural que… —Miró a su hermana, que parecía impasible ante la buena noticia—. ¿Qué te pasa?

Hailey, sentada sobre el suelo, señaló al montón de hojas donde estaba el desconocido y enarcó las cejas.

—No estamos solos.

Jake se acercó cauteloso hasta distinguir entre el barro el rostro de un hombre.

—¿Está…?

—No, está vivo. Al menos eso creo, su cuerpo está caliente —Un escalofrío recorrió su espalda al recordar el tacto de su piel.

Jake se agachó junto a él y comprobó si tenía pulso poniendo los dedos sobre su cuello.

—Hemos de llevarle al claro que he encontrado.

—¡¿Qué?!

—Hailey, no podemos dejarle aquí desamparado, imagínate que le ataca un oso.

Ella se puso en pie nerviosa, sin saber por qué aquel hombre en coma le producía aquella sensación de desasosiego.

—Es que yo…

Su hermano notó el nerviosismo en su voz y la cogió por los

hombros, obligándola a que le mirara.

—Sé que los durmientes transmiten una sensación rara, parece que están muertos, pero respiran, pero tú también estabas así.

—No es sólo eso, es que parece mucho mayor que nosotros.

Jake le dedicó una rápida mirada.

—Quizás estábamos equivocados al pensar que sólo los más jóvenes habíamos sobrevivido —Se quedó pensativo por un instante—. Sea como sea, ahora hemos de ayudarle.

Ella cogió una bocanada de aire.

—Está bien, pero es muy alto y no sé si entre los dos podremos moverle.

—Tú cógele los tobillos que yo lo sostendré por las axilas.

Le levantaron con cuidado y empezaron a recorrer lentamente el camino que llevaba hasta el claro.

Después de hacer varias paradas para recobrar el aliento y beber agua, llegaron a su destino. Hailey soltó al desconocido sin avisar a su hermano, que se tambaleó para recuperar el equilibrio y se acercó al embalse que delimitaba la zona con el resto del espeso bosque.

La luz se filtraba entre las copas más altas de los árboles, iluminando la verde hierba y los arbustos llenos de moras, y el agua de color turquesa brillaba con destellos blancos.

—Este sitio es mágico.

Jake resopló al reclinar al desconocido en el tronco de un gran árbol y se acercó a Hailey, que se mojaba las manos en el agua.

—Es perfecto, ¿verdad?

Ella le sonrió y los trinos de los pájaros quebraron el rumor tranquilo del agua y el viento.

—Volveré al campamento y trasladaremos todas las cosas aquí; así, mañana ya podremos empezar a explorar las ruinas del norte.

—Voy contigo.

Jake negó con la cabeza mientras rellenaba su cantimplora en el embalse.

—Has de quedarte con él.

—No.

—Hailey no seas testaruda, está indefenso y si, por lo que sea, despierta estando solo, se volvería loco —Hailey abrió la boca para protestar—. Imagínate que tú te hubieras despertado sola, habrías flipado.

Ella resopló, su hermano era demasiado sensato y maduro para discutirle nada.

—Está bien.

—Buena chica —Le dio un beso en la frente y, sin mirar atrás, se perdió en el bosque.

Hailey miró de soslayo el cuerpo inmóvil del hombre y decidió emplear el tiempo que tenía en reconocer la zona.

Se adentró algunos metros entre los árboles colindantes en busca de frutos comestibles, se descalzó y sumergió los pies en el agua fresca del embalse y, finalmente, estudió los árboles más idóneos para colocar las sábanas que constituían su tienda de campaña y su hogar de nómadas.

Cuando ya no supo qué más hacer para evitar reparar en el desconocido, sus ojos se toparon con su cuerpo. La lástima no tardó en vencer a su nerviosismo cuando sus ojos le escudriñaron con calma. Vestía sólo unos pantalones verdes, como los pijamas que daban en los hospitales, y su torso desnudo dejaba ver cómo su piel se adhería a sus costillas.

Movida por su mala conciencia, sacó la toalla y la cantimplora de la mochila y se acercó a él con la intención de limpiar el barro y las hojas muertas que parecían formar parte de su piel.

Tras varios viajes al embalse para limpiar la toalla, el aspecto del hombre era menos inquietante; hasta las facciones de su rostro se habían suavizado, pareciendo más un treintañero que un cuarentón como había creído ella en un principio.

Los gritos de los más pequeños al llegar al claro devolvieron a Hailey a la realidad y corrió hacia ellos para ayudarles con las bolsas que transportaban.

Jake y Lori no tardaron en aparecer cargados con la ropa y con los pocos objetos que tenían.

—Es una preciosidad de lugar —Lori se acercó al embalse seguida de Nicole y Keith, que no osaban decir nada.

—Jake, he estado inspeccionando la zona; en aquel lateral hay un par de árboles frutales y en esa zona las ramas de los árboles son lo suficientemente bajas y robustas como para anudar las sábanas de la tienda.

—Veo que no te has aburrido, hermanita.

Hailey dedicó una rápida mirada al desconocido.

—La compañía que tenía no me daba mucha conversación.

Danny y Emily dieron un respingo al ver al hombre y corrieron hasta él para observarle de cerca.

—¿Está muerto? —musitó Emily resguardándose tras la espalda de Danny.

—No, está dormido, igual que lo estaba Hailey —Danny le tocó la barba con cuidado.

Lori se acercó a Hailey, que desde la distancia observaba a los niños con el desconocido.

—Parece que está mucho más desnutrido que nosotros. Espero que no tarde en despertar o consumirá todas sus reservas.

La idea de ver a aquel ser barbudo de pelo largo correteando por su nuevo e idílico campamento puso los pelos de punta a Hailey, que decidió centrarse en las tareas de reconstrucción de la tienda para mantener su mente ocupada y alejada del inquietante desconocido.

13
LA CAZA

Gracias a la pequeña migración del campamento, las expediciones a las ruinas del norte habían empezado a dar sus frutos, aumentando en pocos días las reservas de comida. Por suerte, aquella zona estaba menos destruida que la anterior y, en la mayoría de edificios de viviendas, los armarios y las antiguas despensas aún mantenían su forma original y, evidentemente, los alimentos que albergaban.

Jake, Hailey y Danny formaban un equipo de caza de lo mas eficiente y, gracias al embalse, no tenían que ir demasiado lejos para cazar, ya que los pequeños animales acudían a la reserva de agua para beber.

Aquella noche, Hailey estaba especialmente cansada tras haber perseguido a una codorniz hasta dar con su nido y sus huevos, que fueron recibidos en el campamento con una gran ovación.

Se sentó abatida en su saco de dormir, y el resto del grupo no tardó en hacer lo mismo.

Hailey soltó un silencioso quejido y chasqueó la lengua.

—Ya estamos otra vez hermanita, cada noche igual —Jake se dejó caer de espaldas en su mullido sacó y Lori apagó en un cubo de agua la pequeña antorcha que iluminaba la tienda.

—Es que me pone nerviosa —Esperó a que sus ojos se acostumbraran a la oscuridad y empezó a distinguir las siluetas de todos—. Además, entre la penumbra es aún más inquietante, esa barba y ese pelo le dan un aspecto…

—Amenazador, lo sabemos Hailey —Se burló Danny, acurrucándose junto a Emily, que se había quedado profundamente dormida.

—Vale, lo sé. Sé que os digo lo mismo todas las noches, pero es que está dormido a mi lado y no me hace gracia —Se tapó la cabeza con el saco de dormir.

—Te propongo algo —La voz de Lori era un susurro tranquilizador—. Mañana le cortaré el pelo y le afeitaré la barba, a ver si así ya no te aterra por las noches.

—Y por el día —musitó Hailey contra la ropa.

Lori suspiró y, poco a poco, el sueño se fue apoderando de todos ellos.

Las risas de Emily mientras ayudaba a Lori a cortar el pelo al desconocido habían conseguido espantar a algunas aves que se habían acercado al embalse para beber; así, mientras ellas se encargaban de la sesión de peluquería y de las clases de vocabulario de los más pequeños, Hailey, Danny y Jake habían descendido por la orilla del embalse en busca de un lugar tranquilo donde los pequeños animales se sintieran seguros para beber y fueran un blanco fácil.

Mientras esperaban pacientemente y en silencio, tras unos frondosos arbustos junto a la orilla, Jake repartió una lata de sopa de tomate en tres vasos de plástico descolorido y desayunaron tranquilamente.

El sonido de una rama seca que se rompía bajo su peso les alertó de que su víctima estaba cerca.

Asomaron, lentamente y con cautela, la cabeza por encima de la vegetación y observaron fascinados el joven ciervo que bebía apaciblemente a pocos metros de distancia.

El corazón de Hailey empezó a latir desbocado ante la belleza del animal, hasta que el certero golpe de la piedra que había lanzado su hermano le hizo tambalearse y caer desorientado al suelo.

Sin pensarlo dos veces, Jake salió de su escondite para evitar que se pusiera en pie y huyera. Se arrodilló junto a él y, mientras le sujetaba con una mano presionándole el cuello contra el suelo, rebuscaba algo en sus bolsillos con la otra.

Una idea se instauró en su mente y miró a su hermana.

—Hailey, corre ven, tú eres la que tiene la navaja.

Titubeante, ella se puso en pie y corrió hasta su hermano. En ese preciso momento, el ciervo recuperó por completo la consciencia e intentó incorporarse.

Danny saltó de entre los arbustos sobre la parte trasera del animal, impidiendo su marcha, mientras Jake, por su lado, sostenía con ambas manos la cabeza del ciervo.

—Hailey, has de rematarlo, clávale la navaja en el costado, justo en el corazón.

Ella le miró con el rostro completamente pálido y con los ojos abiertos de par en par.

—¡Hazlo ya! —gritó Danny, que no podía soportar los lamentos de desesperación del animal.

Hailey sacó la navaja con manos temblorosas y la acercó al costillar del ciervo.

—No puedo —sollozó—. Dejadle ir, por favor.

Jake le dedicó una intensa mirada.

—Está malherido por la pedrada en la cabeza, no sobrevivirá, has de terminar con su agonía ahora.

El corazón de Hailey retumbaba en sus oídos.

—¡Hazlo! —Le ordenó Jake.

Sin pensarlo, hundió con fuerza la navaja en el costado del ciervo, justo donde su instinto le decía que estaba el corazón y, tras un par de convulsiones, el animal murió ante sus ojos.

Se puso en pie mareada y corrió hasta el campamento intentando retener la sopa de tomate en su estómago.

Al verla pasar, Lori y Emily quisieron enseñarle orgullosas el cambio de aspecto del desconocido, pero ella desapareció entre los árboles cercanos para vomitar entre sollozos.

A los pocos minutos, Danny y Jake aparecieron con el gran animal sobre sus hombros, dispuestos a dividirlo en trozos y a ingeniar un sistema para que la carne no se echara a perder.

Lori se acercó a Jake con la preocupación brillando en sus ojos.

—¿Qué le ha pasado a Hailey?

—Lo ha rematado ella. Iré a ver como está —Lori le sonrió al ver cómo se adentraba en el bosque en busca de su hermana y empezó a bromear con Danny sobre recetas de cocina y lo bien que cenarían aquella noche.

Hailey estaba sentada bajo un árbol, abrazándose las rodillas y presionándolas contra su pecho.

—¿Estás bien?

—¿Cómo lo soportas?

Jake se sentó junto a ella.

—En ese preciso instante, evito mirarles a los ojos y procuro no pensar en lo que voy a hacer; me muevo por puro instinto, como si fuera un león que da caza a su presa.

Hailey soltó un largo suspiro.

—Te envidio, de verdad que parece que hayas nacido para esto, yo… Yo no he podido evitar que el pánico en sus grandes ojos me paralizara. Era tan hermoso y yo le he arrebatado su vida. ¿Qué derecho tengo a hacerlo?

—El derecho a sobrevivir, supongo.

Los ojos vidriosos de Hailey se clavaron en los de su hermano, que parecía distante.

—Jake, puedo recolectar huevos y hasta acompañarte a matar liebres pero, por favor, no me pidas que vuelva a matar a un animal tan hermoso.

Él se puso en pie con una sonrisa carente de humor en sus labios.

—Te prometo que no tendrás que presenciar nunca más nada igual —Le tendió la mano y ella la tomó para levantarse—. Aunque no lo creas, hoy también ha sido duro para mí.

—¿Danny está bien?

—Sí, para él esto es habitual, es joven y se adapta enseguida.

Ambos volvieron al campamento con la sensación de que las personas que habían sido en el pasado ya no existían.

Por unanimidad, decidieron que la mejor manera de conservar la carne del ciervo era cocinándola y envolviéndola en hojas limpias y Hailey, tras ver los pedazos de carne cocinados, que poco recordaban al majestuoso animal, decidió bloquear la vivencia de aquella mañana y pensar en que sólo era comida.

Tras la cena, Keith y Nicole corrían por el campamento junto a Emily, que había resultado ser una canguro excelente, y el resto miraban el crepitar de las llamas de la hoguera que teñía de naranja sus rostros.

—¿Ya le has visto? —canturreó Lori.

Hailey la miró con el ceño fruncido.

—¿A quién?

—A tu hombre del saco particular —Se mofó Jake.

—Ahora está mucho mejor —dijo Danny mientras se levantaba y perseguía a Emily y a los pequeños.

Hailey se puso en pie y les dedicó una mirada desconfiada.

—Voy a comprobarlo por mí misma.

Cogió una de las antorchas, que hacía Lori juntando varias ramas secas, y entró en la tienda de campaña.

En el fondo del todo, junto a su saco de dormir, empezó a definirse la silueta del desconocido a medida que se acercaba a él.

Se quedó paralizada al ver el cambio y se sentó junto a él para observarle con detenimiento.

Lori le había cortado el pelo, pero sin dejarlo excesivamente corto y, tras un buen lavado, ahora se ondulaba ligeramente sobre su frente y alrededor de su mandíbula angulosa.

Al verle sin su poblada barba, Hailey dudó una vez más de su edad, ya que ahora parecía algo mayor que su hermano, pero no tendría más de veinticinco años.

Pasó instintivamente su dedo índice por la curva de sus mejillas y observó el conjunto de sus facciones.

Avergonzada, puso un poco de distancia entre ellos, inclinándose hacia atrás, ya que ahora lo que el desconocido despertaba en ella era algo muy distinto al temor.

Emily entró en la tienda de campaña y corrió hasta Hailey con una sonrisa.

—Tiene los ojos tan azules como el embalse —Se sentó frente a ella.

—¿Y eso cómo lo sabes?

—¡Mira!

Sin que Hailey pudiera hacer nada para evitarlo, Emily levantó con sus deditos el párpado derecho del desconocido, dejando al descubierto un ojo con el iris más azul que Hailey había visto nunca.

—No hagas eso —Cogió la mano de la niña.

—Es guapo —Hailey se sonrojó—. ¿A que ya no te da miedo?

—No —Se puso en pie—. Vamos, volvamos con los demás.

Emily salió corriendo de la tienda, anunciándoles a todos que Hailey ya no temía al desconocido.

Hailey se paró y miró antes de salir al hombre que dormía profundamente.

Ya no le temía a él, pero sí a lo que despertaba en ella.

14
EL NOMBRE DEL DESCONOCIDO

El incidente ocurrido el día anterior con el ciervo, llenó los sueños de Hailey de pesadillas sangrientas y lamentos agudos, que la hicieron despertarse para vomitar a primera hora de la mañana.

Sin quererle dar más importancia, desayunó con los demás, junto los restos de la fogata de la noche anterior, pero su estómago se negó a retener ningún alimento sólido y finalmente Lori la convenció para que se tumbara y descansara todo el día.

Después de haber dormitado parte de la mañana mientras los demás se dedicaban a las tareas diarias, Hailey se recostó sobre su lado derecho y abrió los ojos sin ser plenamente consciente de la visión del desconocido moreno.

Se incorporó, con las fuerzas renovadas, y se sentó junto a él.

Parecía mucho más delgado y demacrado que cuando le había encontrado en el bosque y, por un momento, Hailey temió que se consumiera y muriera sin despertarse.

Acercó la mano lentamente y le acarició la línea de su mandíbula, pensando en que era una pena no poder ver aquellos ojos tan intensos a plena luz del día.

Fue terminar de pronunciar aquel deseo, que los párpados del chico se abrieron de golpe y, sin dejar de mirar al vacío, cogió con su fuerte mano la muñeca de Hailey que, asustada, empezó a gritar.

Jake fue el primero en acudir, justo a tiempo para ver como Hailey se deshacía de la mano del desconocido y éste se incorporaba.

—Hailey, ¿estás bien?

Ella se puso en pie y retrocedió algunos pasos, mientras miraba la piel enrojecida de su muñeca.

—Sí, sólo me he asustado, no esperaba que se despertara.

Los ojos azules del desconocido se clavaron en Jake, que se le acercó lentamente.

—Hola, me llamo Jake y ella es mi hermana Hailey. No debes temer nada, estás a salvo.

—¿Dónde está mi coche? —Su voz sonó grave y profunda.

Lori se asomó entre las sábanas, seguida de los más pequeños.

—Ya tendremos tiempo para las explicaciones; créeme, las necesitarás, pero ahora es mejor que bebas algo —Jake cogió una de las cantimploras que había en las mochilas de las expediciones y se la acercó.

El desconocido empezó a beber con ansia.

—¿Cómo te llamas? —musitó Hailey con un rastro de nerviosismo en su voz.

Él la miró y sus ojos le parecieron perturbadores.

—Justin —Se levantó y su altura la intimidó.

—Hailey, ¿por qué no vas a por algo ligero de comida para Justin, mientras yo le explico nuestra situación? —Ella asintió—. Asegúrate de que nadie entra durante un rato, parece un tipo temperamental y no sé cómo lo encajará —musitó cuando ella pasó a su lado.

Ella le miró preocupada, pero salió sin decir ni una sola palabra.

Lori había impedido que Hailey entrara en la tienda en un par de ocasiones después de oír algunos gritos por parte de Jake y Justin, mientras su hermano le intentaba explicar todo lo sucedido. Finalmente, y tras haberle proporcionado un plato de fruta, él y Justin visitaron las ruinas al igual que en su día lo hizo Hailey.

Cuando volvieron, el rostro de Justin era aún más frío e inexpresivo.

Jake pidió ayuda a Danny para hacer la fogata que encendían cada noche, y Justin se sentó alejado de los demás, que empezaban a preparar la cena.

Cuando el fuego empezó a prender, Jake se sentó junto a Lori y Hailey.

—Parece que no lo ha encajado bien —Lori le dedicó una rápida mirada a Justin.

—Es diferente.

—¿A qué te refieres con diferente? —Hailey miró a su hermano intrigada.

—Todos nosotros caímos en coma antes de cumplir los quince años y tras haber experimentado unos largos períodos de sueño; por lo que él explica, hemos deducido que cayó en coma tras un accidente de coche.

Lori sirvió un pedazo de pescado a Danny y otro a Emily.

—¿Conducía su padre?

—No, Lori, conducía él —Hailey le miró frunciendo el ceño—. Tenía dieciocho años cuando pasó.

—Bueno, quizás es casualidad que nosotros tuviéramos menos de quince años, pero igual hay más como él —Hailey le miró.

Jake se encogió de hombros.

Hailey cogió un bol con moras rojas y se acercó a Justin, que había enterrado su cabeza entre las rodillas. Se sentó frente a él, manteniendo las distancias y carraspeó para llamar su atención.

—Deberías cenar algo.

Él la miró sin cambiar un ápice su fría expresión.

—Gracias —Cogió la fruta   la lentamente.

Cada vez que tragaba, su ceño se fruncía como si le doliera y Hailey sintió lástima por él.

—¿Te duele?

—Nada que no se pueda soportar.

Su respuesta tajante la hizo sentirse incómoda.

—¿Y a ti? —Hizo un gesto con el mentón señalando la muñeca de Hailey, que había empezado a coger un color morado.

—Nada que no se pueda soportar —contestó desafiante.

Se removió incómoda sin saber por qué se había puesto a la defensiva con él.

—Lo siento —musitó sin ni siquiera mirarla—. Mi último recuerdo no es muy agradable y supongo que por eso desperté con algo de violencia contenida.

—Disculpas aceptadas. ¿Qué fue lo que pasó?

—Te he dicho que no era muy agradable, no quiero revivirlo.

Hailey se levantó irritada por las respuestas secas de Justin y se alejó dándole la espalda.

Le parecía increíble que hacía apenas un día que se había planteado la posibilidad de que él podría formar pareja con ella. Aquella imagen del chico desnutrido de ojos inquietantemente azules, había sido sustituida por la del chico arrogante y estúpido de ojos fríos.

A pesar de las quejas de Hailey y los intentos de Lori por conservar el buen ambiente en el campamento como si todos ellos fueran los miembros de una gran familia, Justin se había distanciado notablemente de ellos y, aunque compartían alimentos y algunas tareas, siempre estaba solo. Jake había contribuido a ello, ya que había algo en él que no le gustaba y sobre todo quería mantenerlo lejos de su hermana.

Aquella tarde, Jake y Lori habían ido en busca de ropa y objetos útiles a las ruinas, dejando a los pequeños a cargo de Emily y Danny.

Hailey estaba en la orilla del embalse con un montón de ropa sucia y se esmeraba en quitar las manchas, pero el agua sola no las podía borrar.

A pocos metros de ella, en la zona más soleada del campamento, Justin se había pasado todo el día clavando pequeñas ramas en el suelo y mirando al cielo.

Keith empezó a correr tras Danny y Nicole, mientras jugaban al escondite.

Justin se sentó y suspiró complacido por lo que acababa de construir.

Aquel sonido de satisfacción llamó demasiado la atención de Hailey, que no paraba de preguntarse qué era lo que había estado haciendo con aquellas ramas clavadas en el suelo. Se puso en pie, dejando la ropa a medio lavar en la orilla del embalse, y se encaminó hacia Justin.

Al notar su presencia junto a él, Justin no se dignó a mirarla.

—Eso es...

—¿Un reloj de sol? Sí.

Hailey miró el círculo perfecto que había creado sobre la tierra; unas piedras redondeadas de color gris marcaban las horas. En el centro, una rama más gruesa y sorprendentemente recta, proyectaba una sombra sobre los elementos del círculo, indicando la hora exacta en la que se encontraban.

—Es impresionante. ¿Qué eres, un *boy-scout* o algo así?

Él la miró desde su cómoda posición en el suelo, y sus ojos se entrecerraron al verse deslumbrados por el sol.

—Algo así.

La sensación de presión y ansiedad que provocaban aquellas frases cortantes en el estómago de Hailey, le daban ganas de gritarle y hacían aflorar lo peor de ella.

—Lástima que no te vaya a servir de mucho un reloj en nuestra situación, a no ser que te dediques a pregonar las horas haciendo sonar una cuchara contra un puchero —Sonrió satisfecha ante su sarcasmo.

El azul de los iris de Justin destelleó bajo el sol y apartó la mirada de ella de una manera tan lenta y autosuficiente que Hailey temió echarse a su cuello para estrangularle.

—No es mi intención, pero si quieres ser tú nuestro reloj de cuco particular...

Hailey cerró los puños con fuerza hasta que sus nudillos se volvieron blancos.

—¿Entonces para qué es?

"Egocéntrico y creído"—añadió mentalmente.

—El otoño no durará eternamente, así que quiero ver a la hora en la que se pone el sol cada día para hacer una media y calcular cuándo llegará el invierno. Si tú también vivías como yo en esa ciudad en ruinas, sabrás que aquí los inviernos son muy fríos y deberíamos construir un sitio mejor para guarecernos de las posibles nevadas y donde poder almacenar víveres para los meses de frío.

La boca de Hailey se abrió lentamente, embobada ante su razonamiento. Al darse cuenta de su expresión de sorpresa, carraspeó.

—Deberías explicarle todo esto a Jake.

Justin se puso en pie y Hailey retrocedió ante lo que le hacía sentir su altura. Odiaba haberse desarrollado como mujer, pero seguir midiendo poco más que antes, su metro sesenta parecía ridículo ante el metro ochenta que debía hacer él.

De pronto, un grito agudo, seguido de varios lamentos y el chapotear del agua alertó a Hailey, que salió corriendo hasta la orilla donde había estado lavando la ropa.

Danny, Emily y Nicole, corrieron hasta el embalse, mientras Keith empezaba a alejarse de la orilla y a hundirse en las azules aguas enredado en una sábana que Hailey había estado lavando.

—¡Hailey! Keith se ha caído —Los ojos de Emily reflejaban su pánico.

—No os mováis de ahí —Les ordenó Hailey con un tono firme mientras se quitaba rápidamente los zapatos.

Antes de que ella pudiera tirarse al agua, Justin pasó corriendo como un rayo, desprendiéndose de su camiseta, y saltó al embalse cerca del niño que se había hundido como un peso muerto.

El silencio y los segundos que pasaron antes de que Justin reapareciera en la superficie con el pequeño entre sus brazos, dejaron sin respiración a Hailey.

Justin acercó al pequeño inconsciente a la orilla y ella lo sacó del agua con esfuerzo. Nicole empezó a llorar desconsoladamente al ver a su amigo empapado y sin sentido.

—Lleváosla de aquí —rugió Justin saliendo del agua.

Hailey apoyó su cabeza sobre el pecho del niño y el mundo pareció detenerse a su alrededor.

No tenía latido.

Intercambió con Justin una silenciosa mirada cargada de significado y él apoyó sus manos sobre el pecho del pequeño.

Sin decir nada en absoluto, Hailey tapó con los dedos la nariz de Keith, le abrió la boca e insufló aire en su interior intentando recordar sus clases de primeros auxilios en el instituto.

Justin empezó a contar mientras bombeaba su corazón presionando sus delicadas costillas.

El llanto de Nicole cada vez era más lejano.

—Uno, dos, tres… Insufla.

De pronto, la boca de Keith se llenó de agua, Hailey lo recostó rápidamente de lado y el niño empezó a toser expulsando el líquido de sus pulmones.

—Lo hemos conseguido —Sonrió a Justin.

Él se puso en pie y sus ojos le devolvieron una fría mirada. Pero Hailey no se sintió colérica en esta ocasión, ya que vio algo en sus iris azules, un pequeño y fugaz brillo que poco tenía que ver con su habitual desdén y cinismo.

—Deberías enseñarles a nadar.

Hailey abrazó a Keith, que empezó a llorar al revivir lo sucedido y decidió ignorar su comentario.

Justin había demostrado sin proponérselo que, tras su fachada fría y distante, había un ser humano con principios y eso era suficiente para Hailey para dejarle en paz el resto del día.

15
LA ESCALERA
DE CARACOL

A pesar de que le había costado reconocerlo, y le molestaba que no se le hubiera ocurrido a él, Jake había aceptado el consejo de Justin de que necesitaban un lugar donde pasar el frío invierno.

Según los cálculos de Justin, disponían aún de varias semanas para recolectar alimentos y almacenarlos.

Lori había estando bromeando con la fábula de la hormiga y la cigarra para calmar el ambiente tenso que se hacía palpable entre los dos chicos, que parecían disputarse en silencio el puesto de macho dominante de la tribu.

En la intimidad, Hailey y Lori se divertían hablando del tema, recordando sus clases de prehistoria y cómo los hombres de las cavernas se disputaban el liderazgo.

El sol apenas llevaba una hora brillando en el cielo, para cuando los tres chicos y Hailey habían sumado sus fuerzas para recorrer las ruinas con sumo cuidado en busca de comida, encendedores o cualquier elemento que les pudiera ser útil.

Jake y Justin caminaban delante de Hailey y Danny, dando pasos firmes y sin mirarse.

Aquella imagen le pareció de lo más cómica a Hailey. Realmente, se comportaban como dos gallos en un mismo corral.

Pasó el brazo por encima de los hombros de Danny y le sonrió.

—Cómo me alegro de que tú aún seas como un niño —Él la miró sin entender por qué le decía aquello.

Jake se paró junto a un edificio de dos plantas que conservaba prácticamente toda su estructura intacta.

—Quizás podríamos trasladarnos aquí.

Justin se acercó a la edificación colindante, que sí presentaba serios daños a causa de un derrumbamiento, y chasqueó la lengua.

—Ninguna de tus ideas me parece factible, ni la de trasladar piedras y ladrillos para crear nuestra propia casita en el claro, ni la de vivir aquí; creo que los cimientos de este lugar están dañados como los demás edificios.

La ira centelleó en los ojos marrones de Jake, haciendo resaltar un brillo verdoso en ellos.

—A parte de socorrista y explorador, ¿ahora también eres arquitecto? —Jake se adentró desafiante en el edificio.

—Jake, ten cuidado —Hailey pareció molesta por la testosterona que dominaba los impulsos de su hermano—. Sabes que Justin tiene razón.

Justin le dedicó una mirada confusa y Jake murmuró algo ininteligible desde el interior.

—A mí me parece una zona segura —Jake se asomó por la ventana del primer piso a los pocos instantes.

Sin previo aviso, Danny entró corriendo por la puerta abierta en busca de Jake.

—Entra, hoy no creo que se venga abajo, pero no aguantará más de una semana —Justin le señaló con la punta de sus viejas deportivas rotas la hiedra que parecía adentrarse en la tierra y perderse en los cimientos.

Hailey entró con pasos cautos y observó el interior. Aquel edificio parecía haber sido una biblioteca o una librería, donde los muebles antiguos y los libros habían cohabitado en armonía.

En el centro, una gran escalera de caracol de madera tallada daba paso a la planta superior.

Jake y Danny bajaron por la escalera con varios libros entre sus brazos. Al pasar junto a Hailey, ella arrebató uno de las manos de Danny y leyó su título.

—¿Veintidós, veintidós? Bonito título —Miró a Jake que llevaba diez ejemplares apilados sobre su pecho—. ¿Para qué queremos estos libros?

—El papel es un buen aislante del frío; quién sabe, quizás podamos conseguir suficientes libros como para hacer un suelo para nuestro hogar de invierno.

Justin se apoyó contra una vitrina llena de polvo y musgo y soltó un soplido irónico mientras veía salir a Danny y a Jake.

Hailey le miró molesta.

—No te quedes ahí burlándote de mi hermano y haz el favor de subir conmigo para ayudarme a sacar todos los libros.

Ella subió rápidamente y Justin la siguió.

—Que conste que sólo voy a ayudarte porque la idea de tener literatura a mano para pasar las horas muertas me llama mucho la atención.

Hailey se plantó frente a una estantería llena de viejos volúmenes con aspecto de primeras ediciones y le miró desafiante.

—¿Crees que no es buena idea usar el papel como aislante?

Él se quedó al borde de la escalera y se cruzó de brazos.

—Sí, es buena idea, hasta que llueva, los libros se mojen y empiecen a llenarse de moho; entonces no sólo no serán de ayuda como aislante, sino que serán un foco de bacterias y hongos.

Hailey rugió furiosa.

—Me sacas de quicio, pero… tienes razón —masculló entre dientes.

Tiró con desgana el libro que tenía entre las manos sobre una mesilla de madera y hierro forjado y se asomó por el hueco de la escalera de caracol, apoyando su peso sobre la barandilla.

—¡Jake! —Su hermano la miró desde la planta baja—. Tu plan es casi perfecto, porque cuando llueva...

Se oyó un ligero crujido y un polvo blanco empezó a caer de lo alto de la escalera.

Hailey miró hacia arriba, reaccionando rápidamente. Apartó de un empujón a Justin, desplazándolo del hueco de la escalera hasta el centro de la sala y miró horrorizada como la hermosa estructura se convertía en un montón de escombros y astillas cubiertas de polvo.

—¡Hailey! —Jake tosió al llamar a su hermana.

—Estoy bien, Jake, ¿y vosotros?

—Tranquila, estamos enteros. ¿Hay otra escalera o algún modo para bajar por ahí?

Hailey miró a su alrededor. Había una puerta de cristales de colores en el otro extremo de la gran habitación. Justin se acercó a ella y la abrió.

—No, esto es sólo un salón de té o algo similar y no tiene salida.

—Jake, estamos atrapados.

Se oyó a Jake soltar algunas palabrotas, mientras Danny intentaba calmarle sin éxito.

—Iremos a buscar una escalera de mano o algo para ayudarte a bajar.

Justin asomó la cabeza junto a Hailey y sonrió.

—Espero que no seas tan rencoroso como para rescatarla sólo a ella y dejarme a mí aquí.

—Enseguida volvemos, Hailey —Desapareció, haciendo caso omiso al desafío de Justin.

Ella le dedicó una fría mirada y el mismo destello verde que solía aparecer en los ojos de su hermano lo hizo en los de Hailey.

—Disfrutas sacando de quicio a todos los que te rodean, ¿no es así?

Justin se encogió de hombros y se encaminó hacia una silla de aspecto frágil frente a la mesilla donde Hailey había dejado el libro. Cuando se sentó, la madera emitió un ligero crujido.

Ella soltó un largo suspiro y se asomó por una ventana con los cristales rotos.

El crujir del libro viejo, cuyas hojas se negaban a ser separadas a causa de la humedad y el paso de los años, hizo que Hailey volviera a mirar a Justin, que pretendía entretenerse.

Ella se deslizó con la espalda pegada a la pared y se sentó en el suelo donde un día una cálida moqueta había dado un toque solemne y acogedor al lugar.

El olor a humedad y a papel mojado predominaba en la estancia.

—Por cierto, gracias por apartarme del hueco de la escalera, casi me mata —musitó sin despegar sus ojos del libro.

—Ha sido puro instinto.

Él la miró con el ceño fruncido.

—¿Me estás diciendo que de haberlo pensado no me habrías ayudado?

—Te estoy diciendo que no has de agradecerme nada, cualquiera habría hecho lo mismo.

Él puso los ojos en blanco y se volvió hacia su libro con una mueca de indiferencia en su rostro.

La sangre de Hailey empezó a hervir.

—¿Por qué siempre has de actuar así?

—¿Cómo? —Despegó una hoja del libro y miró un grabado ignorando a Hailey.

—¡Como un imbécil arrogante al que no le importa nada más que él mismo! —Justin se encogió de hombros, crispando aún más los nervios de ella—. Nos esforzamos cada día para que estés integrado en nuestra familia y tú pasas de todo, es más —elevó el tono de voz—, no es sólo que pases de todo, es que encima te burlas y te recreas en ese cinismo que te dan ganas de… —Hizo un gesto como si le estrangulara.

—Menudo genio tienes, pequeña —musitó tranquilo.

—¡Argh! —Hailey se tapó la cara con las manos conteniendo su ira.

Un incómodo silencio se adueñó de la habitación y Hailey se puso en pie para buscar en el exterior a su hermano y a Danny, que estaban tardando una eternidad en sacarla de allí.

—¿Quieres saber por qué no quiero ser parte de tu familia?

Ella se giró y se topó de lleno con la mirada azul e inquietante de Justin.

—Ilumíname —Se cruzó de brazos.

—Simplemente, no quiero encariñarme con nadie porque soy realista.

Hailey negó con la cabeza.

—No te entiendo.

—Mira a tu alrededor. Está claro que un holocausto ha terminado con nuestra especie y, sinceramente, desconozco por qué nosotros aún seguimos con vida, pero sé a ciencia cierta que no pasaremos de la primera ola de frío que traiga el invierno.

Ella se le acercó con pasos firmes y apoyó las manos sobre la mesa, acortando la distancia entre ellos y dedicándole una fría mirada.

—Entonces, ¿eres un estúpido porque no quieres llorar cuando, poco a poco, nos vayamos muriendo de frío? —Enarcó las cejas.

—Básicamente, sí —Se recostó en la silla alejándose de ella y levantó el libro frente a sus ojos para retomar su lectura.

Los ojos de Hailey cada vez estaban más verdosos a causa de su enfado.

—Quizás deberías vivir solo en la montaña, así seguro que no lamentarás la pérdida de nadie, y de paso nosotros recuperaremos la calma en el campamento.

—Tranquila, estoy buscando un refugio.

Hailey le arrancó el libro de las manos y lo lanzó con furia por el hueco de la escalera.

—¿Serías capaz de encontrar una cueva donde pasar el invierno y dejarnos morir a los demás?, ¿a los niños?

—Moriremos de todas formas, así que, no sufras —dijo sin alterarse.

Sin poder contener sus instintos más primarios, Hailey levantó la mano y la estrelló contra la cara de Justin en una sonora bofetada.

Los ojos de él brillaron como el frío hielo y atrapó al vuelo la muñeca de ella sin dolerse un instante de la agresión que ya empezaba a enrojecer su cara.

Acercó a Hailey hasta él de un fuerte tirón.

—Todo esto te provoca tanta ira porque sabes que en el fondo es cierto, tú también sabes que tarde o temprano alguien enfermará o se hará daño y que, sin un equipo médico, moriremos sin remedio —Su voz parecía el sesear de una serpiente.

—Te equivocas, si reacciono así es porque lo único que me mueve es el instinto de supervivencia, algo que tú intentas esconder a base de sarcasmos —Se soltó de un fuerte tirón pero permaneció tan cerca de él que se veía reflejada en sus ojos—. Tratas de negártelo, pero estás más asustado que todos nosotros juntos, por eso no te vas y nos ayudas cuando lo necesitamos. Estás tan perdido como yo.

Algo cambió el los iris de Justin, volviéndolos más cálidos.

Hailey había desmontando en tan solo un segundo su fachada de indiferencia y autosuficiencia.

—¿Y qué debo hacer? ¿Jugar a las casitas contigo?

—Qué más quisieras que tenerme de compañera.

Ella intentó retroceder pero él la cogió de su larga trenza, que colgaba por encima de su hombro derecho, acercando su rostro al de Hailey.

—Siempre he tenido lo que he deseado, así que no me pongas a prueba.

Hailey le empujó con fuerza y las patas de la silla que sostenían a Justin se partieron como si fueran ramas secas, haciéndole caer al suelo.

—Jamás me tendrás —Intentó que su voz no temblara, delatando así la turbación que él despertaba en ella.

—¡Hailey! —La voz de Jake la hizo asomarse por el hueco del suelo con una radiante sonrisa—. Hemos encontrado esta escalera en el viejo parque de bomberos.

Justin se asomó para ver como Danny y Jake colocaban con cuidado la larga escalera metálica que les sacaría de allí.

—Creo que he de hacer algo antes de que tengas escapatoria.

Hailey le miró sin saber a qué se refería y, antes de que pudiera oponerse, Justin se abalanzo sobre ella con movimientos ágiles, atrapó su rostro entre sus fuertes manos y le robó un rápido beso del que ella apenas fue consciente hasta que vio la mirada descarada de Justin y sintió una cálida sensación que recorrió en segundos todo su cuerpo hasta acelerar su corazón.

16
LOBOS Y TIGRES

Miró la fecha de caducidad de varias barritas energéticas y abrió una para probarla. El gusto a rancio le hizo poner una extraña mueca y tirar el resto del alimento a la hoguera que, como cada noche, presidía el centro del campamento.

—Siempre me he preguntado si realmente las fechas de caducidad hay que seguirlas al pie de la letra, pero está claro que si el alimento lleva caducado… —Miró el paquete de otra barrita— cinco años, es que de verdad está malo.

Lori bebió un trago de agua para eliminar el regusto de la avena caducada y miró a Hailey, que no apartaba la mirada de Justin, situado al otro lado del campamento donde, a la luz de una pequeña fogata, clasificaba algunos objetos metálicos.

—Tóma, cómete esta barrita, está muy buena —Hailey cogió el paquetito que le ofrecía su amiga sin mirarla—. ¡Hailey!

—¿Qué? —Le dedicó una mirada de sorpresa.

—Acabo de contarte que la comida está caducada y tú te la ibas a comer, ¿dónde estás esta noche?

Una sensación hormigueante empezó a recorrerle el estómago; la misma sensación nerviosa que la había acompañado todo el día desde que Justin la había besado aquella mañana.

Tenía que contarle a alguien lo sucedido.

Buscó con la mirada a Jake, que acababa de entrar en la tienda de campaña con algunos libros infantiles para Keith y Nicole, que estaban a punto de irse a dormir.

Danny estaba enseñando a Emily a usar el tirachinas de Jake, disparando contra algunas latas vacías que había apilado en las rocas de la orilla del embalse.

—Prométeme que no se lo contarás a nadie, y mucho menos a mi hermano.

Los ojos de Lori se entrecerraron y dedicó toda su atención a su amiga.

—¿Qué ha pasado con Justin?

—¡¿Cómo sabes que es algo relacionado con él?! —Se tapó la boca con las dos manos.

—Llevas desde que habéis vuelto de las ruinas evitándole, pero sin quitarle los ojos de encima.

Hailey no pudo evitar mirarle. La luz de la hoguera le daba a su piel un aspecto aterciopelado de color bronce que no hacía más que resaltar sus brillantes ojos.

—Cuando nos hemos quedado atrapados en la librería, nos hemos peleado y la verdad es que no sé por qué pero al final nos hemos dicho cosas muy feas, hemos perdido los nervios y… —El corazón le dio un vuelco al revivirlo— me ha besado.

La boca de Lori se abrió de puro asombro y tardó algunos segundos en reaccionar.

—Le habrás atizado una buena bofetada.

—En realidad, eso lo he hecho antes de que me besara —Se mordió el labio inferior.

—¿Pero tú querías que él lo hiciera? —Hailey negó con la cabeza—. Le pegas y luego te besa, no entiendo nada.

Hailey empezó a enredar, inquieta, su trenza entre sus dedos.

—Creo que soy un reto para él, o lo ha hecho para humillarme, no lo sé.

111

El sonido de una piedra que se estrellaba contra una lata, las hizo mirar hacia Emily y Danny.

—Hailey —Lori se tomo un segundo para pensar en sus palabras—, ya sabes que me gusta mucho analizar las cosas y pensar en teorías sobre lo que nos puede haber pasado.

—Sí, de haber estudiado en la universidad hubieras sido una gran antropóloga —Sonrió.

—Lo que quiero decir es que realmente pienso que sí estamos emparejados.

Hailey miró a su amiga, que hablaba lentamente.

—Sí, lo sé.

—Es como si alguien nos hubiera reunido aquí formando parejas que se atraen y que parecen perfectamente compatibles.

—No todos —Miró a Justin, que afilaba un cuchillo.

—Bueno, sólo hace falta pasión para engendrar vida.

Las mejillas de Hailey se encendieron como si fueran las llamas de la fogata.

—Yo no pienso hacer nada con nadie —Hizo un aspaviento nervioso con las manos.

Lori tomó una bocanada de aire.

—¿Y si estamos aquí porque somos los elegidos para volver a repoblar el Planeta?

—Jake y tú lo repoblaréis de maravilla, a mí déjame tranquila.

—Hailey —Le cogió una mano y le dedicó una seria mirada—. Hay animales como los cisnes o los lobos que se aparean para toda la vida con la misma pareja, pero hay otros, como los tigres, que se aparean con más de una, guiados por su instinto de procreación durante todo el año.

Hailey movió la cabeza confusa.

—¿Qué me quieres decir?

—Jake y yo somos lobos, nos hemos enamorado y siempre estaremos juntos; tú y Justin sois tigres y él sólo querrá una cosa de ti.

—¡Yo no soy un tigre! —Justin le dedicó una intensa mirada al oír su grito.

Lori intentó calmarla acariciándole el antebrazo con la punta de sus dedos.

—Cualquiera que os observe detenidamente verá que entre vosotros existe pasión. Hasta ahora, pensaba que simplemente se manifestaba como irritación o ira, pero ya sabes lo que dicen, del amor al odio hay un paso, y…

—Del odio al amor también —musitó Hailey.

—No quiero que te use y luego te abandone. Sé que tú tienes corazón de lobo, pero se ha fijado en ti un tigre.

El sonido de los grillos y el crepitar de la madera en la hoguera sumió a Hailey en sus propios pensamientos.

Danny hizo volar por los aires a Emily cuando volvió a derribar otra lata.

—Me alejaré de él, Lori. No puedo permitir que me vuelva a besar.

—¿Quién te ha besado? —La voz de Jake las hizo volverse para verle de pie tras ellas y con una fría expresión en su rostro.

—Jake, ¿quieres una barrita energética? —Lori saltó a sus brazos e intentó distraerle, pero el daño ya estaba hecho.

—¿Hailey?

—Le… Le contaba a Lori un sueño que he tenido con unos lobos y unos tigres, todo muy raro.

Jake se acercó a su hermana sin hacer demasiado caso a Lori, que intentaba llamarle la atención con un nervioso parloteo.

—Nunca se te dio bien mentirme.

Inconscientemente, los ojos de Hailey miraron una fracción de segundo a Justin, que se había puesto en pie y colgaba, en unas ramas bajas, algunas piezas de ropa húmeda para que se secaran al calor de su pequeña hoguera.

—¿Ese malnacido te ha besado?

—¡No! —Hailey y Lori gritaron al unísono sin poder evitar que Jake corriera hasta Justin, que le daba la espalda.

Se abalanzó sobre él con los puños cerrados, haciéndole caer al suelo.

Lori y Hailey corrieron hasta ellos, mientras ambos se enzarzaban en una feroz lucha con los puños.

—¡¿Qué narices te pasa?! —Justin esquivó un puñetazo de Jake que iba directo a su nariz, mientras empezaban a rodar por el suelo.

—¡Tú eres lo que me pasa! —Inmovilizó el brazo derecho de Justin detrás de su espalda y le propinó un cabezazo con todas sus fuerzas.

Danny y Emily se acercaron a Hailey, que gritaba histérica para que pararan de pelearse.

Justin entrelazó sus largas piernas entre las de Jake, haciéndole rodar bajo él e impidiendo que se moviera.

Levantó el brazo con el puño cerrado para golpearle antes de que Jake pudiera contraatacar pero, en un instante, un aullido de dolor de Justin causado por una piedra lanzada contra su muslo, proporcionó a Jake el momento perfecto para empujarle, haciéndole caer al suelo, y empezar a golpearle con sus puños las costillas.

Justin tosió y su boca se llenó de sangre.

—¡Basta, por favor! —Jake miró el rostro pálido de su hermana.

Lori y Danny se acercaron a Jake para ayudarle a ponerse en pie y separarlo así de Justin, que permanecía inmóvil en el suelo.

Al pasar junto a Emily, Jake le acarició el pelo y sonrió.

—Buena puntería, pequeña.

La niña le sonrió y les siguió hasta la tienda de campaña, donde Lori empezó a curarle las heridas a Jake.

Hailey se acercó a Justin y él evitó su mirada. Su camiseta estaba llena de manchas de sangre, no sólo suya sino también de Jake.

—No puedes seguir viviendo con nosotros, será mejor que desaparezcas.

Justin se incorporó con una mueca de dolor.

—No hace falta que me lo pidas, pequeña.

Hailey le dedicó una fría mirada y se encaminó hacia la tienda sin mirar atrás.

17
ERMITAÑO

Cuando los primeros pájaros habían empezado a cantar con la luz del alba, Justin ya se había levantado y, recogiendo sus pocas pertenencias, se marchaba en busca de un refugio donde poder curar sus heridas. Como sabía que el agua era de vital importancia para su supervivencia, se limitó a bordear el gran embalse hasta llegar a la orilla más alejada del campamento de Hailey.

Con cada nuevo paso, se resentía del golpe de la piedra que Emily le había tirado pero, movido por su furia, no se permitió parar hasta que el sol estuvo brillando en lo alto del cielo.

Podía imaginar el desencadenante de la pelea, pero no comprendía su inminente destierro y el menosprecio en los ojos de todos cuando luchó contra los ataques de Jake, que se habían traducido en grandes magulladuras que no le dejaban respirar sin emitir un leve quejido.

En su mente no dejaba de repetirse una y otra vez que había hecho lo correcto no dejando que aquel grupo de desconocidos entraran y dejaran huella en su vida, de lo contrario, ahora se sentiría más solo y abatido que nunca.

Al menos, antes de irse había conseguido enfurecer a Hailey robándole un inocente beso que, a pesar de que estaba seguro de que había sido el causante de todos sus males, le había dejado un divertido recuerdo.

Quizás sí echaría algo de menos, el hecho de sacar de sus casillas a la temperamental chica de ojos grandes y larga trenza chocolate.

Se dejó caer cansado sobre un montón de hojas secas y abrió con los dedos el agujero que la piedra afilada de Emily había hecho en su pantalón. Por desgracia, no era lo único que la piedra había rasgado, ya que una fea herida ennegrecida palpitaba en su muslo.

Se quitó toda la ropa y la dejó junto a su mochila.

Con pasos lentos y precavidos, se adentró en las aguas turquesa del embalse y empezó a limpiarse la sangre seca de la cara y el cuerpo.

El montón de hojas secas junto al que Justin había dejado sus pertenencias se removió lentamente hasta que unos ojos oscuros y un rostro de piel morena aparecieron y empezaron a estudiar el cuerpo de Justin que, gracias a la caza y los alimentos de las ruinas, ya no estaba desnutrido.

Con manos temblorosas, empezó a hurgar en la mochila de él hasta dar con una bolsa llena de moras, que engulló casi sin respirar.

Una extraña sensación alertó a Justin, que salió del embalse cojeando y sacudiéndose con movimientos rápidos el agua de su cabello.

Frente a sus ojos, vio como una mujer joven salía del follaje, cubierta de barro y ramas secas, sosteniendo contra su pecho la mochila.

—Deja eso si no quieres que te haga daño.

Ella miró hacia todos lados buscando una buena vía de escape, pero antes de que pudiera decidir por donde escapar, Justin, completamente desnudo, se le tiró encima y le arrebató la mochila.

La chica se dejó caer abatida en el suelo y empezó a sollozar desconsolada.

Él, sin hacerle mucho caso, se vistió rápidamente sin secarse, revisó que no le faltara ningún objeto importante en la mochila y empezó a caminar, alejándose de la chica, que lloraba aún con más fuerza.

Apenas se había alejado unos metros, cuando su conciencia le obligó a volver junto a ella.

Al fin y al cabo, él ahora estaba tan solo como ella.

—¿Tienes hambre?

Ella se sentó en el suelo, secándose las lágrimas con el dorso de la mano, y asintió.

—Hace varios días que no como nada, no sé qué frutos son comestibles y cuáles venenosos... ¡Odio este maldito bosque!

—Ya tenemos algo en común.

Justin sacó una lata de atún de un pequeño bolsillo de la mochila, la abrió y se la acercó a la chica que, con manos ansiosas, empezó a devorar su contenido.

—Me llamo Amber —dijo con la boca llena.

—Justin.

A los pocos minutos, Amber parecía de mejor humor y, tras acercarse a la orilla para lavarse la cara y el barro que cubría sus brazos, también tenía un mejor aspecto.

—¿Hace mucho que estás solo? —Amber se sentó frente a él bajo la sombra de un árbol.

—Unas horas. Me han desterrado del campamento donde vivía por... Por ser realista, supongo.

Amber le miró con el ceño fruncido sin entender del todo su historia, pero tampoco le interesaba demasiado.

—Yo llevo cuatro días sola. Mi compañero, Troy, desapareció una mañana mientras estaba cazando. Le busqué durante horas, pero no encontré ni rastro de él.

—Y no eres demasiado buena en cuestiones de supervivencia, ¿no?

Ella negó con la cabeza.

—Yo sólo quería adentrarme en el bosque para encontrar restos de una ciudad donde algo parecido a nuestra antigua vida aún existiera.

—Lamento ser yo quien te lo diga, pero no hay nada, sólo ruinas.

Amber suspiró y se dejó caer sin fuerzas contra el tronco de un árbol cercano. Sus ojos se cerraron.

—En el fondo, siempre supe que estábamos solos, pero necesitaba creer que en algún lugar todavía existían los coches, las casas y los teléfonos móviles.

Justin se pasó la mano por el pelo, que ya empezaba a secarse ondulándose sobre su nuca.

—Creo que estarías muy bien en el campamento de donde me han echado, ellos cuidarían de ti. Jake, el tío que manda, a pesar de ser un poco arrogante, sabe lo que se hace.

Amber abrió los ojos de par en par.

—¿Jake? ¿Has estado con él, Hailey, Lori y los demás?

—¿Les conoces?

Ella asintió con la tristeza bailando en sus ojos.

—Troy y yo les robamos parte de sus provisiones y abandonamos a Nicole y a Keith con ellos para ir en busca de un sitio mejor. ¿Cómo están los niños?

—Están bien —musitó pensativo—. Así que si ya les conoces…

—¿Crees que no hay nadie más?

Justin se encogió de hombros.

—Te puedo llevar con ellos si quieres.

—No, nunca me han caído demasiado bien, sobre todo la hermana de Jake, con sus perfectos ojos marrón verdoso y su autosuficiencia a la hora de cazar.

Él soltó un suspiró que casi parecía una carcajada al ver los celos implícitos en las palabras de Amber. Comparada con ella,

Hailey era toda una superviviente y una luchadora.

—¿Puedo quedarme contigo?

—No.

Amber caminó a gatas hasta que se acercó a Justin, que no se dignó a mirarla.

—Por favor. Necesito alguien a quien se le de bien la caza y la supervivencia, yo… ¡Yo lavaré la ropa!

Justin le dedicó una cómica mirada.

—Yo ya se lavarme la ropa.

—Te lo ruego, sin ti no sobreviviré más de una semana —Acercó su rostro al suyo—. Haré todo lo que quieras. *Todo* —Sonrió.

Justin se puso en pie, ignorando las insinuaciones de Amber, que se quedó confusa sentada en el suelo.

—Puedes quedarte conmigo, pero tú no eres mi responsabilidad; si enfermas y no te puedes valer por ti misma, te dejaré morir en el bosque; si me causas problemas te irás y, por favor, ten un poco de autoestima y no te vendas como una vulgar mujerzuela, eso no funciona con todos los tíos.

La lisa superficie del embalse se onduló, transformando el reflejo perfecto de la luna en un montón de destellos plateados.

Hailey deshizo su larga trenza y dejó que el cabello empapado se adhiriera a su cuerpo como una segunda piel.

La temperatura del agua era un poco más fría que de costumbre y, sin poder evitarlo, empezó a pensar en cómo sobrevivirían al invierno sin poder bañarse en el embalse. Quizás Justin tenía razón y no conseguirían pasar de la primera ola de frío que cayera sobre ellos.

¿Estaban condenados?

Se sacudió la cabeza y empezó a nadar hacia la orilla opuesta, que estaba a muchos metros de distancia.

—¡Hailey!

Ella se giró y volvió nadando hasta donde estaba Lori con las dos niñas, que se preparaban para su habitual aseo nocturno.

Cuando llegó hasta ellas, Nicole, sentada en una roca llena de musgo, chapoteaba con los pies dentro del agua, mientras Emily la ayudaba a limpiarse con una toalla mojada.

—Parece que está empezando a hacer más frío —murmuró Lori recogiéndose su pelo dorado en un moño.

—Es lo mismo que he pensado yo.

Lori empezó a asearse con esmero y Hailey se quedó flotando en la pacífica agua mirando hacia la otra orilla del bosque como si esperara ver algo.

—¿Le echas de menos? —Emily le sonrió pícaramente.

—¿A quién?

—Venga, no te hagas la loca, ¿a quién va a ser? —Lori soltó una risilla mientras salpicaba a Hailey.

—Yo soy un lobo y él un tigre.

Emily y Nicole la miraron confundidas hasta que la más pequeña empezó a reír a causa de la limpieza de sus axilas.

—Te he visto mirar embobada su reloj de sol y el árbol donde solía sentarse a cenar —El tono de Lori cambió del humor a la preocupación en un segundo.

—Hailey y Justin, debajo de un árbol, dándose un beso… —canturreó Emily—. ¡Estás enamorada!

Hailey empezó a mojar a las niñas, que gritaban entre risas histéricas, y Lori se les unió olvidándose por completo de todo.

Al cabo de un rato, Emily salió del agua y acompañó a Nicole a la tienda de campaña para acostarla, ya que se había hecho tarde para ella.

Lori se acercó a la orilla, cogió un cepillo de una bolsa y empezó a peinar el cabello mojado de Hailey. Ella se dejó hacer, mientras dejaba que el agua acariciara suavemente su piel.

—No lo estás, ¿verdad?

—¿El qué? —susurró Hailey con los ojos cerrados sintiéndose relajada.

—Enamorada de él.

Hailey dio una brazada rápida hasta la orilla, se apoyó entre las rocas para salir y se envolvió en una raída sábana de color azul cielo.

—¿Cómo puedes preguntarme eso? Le detesto, me saca de quicio, cuando le veo tengo ganas de estrangularle y de tirarle piedras; que me gustara el beso no significa que… —Enmudeció repentinamente.

—¿Te gustó?

—¡No!… Sí. Pero eso no significa nada de nada, lo único que siento por él es odio y no me importa lo que le pase.

Empezó a caminar enfurecida hasta la tienda de campaña bajo la atenta mirada de Lori, que chasqueó la lengua preocupada.

—Cuidado, Hailey, cada día te pareces más a un tigre.

Usando su ingenio y sus habilidosas manos, Justin había conseguido crear un refugio con finas ramas de árboles y una capa de hojas secas y barro que, al secarse, habían creado un aislante perfecto contra las frías noches que cada vez eran más largas y frecuentes. A pesar de ello, y puesto que sabía que era una solución temporal, salía cada mañana temprano en busca de alimentos y una cueva en la escarpada montaña.

Amber se despertó cuando el sol había pasado su punto álgido, cambiando la mañana por el mediodía.

Justin, como siempre, ya había empezado a prepararse la comida, dejando la ración de Amber a un lado para cuando ella despertara.

—Realmente, no sabes hacer nada más que dormir.

Ella le miró con los ojos muy abiertos y cogió el trozo de pescado que él acababa de cocinar sobre un montón de brasas.

—Cuando aceptaste alimentarme y protegerme, ya sabías que no sé hacer nada, ya te dije que yo era una chica muy popular en el instituto y nunca me hizo falta aprender a valerme por mí misma, ya que siempre había alguien dispuesto a hacerlo por mí, incluso en casa tenía dos sirvientes para mí sola y...

—Vale, vale. Se me olvidaba que sí sabes hacer otra cosa —La miró con los ojos entrecerrados—. ¡Hablar hasta que me duele la cabeza!

Amber mordió el pescado e hizo una mueca de asco al probar su carne. Lo dejó a un lado y sonrió.

—Sé por qué estás tan hostil, necesitas algo, y ya sabes que *eso* sí sé hacerlo, sólo has de dejarme demostrártelo—. Se acercó a él humedeciéndose los labios con la lengua.

Justin se puso en pie, cogió la mochila y empezó a caminar alejándose de allí y dejando a Amber con cara de tonta.

18
TREGUA

Deslizó la navaja lentamente justo en la mitad de la trenza y, poco a poco, los mechones ondulados se fueron soltando, cayendo sobre los hombros de Hailey.

Lori siguió cortando con miedo.

—¿Estás completamente segura de esto?

Hailey cogió uno de los mechones recién cortados y comprobó su longitud.

—Sigue estando largo y creo que esta medida es mucho mejor que llevarlo por debajo de la cintura.

—Pero, es que lo tienes tan bonito —Terminó de cortar la trenza y se la dio.

Hailey miró el palmo y medio de largo que hacía y sonrió.

—Quizás pueda usar todo este pelo para crear algún tipo de cuerda para cazar o pescar.

Lori pasó el cepillo por la melena de Hailey.

—Menos mal que enseguida te volverá a crecer.

Hailey se miró en un espejo oxidado y observó su nueva melena chocolate, que enmarcaba su rostro moreno y se ondulaba un poco por debajo de sus hombros.

El llanto desconsolado de Keith y Nicole, que se estaban peleando por una pelota medio deshinchada que Jake había encontrado en las ruinas, alertó a Lori, que buscó con la mirada a Emily.

—¡Emy! Los pequeños se están peleando, ¿puedes ir a verles, por favor?

El llanto de los niños fue la única respuesta que obtuvo Lori.

Hailey y ella intercambiaron una rápida mirada a través del espejo de mano y ambas se pusieron en pie.

Lori se acercó para consolar a Nicole y a Keith, mientras Hailey se adentraba en la tienda de campaña en busca de Emily.

—¿Emy?

Hailey salió de la tienda con el ceño fruncido.

—¿¡Emy?! —Nadie respondió—. ¡Emily!

Jake y Danny, que volvían de cazar, se preocuparon al oír los gritos de Hailey.

—¿Qué pasa? —Jake dejó las dos liebres que había cazado sobre el suelo y se acercó a su hermana, que tenía una extraña mirada.

—No sé dónde está Emily.

Lori se les acercó con los dos niños cogidos de las manos.

—Keith, Nicole, ¿dónde está Emy?

La niña negó con la cabeza.

—Yo no la veo desde esta mañana, cuando no me ha dejado matar aquel saltamontes que ha saltado sobre mi desayuno —Danny sonaba preocupado.

—Lori, quédate con los niños. Los demás la buscaremos en el bosque.

Sin perder un segundo, y siguiendo las instrucciones de Jake, Danny y Hailey emprendieron la búsqueda de Emily, mientras gritaban su nombre contra el viento.

Habían pasado algunas horas desde que Jake sugirió que era mejor que se separaran para cubrir más zonas y encontrar antes a Emily, que aún no había dado señales de vida.

Jake se encaminó hacia las ruinas y Danny empezó a buscar en el bosque, mientras Hailey se encargaba de bordear la orilla del embalse.

Desesperada y sedienta, se dejó caer sobre una roca y empezó a beber creando un cuenco con su mano.

En aquella zona, la flora se volvía más densa y oscura, y el olor a musgo húmedo invadía por completo las fosas nasales de Hailey.

Miró hacia el interior del bosque que, por primera vez le pareció un lugar hostil, y suplicó en silencio para que Emily no se hubiera perdido en él.

De pronto, una sombra se movió entre los árboles y Hailey entrecerró los ojos para definir su localización exacta.

—¿Emy?

La sombra empezó a acercarse hasta Hailey que, nerviosa, se puso en pie y dio un par de pasos hacia ella.

—¿Emily?

Al percibirla como una amenaza más alta que ella, la silueta se elevó sobre sus patas traseras y avanzó hasta que el sol reveló por completo su verdadera forma.

Hailey ahogó un grito al ver al enorme oso pardo que rugía y le enseñaba todos los dientes.

Su corazón empezó a latir descontrolado y un sudor frío le cubrió toda la piel. No osaba moverse, y en su mente no hallaba la respuesta a lo que se debía hacer ante el ataque de un oso.

Cerró los ojos con fuerza e intentó que su pecho no se moviera demasiado con su respiración agitada.

Un ligero zumbido llegó hasta los oídos de Hailey, quien abrió los ojos justo en el momento en el que el oso, molesto por algo empezó a recular, alejándose de ella.

De pronto, un fuerte grito seguido de palmadas y gruñidos, hicieron que el oso empezara a correr aún más rápido, hasta que se perdió en el interior del bosque.

Hailey, desconcertada, empezó a mirar hacia todos los lados, hasta que unos ojos azules atraparon su mirada.

—¿Estás herida?

Ella dudó un instante al ver a Justin acercándose.

—No, se ha marchado asustado por algo.

—Sí, es una de las normas de los bosques, si ves huellas de oso haz mucho ruido antes de que te encuentren, de esta manera pensarán que eres muy grande y huirán asustados.

Ella le dedicó una fría mirada.

—En realidad, creo que se ha asustado antes de que montaras tu numerito —Empezó a caminar por el sendero del embalse—. Ahora, si me disculpas, tengo algo importante que hacer.

—¿Tan lejos del campamento? No me digas que el bueno de tu hermano también te ha desterrado...

Hailey paró en seco, giró sobre sus talones y se encaró con él, desafiándole con la mirada.

—Sólo desterramos a aquellos que abusan de los demás.

—Vamos, no hagas una montaña de un grano de arena, sólo fue un beso de lo más inocente. Seguro que antes de aparecer aquí te los habían dado más picantes.

Los ojos de Hailey empezaron a ponerse verdosos y Justin, que conocía a la perfección aquel rasgo, frunció el ceño.

—No me digas que fui tu primer beso.

—Eso no te importa.

—¡Lo fui! —Abrió los ojos sorprendido—. Vaya, lo siento, pensaba que...

Hailey se dio la vuelta y empezó a caminar furiosa murmurando palabras ininteligibles para él. A los pocos pasos, se volvió a girar caminado de nuevo hasta Justin.

—Para que te enteres, fue mi segundo beso y no me avergüenza en absoluto que no me hayan besado más veces, yo tenía trece años cuando caí en coma y, a diferencia de otras, no me apetecía ser la golfilla del instituto —Le amenazó con el dedo—. Y ahora, he de buscar a Emily.

El rostro de Justin cambió por completo de expresión y el hueso de la mandíbula se le marcó cuando apretó los dientes preocupado.

—¿Emily se ha perdido?

—Sí —Su humor se calmó al ver la preocupación en los ojos de él—. Hace varias horas que nos hemos separado para buscarla.

—Te ayudaré a encontrarla.

—No, no, lo haré sola. Cuanto antes te pierda de vista antes podré relajarme y pensar sólo en encontrarla.

Hailey intentó dar un paso en la dirección contraria en la que estaba Justin, pero él frenó su marcha cogiéndola por el antebrazo.

—Esto es un tema muy serio, y ni mucho menos pretendo molestarte ni jugar contigo —La seria y fría expresión de su rostro intimidó a Hailey—. Emily debe tener sólo doce años y el bosque está lleno de animales salvajes. Cada momento que perdamos aquí discutiendo, nos aleja más de ella.

La soltó con cuidado y Hailey sintió un respeto y admiración por él que nunca pensó que experimentaría.

—¿Por dónde has buscado?

—He recorrido toda la orilla oeste del embalse viniendo hacia aquí.

—No creo que esté cerca del embalse, yo he venido por la parte este y no he visto ningún rastro humano. Será mejor que vayamos a mi campamento para aprovisionarnos de comida y la empecemos a buscar en la parte más frondosa del bosque.

Hailey asintió sin poner ninguna pega a su plan y ambos emprendieron la marcha en absoluto silencio.

Justin se acercó al embalse para rellenar las cantimploras de agua, mientras Hailey llenaba las mochilas con las pocas latas de comida que él guardaba en el hueco del tronco de un viejo árbol.

Se agachó, mientras distribuía el peso por igual en las dos mochilas hasta que un dolor punzante la hizo caer al suelo, llevándose las manos a la cabeza.

—¡Justin, nos están robando! —gritó Amber agitando la piedra que había usado para atacar a Hailey.

Él, al ver la escena desde lejos, corrió hasta ellas.

—¡¿Pero qué has hecho?! ¡¿Es que has perdido el juicio?! —Ayudó a Hailey a incorporarse mientras ella parpadeaba lentamente.

—¡Es una ladrona! Como yo robé en su campamento, ha venido hasta aquí para vengarse, pero no permitiré que nos quite lo poco que tenemos.

—¿Pero de qué estás hablando? —masculló entre dientes Hailey, antes de soltar un lamento cuando pasó sus dedos por el golpe.

—Amber, vuélvete a dormir o lo que sea que haces todo el día y déjanos en paz —Justin ayudó a Hailey a ponerse en pie—. Vamos a echarte agua fresca.

Amber observó indignada cómo se acercaban a la orilla y se alejó de allí parloteando sobre todo lo que ella había sido y que no merecía ser tratada como ellos lo hacían.

Hailey se arrodilló junto al agua y empezó a mojar lentamente con la mano el lateral de su cabeza.

—Déjame ver —Justin le deshizo la trenza y apartó lentamente el pelo hasta encontrar un leve chichón—. No parece grave.

Hailey suspiró y se sentó apoyando su espalda contra una piedra, cerrando los ojos para intentar que el dolor pasara rápido.

—Dios mío, es terrible —Miró a Justin, que se había sentado frente a ella.

—¿Te duele mucho?

—No, no me refería al golpe, me refería a Amber. Estamos bastante lejos de ella y aún puedo oírla hablar sin parar, es como una cotorra.

Justin sonrió y sus ojos se iluminaron.

Hailey se le quedó mirando y esbozó una leve sonrisa en sus labios.

—Es la primera vez que te veo sonreír; empezaba a pensar que no eras capaz de hacerlo.

—Supongo que no he tenido motivos, y no te creas que sonrío de felicidad, soy yo el que convive con la cotorra.

Hailey empezó a reír, echándose hacia adelante y tapándose la cara con las manos.

—Te has cortado el pelo.

Los ojos de ella se asomaron entre sus dedos.

—Estaba harta de que la trenza se me enganchara en todos lados y con el pelo que me cortó Lori estoy tejiendo una especie de pequeña red, que es posible que nos ayude a pescar más.

Justin volvió a sonreír y la sensación hormigueante que solía sacar de quicio a Hailey, pasó a significar algo más.

—Hemos de buscar a Emy —Hailey se puso en pie lentamente.

—Sí, debe de estar muy asustada.

Sin decir nada más, recogieron las mochilas dispuestos a buscar toda la noche si era necesario.

19
REENCUENTRO

La noche había empezado a cubrir con su manto de sombras todo el bosque cuando Hailey y Justin volvieron a su campamento sin pistas del paradero de Emily.

—Por fin, ¿sabes el rato que hace que llevo esperándote para cenar? —gruñó Amber molesta al ver a Justin, que se sentaba junto a los restos de la hoguera y la encendía como cada noche.

—¿Es que eres incapaz de abrirte una lata de sopa tú sola?

Amber empezó a quejarse, pero su voz no consiguió llegar hasta la mente de Justin, que miró a Hailey que seguía de pie.

—Gracias por tu ayuda, Justin, pero tengo que volver.

—¿Qué? ¿Estás loca? Está todo demasiado oscuro y, aunque siguieras la orilla del embalse para orientarte, estos bosques están plagados de animales salvajes que podrían herirte.

—Créeme, los lobos y los osos no son lo que más temo ahora, me preocupan más los tigres —dijo más para sí misma que para él.

Amber soltó una risotada irónica.

—¿Pero cómo puedes ser tan estúpida? Los tigres viven en la selva —Se burló acercándose a la hoguera para entrar en calor.

Hailey la ignoró.

—Sea como sea, no voy a dejar que te marches ahora.

—Lo siento, pero he de hacerlo. Con todo lo que ha pasado, lo que menos necesitan ahora en el campamento es que yo desaparezca esta noche. Jake se volvería loco de preocupación y yo quiero saber si han encontrado a Emy.

Justin se puso en pie, cogió una de las ramas gruesas que ardían en la hoguera y apagó el resto del fuego echándole agua de su cantimplora.

—Está bien, pero te acompaño.

—¡¿Cómo?! ¿Vas a dejarme aquí sola sin fuego y sin comida? —El tono de Amber cada vez se volvía más agudo—. Claro, a ella la quieres proteger de los animales salvajes pero a mí, pretendes dejarme aquí sola.

Hailey esbozó una divertida sonrisa.

—Tranquila, los osos no comen cotorras.

—¡¿De qué estás hablando?!

Justin empezó a caminar seguido de Hailey.

—Si tanto miedo tienes, ven con nosotros —comentó sin mirar a Amber.

Empezaron a adentrarse en el oscuro bosque, que el fuego apenas podía iluminar, mientras Amber farfullaba insultos y maldiciones por tener que hacer aquella improvisada excursión.

Hailey soltó un largo y apesadumbrado suspiro.

—¿De verdad no la podías dejar en tu campamento?

Justin la miró divertido esbozando una de sus nuevas sonrisas.

—No, es un ahuyenta osos excelente, dudo que se nos acerque ningún animal salvaje con el escándalo constante que forma con su voz de pito.

Ella empezó a reír, y Amber, sintiéndose ignorada, empezó a quejarse con una voz aún más aguda, lo que aumentó la diversión de la pareja.

Avanzaron hasta que una luz lejana, que provenía de una fogata, les indicó el lugar exacto del campamento.

—Allí está —Hailey miró a Justin—. Gracias por acompañarme.

—No hay de qué, además sólo me faltaba que te hubiera pasado algo para enemistarme de por vida con tu hermano —comentó distraído.

Hailey frenó en seco.

—Así que no lo has hecho por mí, sino para volverte a ganar el favor de Jake, quedando como un héroe que me ha devuelto a la seguridad de mi hogar —Empezó a caminar rápidamente, dejando a Justin y a Amber atrás—. ¿Qué quieres? ¿Volver al campamento? ¡Esto es increíble!

Justin la alcanzó dando un par de pasos rápidos.

—Después de pasarnos todo el día juntos, dejando a un lado nuestras diferencias y empezando a tener algo de buen rollo, ¿de verdad crees que actúo por interés?

—Niégalo, dime que no quieres volver.

—¡Claro que quiero volver! Pero no te he acompañado para eso.

—¡Ja! Y yo que me lo creo —Ella empezó a correr hasta Danny, que recorría el campamento buscando entre las sombras del bosque señales de Hailey o Emily.

Se sentía como una estúpida por creer que Justin podía ser mejor persona de lo que aparentaba y por haber bajado las defensas frente a él.

—¡Danny!

El chico abrió los ojos al verla llegar.

—¡Jake, Lori! Hailey ha vuelto.

Hailey corrió hasta los brazos de su hermano, que acababa de salir de la tienda de campaña y él la estrechó contra su pecho aliviado por volver a verla.

—¿Dónde has estado? Me tenías muy preocupado.

Justin y Amber se quedaron mirándoles desde la lejanía, sin atreverse a acercarse más.

—Amber, vámonos.

—¿Estás loco? Llevamos como una hora caminando, yo me quedo aquí —Empezó a caminar hacia Lori, que llevaba cogidos de las manos a Nicole y a Keith.

Justin se quedó inmóvil, debatiéndose entre su furia y la sensatez que le indicaba lo correcto.

—Me he pasado todo el día buscando a Emily e incluso Justin la ha buscado conmigo, pero no hemos encontrado nada —La voz de Hailey sonaba atropellada—. ¿La habéis encontrado?

Danny negó con la cabeza y con sus ojos negros cargados de tristeza.

—¿Aquél te ha ayudado? —Jake hizo un gesto con el mentón hacia Justin, que aún permanecía inmóvil.

—Sí, la verdad es que… me ha ayudado —Le costó reconocer la verdad a pesar de lo enfadada que estaba con él por haberla utilizado como pase para su vuelta al campamento.

Jake se encaminó con pasos lentos hasta Justin, quien tensó todos los músculos de su cuerpo.

—Hailey dice que la has ayudado a buscar a Emy.

—Sí.

—Gracias.

Ambos se quedaron mirándose a los ojos, luchando contra las diferencias que les habían enemistado en el pasado.

—Ven con nosotros, hoy he cazado dos liebres y nos ha sobrado mucha comida.

—Será un placer.

Sin decir nada más, se encaminaron hacia la hoguera, donde Hailey abrazaba a Danny intentando mitigar su dolor y animándolo con falsas esperanzas de que al día siguiente Emily aparecería.

—Eres una persona de lo más irresponsable —La voz de Lori sonó fría y dura al dirigirse a Amber.

—Soy consciente de lo que hice, pero no me negarás que los pequeños están mejor con alguien como tú que con alguien como yo.

—Eso no lo duda nadie —se burló Hailey.

Amber la miró con odio.

—Si vas a volver, te encargarás de ellos y nunca más les abandonarás.

Keith se abrazó a la cintura de Amber, ayudando a que se esfumara, como por arte de magia, su enfado.

—Haré todo lo que pueda —Besó la cabeza del niño y Nicole reclamó también un abrazo—. Os he echado de menos.

—Ya sabes que si les abandonas de nuevo, no será a mí a quien tengas que convencer para que te perdone —Lori sonrió satisfecha y se sentó junto a Hailey frente a la hoguera.

Hailey la rodeó con su brazo por la cintura. Lori era un gran ejemplo a seguir para ella. A pesar de que eran de la misma edad, ella era mucho más madura y sensata, por no hablar de que tenía una habilidad especial para regañar a la gente sin levantar la voz que resultaba de lo más efectiva.

Habían pasado varias horas desde que todos se fueron a dormir cuando Jake, alertado por un leve movimiento fuera de la tienda de campaña, salió armado con un cuchillo para explorar el exterior.

Sentado sobre el suelo, ligeramente iluminado por la luz de la luna, Danny se lamentaba en silencio por la pérdida de Emily.

Jake se acercó a él y se sentó a su lado.

—¿No puedes dormir?

—No hago más que pensar en ella.

—Quizás mañana logremos encontrar su rastro.

Danny le dedicó una mirada cargada de sabia madurez.

—Hoy hemos recorrido muchos kilómetros y no hemos encontrado absolutamente nada, es como si se hubiera evaporado.

—Amber nos ha contado en la cena que Troy también desapareció sin dejar huella.

Los dos se quedaron en silencio oyendo el ulular de las aves nocturnas.

—¿Crees que puede haber sido un animal salvaje?

—No, habríamos encontrado sangre —Jake suspiró—. Danny, nunca hay que perder la esperanza pero…

—Es mejor que me haga a la idea de que ella no volverá.

—Sí. Lo siento.

—Lo sé —Danny miró al vacío—. Lo peor de todo es que me siento muy triste, pero no puedo llorar por ella, es como si sintiera que ella está bien, como si aún estuviera a mi lado.

Jake le palmeó la espalda con cariño.

—Desde que despertamos, somos como seres insensibles incapaces de llorar por quienes perdemos.

—Emy no es así, se preocupa hasta por el ser más pequeño.

Jake se puso en pie.

—Lo sé —sonrió—. Me voy a dormir, no tardes demasiado en venir o mañana no tendrás fuerzas para seguir buscándola.

Danny se tumbó en la hierba y suspiró.

—Ahora iré.

Jake empezó a caminar hacia la tienda, dejándole a solas con su dolor.

Los ojos de Danny se clavaron en las estrellas y la luna y

juró que si podía volver a ver a Emily se encargaría de hacerla feliz y de cuidar aquel nuevo mundo que les pertenecía para que ella estuviera orgullosa de él.

En el preciso momento en el que Jake dejó caer la sábana que cubría la entrada a la tienda, un fogonazo de color azul le cegó momentáneamente.

Al instante, asomó la cabeza al exterior en busca de nubes que indicaran una tormenta o el sonido de un trueno. Pero el cielo despejado le desconcertó.

Salió despacio de la tienda y miró hacia donde había dejado a Danny.

Él había desaparecido.

20
EL ANIMAL
SALVAJE

La voz de Hailey cada vez sonaba más ronca y apagada a causa del cansancio acumulado y las pocas horas de sueño que había conseguido reunir antes de que Jake les alertara a todos de la desaparición de Danny.

Guiada por su sensatez, había llegado a la conclusión de que Danny, movido por su dolor, se había aventurado, solo y en mitad de la noche, en el bosque para encontrar a Emily.

Amber se había quedado con los pequeños, que se habían vuelto a dormir después de que Lori les tranquilizara, mientras el resto se había separado con antorchas hechas de hierbas secas y pequeñas ramas para iluminar el camino.

Hailey carraspeó para recuperar su voz normal y se adentró sin miedo por una oscura senda donde la espesa vegetación y la humedad del suelo dificultaban cada uno de sus pasos.

—¡Danny!

Cuando ella gritaba su nombre en la lejanía oía como Jake, Justin y Lori también le llamaban, pero sus voces sonaban más lejanas con cada nuevo paso, hasta que sólo fue consciente de su voz rota.

El silencio del bosque oscuro y su respiración jadeante hicieron que su piel se erizara al empezar a pensar en la cantidad de animales salvajes de la zona.

Un sonido de hojas secas la hizo quedarse quieta, mientras movía hacia los lados la antorcha, tan rápido como si quisiera escribir su nombre con una bengala.

—¿Danny? —No obtuvo respuesta.

Empezó a alumbrar los árboles colindantes, pero sólo encontró el musgo verde en los troncos y varios charcos de agua que indicaban la muerte de un pequeño riachuelo.

Cuando por fin dejó a un lado sus absurdos temores de ser atacada por un oso y se aventuró a dar otro paso, llenando aún más de barro sus deportivas, una rama vibró sobre su cabeza haciendo caer varias hojas de color marrón rojizo.

Miró hacia arriba y estiró su brazo para poder iluminar la copa del árbol. De pronto, unos enormes ojos amarillos, redondos como dos faros, se clavaron en ella.

Hailey sonrió al ver al inofensivo búho que no pestañeaba.

—Así que tú eres el que lleva un rato asustándome. Podías haber ululado para saber que eras un...

De pronto, el animal, abriendo sus alas y dejándose caer hacia donde estaba Hailey, hizo que ella se asustara y se cubriera la cabeza con los dos brazos soltando la antorcha, que rebotó contra unos helechos y cayó justo en un charco, que empezó a empaparla apagando gradualmente la llama.

El ave apresó un pequeño ratón de montaña que trepaba por un arbusto cercano a Hailey, sin importarle que ella empezara a insultarle.

Cuando la luz empezó a atenuarse, Hailey fue consciente de que la antorcha ya no estaba en su mano y, para cuando se agachó para recuperarla, la llama era inexistente, viéndose sumida en un oscuridad tan densa y desconocida que temió ponerse a gritar.

Cogió una bocanada de aire para intentar calmar sus nervios y pensar con frialdad. Debía girar sobre sus talones y volver sobre sus pasos, pero el hecho de no ver prácticamente nada no ayudaba a su plan.

Lentamente, fue avanzando, intentando escuchar las voces de sus amigos, pero lo único que oía era el barro y las hojas secas que se adherían a sus pies con cada nuevo paso.

Para no chocar contra nada, palpaba con su mano derecha los posibles obstáculos que podían aparecer frente a ella mientras, con la izquierda, se apoyaba en los árboles intentando caminar en línea recta.

Sus dedos palpaban el musgo, mojado por la humedad de la noche y la corteza rugosa de algunos árboles pero, a los pocos pasos, algo cálido, pequeño y peludo se escurrió entre sus dedos soltando un chillido propio de ardilla, que no sirvió más que para que Hailey perdiera por completo los nervios. Empezó a gritar y a correr esquivando los árboles por puro instinto, hasta que sus pies se enredaron en un arbusto seco, haciéndola caer sobre el barro.

—¡Justin! ¡Jake! ¡Socorro! —gritó angustiada.

Se puso en pie con dificultad, sin poder evitar que una sola idea se adueñara de todo su cuerpo, haciéndola temblar y entrar en un estado de terror.

Troy, Danny y Emily habían desaparecido en situaciones muy similares y misteriosas, sin dejar rastro en el bosque ni señales de vida. Aquello sólo podía significar una sola cosa, estaban siendo atacados por un animal muy grande, capaz de engullirlos de un solo bocado, de ahí que no encontraran rastros de sangre, y ahora ella, perdida en el bosque, sería su siguiente víctima.

—¡Socorro! —Sus gritos desgarrados sólo contribuían a asustarla más.

Se puso de pie y empezó a correr, chocando contra un árbol

de ramas bajas y desnudas, que le arañaron la piel haciéndole una fea herida en el brazo derecho. Se llevó la mano al hombro al sentir la punzada de la madera desgarrando su piel y, abatida, se dejó caer en el suelo con un nudo en la boca del estómago que le dificultaba la respiración.

—¡Hailey! —Oyó una voz conocida en la lejanía.

—¡Aquí! —Su voz se quebró.

Jake empezó a correr, sorteando hábilmente las raíces de los árboles y los arbustos.

—¡Sigue hablando!

—¡Estoy aquí, Jake! Llévame a casa —sollozó.

Él apareció tras un árbol de aspecto milenario y se arrodilló frente a ella iluminándola con su antorcha.

—¿Qué te ha pasado? —La ayudó a levantarse—. Estás cubierta de barro y sangre.

Hailey saltó al cuello de su hermano y empezó a temblar.

A los pocos segundos, Justin apareció saltando por encima de unas rocas para llegar hasta ellos.

—¿Se encuentra bien?

Jake negó con la cabeza mientras ella seguía sin decir palabra y le abrazaba como si le fuera la vida en ello.

Justin se acercó y observó el corte de su hombro.

—Hailey, ¿te ha atacado un animal?

Ella desenterró su rostro del cuello de su hermano y les miró un poco más calmada.

—No, creo que me he arañado con una rama rota de un árbol o algo así —Se miró la herida que aún sangraba—. Lo siento, se me apagó la antorcha y me asusté como una niña.

Justin sacó de su bolsillo un retal de tela parecido a un pañuelo y lo ató a modo de venda al brazo de Hailey. Jake le miró sorprendido ante su gesto y una sensación de celos se adueñó de él.

—Vamos, hermanita, te llevaré de vuelta al campamento y te curaré esa herida —La rodeó por la cintura atrayéndola hacia él y se alejaron de Justin.

Jake le dedicó una extraña mirada por encima del hombro y él se sintió como si no fuera nadie en el mundo de Hailey.

El cielo empezó a clarear cuando apareció Hailey completamente recuperada después de un rápido baño y de las curas que Lori le había hecho. El pañuelo de Justin le envolvía la herida y los arañazos de los brazos, de menor importancia, ya habían empezado a curarse.

Jake y Justin ocupaban lugares muy alejados alrededor de la fogata, que ya había empezado a extinguirse, a la espera de la vuelta de las chicas para saber con exactitud lo que le había sucedido a Hailey.

Lori asomó la cabeza en el interior de la tienda de campaña, donde Amber se había quedado dormida con Keith y Nicole entre sus brazos.

Hailey se sentó más cerca de su hermano que de Justin y Lori lo hizo junto a ella.

A pesar de haber firmado una tregua, la distancia impuesta entre ellos verificaba el hecho de que Justin aún estaba a prueba y todavía no formaba parte de la pequeña familia que habían construido.

—¿Habéis encontrado alguna pista de dónde puede estar Danny? —Hailey rompió el incómodo silencio.

—No —murmuró Jake—, supongo que se habrá adentrado en el bosque para encontrar a Emily.

—¿Sin llevarse una mochila, sin provisiones ni agua? Danny es joven pero no estúpido, si algo tiene esta situación es que todos hemos madurado a marchas forzadas.

Lori miró a Hailey y asintió.

—Sea como sea, no hay rastro de él ni de Emily —La voz de Jake fue especialmente fría—. ¿Qué viste en el bosque para asustarte tanto?

Hailey negó con la cabeza y su mirada se perdió en las brasas humeantes.

—No fue lo que vi, sino lo que pensé.

—¿Y qué fue? —Jake fulminó con la mirada a Justin por ser él quien formulara la pregunta que debía haber salido de sus labios.

Ella le miró con ojos asustados.

—La idea de que tal vez un animal salvaje esté aprovechando cuando estamos solos para… comernos.

—¡Eso es una tontería! No hemos encontrado rastros de sangre ni huellas.

Hailey miró a su hermano ofendida.

—A mí me parece la única solución a estas desapariciones. Igual no hay rastros porque vuela.

—¿Algo así como un águila gigante? —Lori abrió mucho los ojos.

Jake hundió sus cara entre las manos.

—Imposible, estoy seguro de que Emily se perdió y Danny ha huido en su búsqueda.

—A mí, me parece una teoría bastante lógica —Justin y Jake intercambiaron una mirada desafiante—. Hasta ahora, hemos pensado que todo sigue igual que cuando vivíamos en la ciudad, pero, ¿y si hay especies nuevas?

Hailey le miró asustada pero agradecida de que apoyara su teoría.

—Seamos realistas, esto no es *Jurasic Park* —Jake estaba cada vez más irritado.

—Yo no he dicho eso, pero quizás no haya cadáveres porque alguien se los come.

Jake se puso en pie y resopló enfurecido.

—¡Ya está bien de tonterías! Apenas hemos dormido tres horas, estamos agotados de peinar el bosque en búsqueda de Emily y Danny y el cansancio no nos deja razonar como es debido, volvamos a la cama y descansemos —Con unos rápidos pasos se adentró en la tienda.

Lori se mordió el labio inferior sin saber qué pensar y a qué teoría aferrarse.

—Si algo es cierto es que debemos dormir —Se puso en pie y siguió los pasos de Jake.

Hailey empezó a mover una pierna inquieta intentando calmar su ánimo.

—Yo creo que tienes razón —Justin se levantó y se sentó junto a ella—. Todo esto es demasiado extraño, sobre todo si le sumamos la desaparición de Troy.

—Que tú seas el único que me cree no es mucho consuelo.

—Eso duele.

Ella le miró con los ojos entrecerrados.

—Justin, por lo que a mí respecta, tú estás aquí de paso y quien me interesa que crea que algo extraño está pasando es Jake.

Él hizo una mueca, frunciendo los labios, y asintió con el cinismo apareciendo en sus ojos azules.

—Por eso el primer nombre que has pronunciado al encontrarte perdida ha sido el de tu hermano, porque para ti yo no existo.

—¿Cómo?

—Te lo reproduciré —Se aclaró la garganta—. Justin, Jake, socorro —intentó imitar la voz de Hailey.

—¿Estás de broma? Yo no he gritado tu nombre.

Justin soltó un soplido que sonó a carcajada.

—Sí, lo has hecho.

—Los dos nombres empiezan por jota, me habré confundido, estaba aterrada.

Él le dedicó una intensa mirada directa a sus ojos.

—Sé que tenías miedo.

Hailey se puso de pie intimidada por lo que aquellos ojos la hacían sentir a veces.

—Me voy a dormir —Se giró sin esperar respuesta y desapareció entre las sábanas.

Justin se quedó en silencio repasando mentalmente la teoría de Hailey y buscando algún indicio que le indicara que era cierta, para poder demostrar a Jake que realmente estaban en peligro.

21
PRIORIDADES

El repicar intenso y constante de las gotas de lluvia sobre la cubierta de plástico que Jake había colocado sobre la improvisada tienda de campaña, hizo que, poco a poco, todos se fueran despertando.

La lluvia otoñal llevaba más de dos horas inundando su tranquilo y seco campamento, confinándolos en el interior de la tienda.

Jake, que había sido el primero en despertar, había creado un pequeño muro con los libros rescatados de la librería, delimitando el suelo de la tienda y evitando que la humedad se filtrara.

—Es la primera vez que llueve —musitó Lori, distraída mientras trenzaba el cabello de Nicole.

—Y parece que no parará en todo el día —se quejó Amber.

Keith se había quedado dormido en su saco de dormir mientras Amber le contaba un cuento infantil. Las habilidades como canguro de Amber habían sorprendido sobre todo a Hailey, ya que parecía que su constante parloteo animaba a los niños y les hacía felices.

Justin se había buscado un rincón alejado del resto y garabateaba con una rama medio quemada sobre unas páginas con espacios blancos que había arrancado de los libros.

Hailey no podía evitar sentir curiosidad por lo que hacía, y en más de una ocasión él la había pillado mirándole embobada, pero en cuanto sus ojos se clavaban en ella, Hailey fingía indiferencia y él hacía lo mismo.

—¿Dónde está Emy? —musitó Nicole con la tristeza en su voz.

—Está de excursión con Danny —mintió Lori.

—Hoy no podréis salir a buscarles —La voz de Amber sonó calmada y seria por primera vez.

—Creo que hemos de hacernos a la idea de que su excursión durará mucho y es posible que no vuelvan —comentó Jake sin mirar a las chicas.

—¿Ya te has rendido? —Hailey se acercó a su hermano—. ¿No les vamos a buscar más?

Jake empezó a amontonar las reservas de comida que tenían; la mayoría eran latas de las ruinas.

—Sé que es muy duro, pero si desperdiciamos mas tiempo buscándoles…

—¿Qué? —preguntó Lori preocupada.

—He hecho algunos cálculos y, con la comida que tenemos, no llegaremos ni a la mitad del invierno. Hemos de dedicar todo el tiempo que podamos para conseguir más.

Justin soltó un bufido sin levantar la cabeza de lo que estaba dibujando.

—¡¿A ti qué te pasa?!

Jake le miró malhumorado y Justin apretó la mandíbula hasta que se le marcaron los huesos en la cara.

—Lo que debería preocuparte no es la comida, sino el alojamiento. Fíjate —Miró al techo, que empezaba a ceder por la lluvia acumulada sobre el plástico—. Apenas soportamos una lluvia intensa. ¿Qué pasará con el frío y la nieve?

Jake se le acercó con pasos firmes y cruzó los brazos sobre el pecho. Justin le miró desde el suelo y sus ojos brillaron aceptando el desafío. Lori y Hailey bufaron; la pelea de gallos volvía a empezar.

—Y bien, ¿qué idea genial tienes? Porque está claro que, si te quejas tanto, lo mínimo que podrías hacer es proponer una solución al problema.

Justin se puso en pie con un hábil movimiento, quedando cara a cara con Jake.

—En realidad, es en lo que llevo trabajando todo el día —Agitó los dibujos frente a su cara—. He hecho un mapa situando las reservas de agua y la cueva donde Amber ocultaba a los niños.

—¿Cómo sabes lo de la cueva? —La voz de Hailey sonó chillona.

—Amber me lo contó como unas cien veces.

—Sí, es verdad, recuerdo que allí la lluvia y el viento no…

—Vale, vale Amber, queda claro que tú se lo has contado —Jake le arrebató los dibujos a Justin y los estudió con detenimiento.

Amber farfulló un insulto entre dientes.

Hailey, que ya no soportaba más su curiosidad, se puso en pie y revisó los dibujos con atención.

A pesar de estar hechos con las indicaciones confusas de Amber y una rama carbonizada, eran bastante precisos, y la calidad artística de sus trazos dejó boquiabierto a Jake, que no supo cómo seguir con su lucha de poder y asumió que Justin había ganado aquella batalla.

—Así que, por lo que veo, propones que nos traslademos a la cueva de Amber.

—Sí, pero antes tendremos que conseguir más reservas de comida, tal y como has sugerido tú.

Jake le miró, al percibir que en aquel asunto la rivalidad se acababa de esfumar.

—En cuanto la lluvia pare, haremos turnos para ir a las ruinas —Jake le devolvió los dibujos.

—Siento contradecirte hermanito, pero hoy dudo que la lluvia pare —Hailey se alejó y volvió a sentarse junto a Lori.

Jake asintió, ya que el cielo gris daba la razón a su hermana.

Unos leves susurros se filtraron en las pesadillas de Hailey, devolviéndola al mundo real, poco a poco. Sin apenas darse cuenta, se incorporó en su saco de dormir con la frente perlada de sudor y el corazón latiéndole en el pecho completamente desbocado.

La idea del animal que los devoraba uno a uno la aterraba hasta en sueños y decidió salir al exterior donde, por fin, la lluvia había parado.

Al apartar la sábana para salir, tropezó con Amber, que la miró asustada. Su cabello estaba un poco revuelto y sus mejillas enrojecidas.

—Buenas noches —susurró antes de desaparecer camino a su cama.

Hailey decidió ignorarla.

Alejada de la tienda de campaña, había una pequeña hoguera hecha con libros, que iluminaba a Justin, entretenido en garabatear más mapas.

Hailey dudó en acercarse, pero cuando él levantó la mirada no tuvo escapatoria y se encaminó hacia la fogata.

—¿No puedes dormir? —susurró él volviendo a su trabajo.

Hailey se sentó en el suelo y la humedad se filtró al instante en sus pantalones vaqueros.

—He tenido una pesadilla.

—Ahí terminarás empapada, siéntate a mi lado —Le indicó un espacio libre demasiado cerca de él.

—Todo el bosque está mojado.

—Estoy sentado sobre un plástico —murmuró sin ganas de pelear.

Hailey se sintió idiota y, sin mediar palabra, se sentó junto a él.

—¿Crees que volveremos a verles?

La mano de Justin dejó de dibujar.

—¿A Danny y a Emy? —Tragó saliva—. No lo creo.

Hailey bajó la cabeza y abrazó sus rodillas atrayéndolas hasta su pecho.

—Mi vida era tan fácil y cómoda. Y pensar que creía tener grandes problemas.

—¿Qué problemas? —Empezó a dibujar de nuevo.

—Quería ser popular, guapa, tener novio… Ya sabes.

—¿Qué te besaran? —Sonrió sin mirarla.

De pronto, Hailey recordó con quién hablaba y todo su cuerpo se tensó.

—Ríete si quieres, pero yo era muy joven, no como otros que ya tenían los veinte y estaban hartos de fiestas y sexo. A mí, me han robado la adolescencia y todas mis primeras veces. Tú eso nunca lo entenderás.

—Dieciocho.

—¿Qué? —Le miró indignada.

—Tenía dieciocho, y nadie te ha robado nada. Sigues viva, ¿no? Aún puedes vivir algunas primeras veces —Le dedicó una intensa mirada que hizo hervir la sangre de Hailey.

Ella respiró profundamente intentando no parecer alterada.

—Algunas sí han desaparecido para siempre, nunca tendré un baile de final de curso. Déjalo, eres un chico y jamás lo entenderás, sobre todo un chico como tú.

—¿Qué quiere decir un chico como yo?

—Vamos, mírate, se ve a la legua que nunca te has tenido que esforzar por encajar en el instituto, estás seguro de ti mismo, eres inteligente y no eres feo.

Los labios de Justin se curvaron formando una de sus escasas sonrisas y Hailey fijó la mirada en las llamas de la hoguera.

—Gracias por la parte buena. En cuanto al reproche, sí, encajaba en el instituto y siempre fui de los chicos populares, pero eso ¿de qué me sirve ahora? Tu hermano me odia y, en cuanto a los demás, dudo si sienten miedo de mí o indiferencia.

—Odio. En mi caso es odio, si te quedas más tranquilo sabiéndolo —Le sonrió sarcástica.

Justin hizo un mueca y asintió antes de empezar un nuevo dibujo.

—¿Y por qué si puede saberse?

—Desde el primer día, no has querido integrarte, luego me dijiste que no querías cogernos cariño porque moriríamos y, sobretodo, porque me besaste.

Justin dejó lentamente sus dibujos sobre el suelo, se sacudió de las manos los restos de ceniza y la miró a pesar de que ella seguía observando las llamas.

—Entiendo que tengo lo merecido por mi comportamiento, pero has de saber que siento haber jugado contigo. Lo de aquel besito, para mí, no tuvo la menor importancia; sólo era para hacerte rabiar. Si hubiera sabido que nunca te habían dado un beso no lo habría hecho —Sonrió—, o al menos te habría besado como es debido.

Hailey se puso en pie indignada.

—¿Ves? Es eso, de pronto dejas de ser un estúpido y razonas lo que has hecho hasta el punto de que pareces una persona normal, pero de pronto lo estropeas todo. Además, te repito que fue mi segundo beso.

—Vamos, Hailey, es una broma.

—Yo no me río.

Justin le tendió la mano y le dedicó una brillante sonrisa.

—Siéntate, por favor, prometo ser civilizado.

Ella le miró con los ojos entrecerrados y se sentó ignorando su mano.

—Eres irritante.

—Es posible —bromeó echando unas hojas de un libro al fuego.

Las llamas aumentaron levemente su tamaño y bailaron al son de una suave brisa nocturna.

—¿Te funcionó? —murmuró ella.

—¿El qué?

—No encariñarte con Danny y Emy.

Justin la miró y Hailey le devolvió la mirada. Sus azules ojos estaban tristes.

—No.

Aquella única palabra flotó en el pensamiento de Hailey durante algunos minutos, captando todo el significado oculto en ella. Justin no era tan frío como aparentaba.

Los ojos de Hailey vagaron por la oscura hierba que les rodeaba hasta encontrar algo en el suelo. Era el pañuelo que solía llevar Amber atado en el pelo. Lo cogió.

Las imágenes vistas de la chica acalorada entrando en la tienda cobraron sentido.

—Me alegro no haber despertado antes.

—¿Del coma?

—Esta noche —Agitó el pañuelo de Amber frente a él—. Os habría pillado en plena faena.

Justin empezó a reír con unas carcajadas tan limpias y cristalinas que dejaron atónita a Hailey.

—Amber estaba revisando conmigo los dibujos para ver si eran correctos y se quitó el pañuelo porque se le enredó un bicho.

—¿Y por qué estaba acalorada?

Justin la miró divertido.

—Estaría muy cerca del fuego, yo que sé —Hailey frunció el ceño sin creérselo—. Espera, espera, ¿estás celosilla, pequeña?

—¿Yo? ¿De Amber? Por favor...

—Mientes de pena, ¿lo sabes?

Ella le miró de soslayo y empezó a negar con la cabeza a la vez que el brillo verdoso invadía sus ojos.

—El que miente mal eres tú. Es normal que te de vergüenza admitir que tú y la cotorra estáis liados pero tranquilo, aquí parece que todos los adultos lo hacéis. Evidentemente, y para que mis frustraciones adolescentes no se me olviden, yo soy la única que sigue sola. Es más, Amber es la segunda pareja que tiene, primero Troy, ahora tú. Será mejor que ponga sobre aviso a Lori, no sea que le quite a mi hermano también.

Justin esperó a que se calmara con un rostro impasible y sin ninguna emoción bailando en sus ojos.

—Siento que te sientas así.

Ella le miró como si él estuviera loco.

—¿Qué más te da a ti? —Resopló y enterró la cara entre sus rodillas.

—He decidido ser uno más, ya que por lo visto no puedo evitar cogeros cariño, y si necesitas hablar…

—Para el carro chaval, nosotros no somos ni seremos nunca amigos.

—Siento oír eso.

Hailey vio como bajaba la mirada como si sus palabras le hirieran de verdad.

—Es que no consigo entenderte y me desquicias. Primero pasas de todos, ahora nos quieres cuidar, ¿qué será luego, formar una familia con Amber?

Justin se puso en pie y recogió sus dibujos.

—¿Sabes? Llevo desde que te rescaté del oso intentando que

me perdones, demostrando que no soy el tipo horrible que crees que soy, pero al parecer ahora eres tú la que se cierra en banda. Piensa lo que quieras, porque yo ya me he cansado de intentar tener buen rollo contigo.

Justin le dedicó una dura mirada y se encaminó lentamente hacia la tienda de campaña.

—¡Tú no me salvaste del oso!

—Apaga el fuego antes de ir a dormir —Desapareció dentro de la tienda, dejando a Hailey con la boca abierta.

El habitual hormigueo ansioso que invadía su estómago cuando peleaba con Justin se mezcló con una sensación helada de culpabilidad.

Se levantó movida por su ira y empezó a lanzar cubos de agua a la hoguera hasta que ésta se extinguió por completo.

En su mente, una idea rebotaba dolorosamente contra su cráneo, aquella noche no sólo se había encargado de apagar la fogata del campamento, sino que también había extinguido la única llama de amistad que había prendido entre ella y Justin.

22
INFECCIÓN

Los días fueron pasando lentamente para Hailey, mientras observaba en silencio como Justin se labraba un hueco en el corazón de todos los miembros del campamento.

Jake había encontrado en él un fuerte y hábil compañero para apartar las piedras de las ruinas en busca de alimentos y Justin disfrutaba definiendo con Jake la estrategia para superar el invierno en la cueva.

Lori se había ofrecido a cortarle el pelo, que había empezado a crecerle demasiado, y sin querer, ya que la animada conversación que mantenía con él la había distraído, le había cortado más de la cuenta sus ondas negras. Para desgracia de Hailey, aquel problema no lo fue realmente, ya que el cabello aún más corto resaltaba sus ojos azules y su atractivo rostro.

Por suerte para el ánimo de Hailey, que cada vez se sentía más extraña haciéndole sola el vacío, Amber seguía en su mundo, cuidando de los pequeños y dejando que los demás intimaran y forjaran nuevas amistades, ya que lo único que le interesaba era el bienestar de sus pequeños.

Aquella noche, mientras todos reían de las anécdotas graciosas de la última expedición a las ruinas, que Justin y Jake se turnaban en explicar, Hailey, sintiéndose fuera de lugar, cogió la mochila con los enseres para el baño y se encaminó hacia el oscuro embalse.

Al llegar a la orilla, miró hacia atrás y vio a lo lejos cómo nadie la había echado en falta y una punzada de dolor traspasó su pecho. Ni tan solo su hermano, aquel que la protegía siempre, se había dado cuenta de su marcha.

"Quizás... —pensó— debería hacer como Danny y Emily y desaparecer en el bosque para que la valoraran".

—No sabes lo que tienes hasta que lo pierdes —musitó.

Pero, aquellas palabras la hicieron ver que, en realidad, era ella la que había perdido.

Se quitó la ropa, cogió una pequeña toalla deshilachada y, aguantando la respiración al sentir el agua fría sobre su piel, sin esperar, se sumergió por completo.

Cuando salió a los pocos segundos para respirar, oyó las risas de Lori y Jake en la lejanía.

Desde donde estaba Hailey, ellos no podían verla, ya que las sombras y el cielo sin luna ocultaban su posición, pero para ella era muy fácil observarles, ya que la luz de la hoguera definía a la perfección su ropa y el color de su cabello.

Se pasó la toalla lentamente por su piel, limpiando los restos de polvo y barro de las labores diarias, hasta que su mano rozó el hombro donde la herida ocasionada por la rama del árbol le picaba y le ardía.

Intentó ver su aspecto estirando el cuello y retorciendo el brazo, pero la falta de luz apenas le dejaba ver nada.

Debía recordar pedirle ayuda a Lori para curarla.

Las risas fueron cesando poco a poco y, sin que Hailey se diera cuenta, ya que había encontrado una cómoda posición apoyada boca abajo en una suave roca, su rápido baño se convirtió en un baño de una hora.

La piel se le había acostumbrado al agua helada y la falta de viento ayudaba a que su sensación de frío hubiera desaparecido.

Cerró los ojos y disfrutó de los grillos y la quietud del bosque.

Un sonido familiar para ella la hizo abrir los ojos justo en el instante en el que Jake recogía agua con el cubo para apagar la hoguera.

—¡¿Quién anda ahí?! —Gritó, escondiéndose tras la roca y ocultando sus pechos con su pelo húmedo y la pequeña toalla.

—¿Hailey?

—¿Jake? —Asomó los ojos por encima de la piedra.

Él estiró el brazo para iluminarla con la antorcha.

—Pensábamos que te habrías ido a dormir. ¿Qué haces bañándote a estas horas? Sal, o cogerás una pulmonía.

Jake rebuscó en la mochila y sacó una vieja toalla de playa, la dejó en la orilla y se dio la vuelta.

—Gracias —Hailey salió del agua avergonzada y se cubrió sin darse demasiada prisa.

Unos ojos azules destellaron cerca de ellos y, al ver la escena, desaparecieron en silencio.

Jake soltó un bufido esperando el estallido inminente por parte de su hermana pero, al parecer, ella no fue consciente de que Justin la había visto salir del agua sin ropa.

—Ya te puedes dar la vuelta.

—Hailey, ¿qué te pasa estos días?

Ella se sentó en el suelo y empezó a peinarse el cabello.

—Nada.

—Es por Justin, ¿no?

—Si me molestara que ahora todos le rierais las gracias y olvidarais lo mal que se comportó en el pasado, lo diría.

Jake se sentó junto a ella, iluminándola con la antorcha.

—Contra todo pronóstico, no ha resultado ser mal tipo. Si todos le hemos dado una oportunidad, ¿por qué no haces tú lo mismo?

—Se la di y falló —Se inclinó para guardar el peine en la mochila y Jake vio su fea herida.

—Ese corte no tiene buena pinta, parece infectado.

Ella volvió a retorcerse y ahogó un lamento al ver la piel enrojecida y el feo corte que, lejos de cicatrizar, parecía tan fresco como el primer día y supuraba un líquido transparente.

—¡Qué asco! —Se puso en pie de un respingo.

—Vamos —cogió la mochila—. Lori sabrá cómo curarte.

Anduvieron en silencio, dejando a un lado el problema con Justin, hasta que llegaron a la tienda de campaña.

Amber acababa de acostar a los pequeños y les leía un viejo cuento infantil.

Lori y Justin les miraron con atención y, al instante, supieron que algo no marchaba bien.

—Lori, ¿tenemos algo parecido a gasas y alcohol?

Hailey se sentó resignada en el suelo, sobre su cama, pasando por alto que sólo vestía una toalla.

—¿Qué ha pasado? —Sus ojos se posaron en la herida que Jake le señalaba—. Hailey, ¿por qué no me has dicho antes que esto estaba así?

—No me duele demasiado, sólo pica.

Justin observaba la escena sin mediar palabra.

—No tenemos alcohol, y la verdad es que parece que está muy infectada —Abrió con cuidado la herida para asegurarse de que estaba limpia—. Parece que tienes algo clavado.

Jake se acercó a Lori y miró el corte dilatado.

—Es como una astilla de la rama que le hizo el corte, será mejor que la quitemos. Tráeme la navaja…

Hailey se puso en pie con los ojos abiertos como platos.

—¡No me vas a clavar nada ahí dentro!

—Siéntate —susurró Lori con calma—. Si no extraemos la astilla, la infección puede ir a más y… —Hizo una mueca.

—¿Y que? —Hailey sonó preocupada.

—Si una infección no se cura a tiempo pasa de la herida a la sangre, creando septicemia y eso significa, sin un cuidado médico y antibióticos, la muerte —Justin se acercó a Hailey.

—Estás exagerando —Ella le hizo una mueca de menosprecio.

—No, hermanita, tiene razón, si algo recuerdo de las clases de ciencias e historia, es esa enfermedad.

Todos guardaron silencio y Hailey se sentó agarrando con fuerza la toalla.

—Está bien.

—Lori, la navaja —La voz de Jake sonó excesivamente seria y preocupada.

Justin cogió una bolsa de papel llena de manchas y se sentó detrás de Hailey. Ella le ignoró.

—No creo que sea buena idea introducir un metal sin esterilizar en una herida infectada —Justin empezó a rasgar una toalla limpia de la mochila que había traído Hailey.

—Pero no podemos hacerlo, no tenemos alcohol —Lori parecía desbordada por un vez en su vida.

—Yo sí —Justin sacó una botella de ginebra de una bolsa de papel.

Jake le miró sorprendido.

—¿De dónde has sacado eso?

—De las ruinas, durante mi destierro yo también las visitaba y cuando encontré esto creí que sería ideal para ahogar mis penas en soledad.

Amber le miró antes de arropar a los niños, que habían caído en un profundo sueño presas del agotamiento del día. Se puso en pie y se acercó a ellos.

—¿Todo este tiempo teníamos alcohol y no lo has dicho?

—Lo guardaba para una emergencia como ésta.

Amber le arrebató la botella y dio un largo trago mientras todos soltaban un grito de exclamación que no tardó en despertar a los niños.

—¿Es que sólo piensas en ti? —Hailey se giró y le arrebató la botella de la mano—. Estoy malherida y sin ese alcohol puede que muera.

Amber entrecerró los ojos.

—Sólo era un trago, *pequeña* —Se levantó y fue al otro extremo a calmar a Nicole, que lloraba desconsolada al no saber por qué todos habían gritado.

Hailey la miró con odio al reconocer en sus palabras el apodo que usaba Justin para hacerla rabiar.

—Dejémonos de tonterías y curémosle la herida —Lori le dio la navaja a Justin, que ya había empezado a humedecer un trozo de toalla con la ginebra.

Empezó a frotar la hoja enérgicamente hasta dejarla limpia.

Hailey se cruzó de brazos y respiró hondo, intentando calmar sus nervios.

—Voy a echarte alcohol directamente en la zona. Lo siento, te dolerá.

—No —Hailey le miró por encima de su hombro—, tú no me harás nada, en todo caso lo hará Lori.

—Hailey, mi madre era doctora y estaba harto de escuchar sus historias sobre urgencias y de ver los videos de sus operaciones.

Lori se sentó frente a ella y le tomó las manos entre las suyas.

—Justin sabe lo que hace.

—¿Ahora es médico?

—Si quieres saberlo, iba a empezar la carrera de medicina, sí —La voz de Justin sonó alterada.

—Hailey, por favor, deja por esta noche tu guerra con Justin.

Ella llenó de aire sus pulmones y asintió resignada a su hermano.

—Jake, quizás deberíamos sacar de aquí a los pequeños, igual se asustan —sugirió Lori.

Hailey dio un pequeño respingo y Lori le cogió con fuerza las manos.

—¿Por qué van a asustarse?

—Hailey, voy a introducirte una hoja afilada en una herida infectada, para sacar un trozo de madera. Te dolerá y seguramente gritarás.

Un sudor frío recorrió la espalda de Hailey.

—Jake...

—Espera —Hailey frenó a su hermano evitando que se levantara de su lado—. No pienso gritar.

—Hermanita, no seas orgullosa.

Ella enarcó las cejas y negó con la cabeza.

—Soy más fuerte de lo que crees.

Justin y Jake intercambiaron una rápida mirada.

—Hazlo —Jake asintió con la cabeza, dándole a Justin vía libre.

Lori clavó sus ojos en los de Hailey y le sonrió.

—Pasará enseguida.

Justin derramó con cuidado un chorro de ginebra sobre la herida de Hailey, y ella se mordió los labios al notar la mezcla de escozor y dolor que parecía atravesarle el alma para salirle después por todos los poros de su piel como afiladas cuchillas.

Jake observó cómo Justin insertaba con cuidado la afilada punta de la navaja en la herida, hasta que empezó a sangrar.

Hailey cerró los ojos y apretó las manos de Lori al notar como la afilada hoja se hundía en su carne.

—No te muevas, no quiero hacerte más daño del necesario —Justin parecía calmado a pesar del ambiente tenso.

—No pensaba ha... hacerlo —jadeó Hailey.

El dolor que sentía Hailey en su hombro empezó a extenderse por toda su espalda y su brazo hasta el punto de necesitar gritar, pero su orgullo era más poderoso que su sufrimiento y empezó a respirar rápidamente pensando en las cosas hermosas que le gustaban del bosque.

—Las moras, el canto de los pájaros —jadeó al sentir como Justin removía la hoja y empezaba a extraer la astilla, que parecía ser parte de su piel—, la luna llena, la risa de Lori… —susurró.

—Casi está fuera, estás aguantando muy bien —la animó Jake, acariciándole el brazo.

—Lo mucho que quiero a Jake, la manera de correr de Keith —Cada vez recitaba más rápidamente las palabras.

—Ya la tengo, Hailey. Ahora voy a echarte más alcohol y a parar la hemorragia que te he causado.

Las gotas de sangre empezaron a empapar la toalla de playa que cubría a Hailey, pero ella apenas sentía nada más que no fuera aquel dolor intenso que hacía que sus músculos ardieran y que su piel palpitara.

—Respira hondo, Hailey —musitó Lori al ver como Justin inclinaba la botella sobre la herida.

En cuanto el alcohol rozó la piel de Hailey, el sufrimiento, que ahora se había multiplicado, la hizo elevar el tono de voz y empezar a hablar sin pensar en lo que decía.

—¡Las llamas de la hoguera! —Respiró ansiosamente—. El brillo azul de las estrellas, sus ojos…

El alcohol penetró en el corte y el escozor intenso, sumado al dolor de la herida reciente, la hizo apretar con fuerza las manos de Lori.

—¡Como se le marca la mandíbula cuando está tenso! —gritó.

Justin aplicó uno de los retales de toalla sobre la herida, presionando levemente.

—Ya está. Has sido muy valiente.

Lori sonrió a Hailey, que empezaba a respirar con normalidad y estaba pálida como la cera.

Jake le apartó un mechón de cabello de la cara.

—Siempre supe que eras la más valiente de la familia.

—Tú habrías hecho lo mismo —Hailey le miró con lágrimas en los ojos.

Justin se puso en pie y se encaminó hacia la salida.

—Lori, ¿puedes hacerle un vendaje y encargarte de hacerle las curas dos veces al día?

—Claro —Se levantó y empezó a buscar una sábana vieja para hacer vendas.

Justin desapareció fuera de la tienda.

—Jake, ¿le puedes dar las gracias por mí? No tengo fuerzas ahora mismo para moverme demasiado.

Él sonrió.

—Claro —Se inclinó y la besó en la cabeza antes de salir.

Amber, que había estado observando la escena en silencio, se acercó a Hailey.

—No te va a funcionar.

—¿De qué hablas?

—De hacerte la indiferente con él. Con chicos como Justin no funciona.

Lori frunció el ceño y miró a Amber, que se había sentado junto a ellas.

—Déjala descansar.

—No, espera Lori, no sé qué pretende decirme.

Amber soltó una carcajada.

—¿Como se le marca la mandíbula? —canturreó.

Hailey palideció aún más, sin saber exactamente cómo sabía ella aquel pensamiento tan íntimo y del que prácticamente no era consciente.

—¿Quién te ha dicho eso?

Lori le anudó el vendaje sobre el pecho y la miró a los ojos.

—Lo acabas de gritar hace un momento.

—No sé lo que he dicho o hecho, me dolía tanto que estaba fuera de mí, así que seguramente eran cosas sin sentido.

Amber la miró y ladeó la cabeza.

—No lo puedes negar, él te gusta.

—Le odio, es algo distinto —elevó un poco la voz

—Entonces no te importará que nosotros... Ya sabes.

Hailey se dejó caer lentamente sobre su saco de dormir y cerró los ojos.

—Por mí como si lográis encontrar un puente y saltáis de él. Y ahora, si no te importa, quiero dormir; estoy agotada y me duele todo.

Amber se levantó risueña y se acostó en su propia cama.

—Sabes lo que has dicho, ¿no? —susurró Lori.

—Sí, eran cosas que odio de este lugar.

—¿Odias el amor por tu hermano y las estrellas?

—No —Hailey abrió los ojos y miró a su amiga.

Lori le ordenó los mechones de cabello y sonrió.

—Quizás no sea un tigre y yo estuviera equivocada.

—Me da igual lo que sea, somos dos especies incompatibles, eso está claro —Volvió a cerrar los ojos.

Lori se puso en pie.

—Nuestra vida aquí parece que será muy corta; quizás deberíamos disfrutar de nuestro tiempo sin importarnos las consecuencias de nuestros actos y dejando a un lado nuestro orgullo.

Hailey siguió con los ojos cerrados y Lori, que sabía que aún estaba despierta, la dejó reflexionar en la oscuridad, llevándose la antorcha que iluminaba la tienda de campaña y saliendo al exterior.

23
EL EMBALSE

Relajada por el sol otoñal y los cantos de los pájaros, Hailey, sentada en el suelo mientras se dedicaba a contabilizar y hacer un inventario de las latas de comida que tenían, empezó a recuperar su buen humor habitual.

La risa de Keith, que estaba jugando con Amber, y la ausencia de Justin, que estaba en las ruinas con Jake, contribuían a que, poco a poco, una ligera sonrisa fuera esbozándose en sus labios.

La herida de su hombro había empezado a sanar lentamente y, gracias a las curas constantes de Lori, hacía dos días que apenas le molestaba.

Nicole salió corriendo de la tienda de campaña con un cuenco en sus manitas y una radiante sonrisa.

—¿Dónde vas con esa prisa? —Hailey le sonrió.

—Lori esta allí —Señaló el bosque cerca del embalse—; hay moras.

Hailey fingió una mueca de sorpresa y abrió sus grandes ojos marrones.

—Pues corre a cogerlas antes de que se las coman las ardillas.

La niña chilló entre risas y salió corriendo hacia Lori, que le hacía un gesto con la mano.

—Tóma —Nicole le entregó el cuenco—. ¡Cógelas todas!

Lori empezó a arrancar con cuidado las moras, esquivando las espinas de las zarzas.

—Hemos de estar agradecidas.

—¿Por qué? —preguntó la pequeña.

—Porque a estas alturas del otoño es extraño que aún queden moras. Así que, hay que darle las gracias a este arbusto por ello —Le sonrió.

—¡Gracias!

Lori soltó una dulce carcajada y acarició el cabello rizado de Nicole.

Al introducir la mano entre las ramas del arbusto para llegar a los frutos más escondidos, unas espinas arañaron la piel de Lori. La sacó rápidamente y se frotó los arañazos, que empezaban a emanar pequeñas perlas de sangre.

—¡Te ha hecho pupa! —Nicole frunció el ceño—. Eres malo.

La niña empezó a darle patadas al arbusto y Lori la cogió de los hombros para evitar que destrozara la planta.

—No, no puedes hacer eso. Esta zarzamora es un ser vivo, y hemos de darle las gracias por darnos su fruto que nos alimenta.

—Pero te ha hecho sangre —farfulló poniéndose de morros.

—No, la naturaleza ha de defenderse y este arbusto pincha. Pero tú y yo somos personas y hemos de entender que si le robamos sus frutos él nos puede herir.

—¿Le duele?

Lori la miró confundida.

—¿El qué?

—Le estás arrancando moras. ¿Le haces pupa?

Durante unos minutos, Lori no supo qué contestarle a la niña.

—No lo sé, pero sí sé que hay que respetarlo. ¿Entendido?

Nicole asintió.

—Nada de patadas.

—Tóma, llévaselo a Hailey, yo iré a lavarme las manos al embalse.

La niña salió corriendo con las moras en el cuenco y, al verla llegar, Hailey la recibió con los brazos abiertos.

Lori se acercó a la orilla, se arrodilló e introdujo las manos lentamente en las frías aguas. Los diminutos cortes le escocieron un segundo pero, enseguida, una sensación de bienestar empezó a recorrerle las manos y los antebrazos.

Miró su reflejo en el agua y un extraño brillo azulado que provenía del fondo del embalse, lejos de asustarla, la hizo sumirse en un estado de paz y calma.

Cerró los ojos y se desplomó, precipitándose en las profundas aguas como un peso muerto.

Como si alguien le hubiera susurrado que algo no iba bien, Hailey dejó de prestar atención a Nicole, que le explicaba como se recolectaban las moras mientras las lavaba en un cubo con agua, y sus ojos se posaron sobre la superficie del lago que se agitaba levemente por la caída de Lori.

—¡¿Lori?! —Hailey se puso en pie y empezó a caminar hacia el embalse.

Keith pasó corriendo cerca de ella y Amber, que le perseguía, frenó y miró a Hailey, que estaba pálida.

—¿Qué te pasa?

—¡Lori! —Hizo caso omiso a Amber y empezó a caminar con pasos acelerados hasta la orilla.

Las marcas de unas botas sobre la tierra húmeda de la orilla del embalse le indicaron la última posición de su amiga. Sin dudarlo, se quitó la sudadera, se deshizo de sus deportivas y se lanzó al agua.

Keith, Nicole y Amber se acercaron a la orilla para ver como Hailey, desesperada y movida por una corazonada, buscaba en el fondo del embalse a su amiga.

Lamentablemente, por mucho que lo intentó, no pudo dar con ella.

La húmeda y resbaladiza piel del torso y los brazos de Jake, forzaban a Justin a apretarle con fuerza entre sus brazos, para que su amigo no emprendiera una nueva marcha al embalse para encontrar el cuerpo sin vida de Lori.

Amber se había llevado a los pequeños a dar un paseo cerca del embalse, alejándolos de los lamentos de desesperación de Jake, que gritaba el nombre de Lori sin poder creerse su pérdida.

Justin lo rodeaba por la espalda atrayéndolo hacia su pecho, mientras Hailey permanecía en un estado de shock por lo sucedido.

—¡¿Tú lo has visto?!

—No —murmuró Hailey apartando la mirada de los ojos tristes de su hermano—, pero no hay rastro de ella, sólo las huellas cerca del agua.

—¡No! —Se removió, intentando zafarse de los brazos de Justin—. ¡Déjame ir! ¡He de buscarla!

—Ya lo hemos intentado durante varias horas, Jake y ya ha anochecido. Lo siento, la hemos perdido.

Jake se desplomó en el suelo y Justin lo liberó, dejando únicamente una mano sobre su hombro como muestra de su apoyo.

Hailey se sentó frente a él y le abrazó con fuerza.

Un llanto lejano les hizo saber que los más pequeños estaban asustados con lo sucedido.

—Jake, has de reponerte. Nicole y Keith te necesitan. Yo te necesito.

—Todos te necesitamos —La voz de Justin fue un leve susurro.

Hailey le miró y él apartó sus tristes ojos azules.

—Tienes razón, pero ahora mismo sólo siento mi propio dolor —Se puso en pie tambaleándose como un borracho.

—Descansa un poco y mañana todos afrontaremos nuestras tareas a pesar de todo.

Jake le dio un rápido abrazo a su hermana y, tras dedicarle un gesto cordial a Justin, desapareció en el interior de la tienda de campaña.

Hailey rodeó la hoguera y se sentó sobre la hierba ocultando su rostro entre las manos. Justin se sentó junto a ella, pero dejando una buena distancia.

—¿Qué has visto?

—Ya os lo he explicado, absolutamente nada. Ha sido como una sensación extraña y al ver las huellas en el barro y el agua que se movía un poco he supuesto…

—Hailey.

Ella le miró y empezó a frotarse los brazos.

—¿Qué?

—¿Y si ha desaparecido a causa de las mismas circunstancias que los demás?

—Ya lo he pensado. El animal salvaje.

Un silencio se interpuso entre los dos mientras sus mentes dibujaban la silueta de un extraño ser de grandes dimensiones, pero sigiloso como un gato.

—¿Y si no hay huellas de sus ataques porque es…?

—¡Acuático! —exclamó ella.

—Sí, hasta donde yo sé, todos hemos estado cerca de este embalse.

Un grito desgarrador que se confundía con la brisa de la noche les alertó, dirigiendo su atención hacia el camino cercano a la orilla que habían tomado Amber y los niños.

Justin se puso en pie y empezó a correr hacia Amber que, con las manos en la frente, hiperventilaba mientras giraba sobre sí misma.

Hailey salió corriendo tras él.

—Amber, ¿y los niños? —La voz de Hailey se quebró.

—Me he agachado junto a ese árbol porque Keith no hacía más que decirme que había un grillo enorme y cuando me he girado no estaban —jadeó.

Justin y Hailey intercambiaron una rápida mirada.

—¡Apartémonos de la orilla! —Hailey empezó a correr hacia la hoguera.

Justin arrastró a Amber, cogiéndola del brazo, hasta que consideró que estaban lo suficientemente alejados del agua.

—¡¿Qué pasa?! —gritó Amber histérica.

—Creemos que hay un animal acuático que… —Hailey tragó saliva.

Amber abrió los ojos como platos y corrió a refugiarse al interior de la tienda de campaña profiriendo gritos de histeria.

Allí, Jake se había bebido en pocos minutos el resto de la botella de ginebra de Justin, cayendo en un profundo sueño que le hizo olvidar por unas horas su tensa situación.

24
PAREJAS

Anudó con fuerza un largo trozo de sábana uniendo dos gruesas ramas y, finalmente, hizo lo mismo con el asa del cubo que usaban para recoger el agua.

Justin se le acercó, desperezándose con los primeros rayos del sol.

—¿Qué estás haciendo con eso?

Hailey le miró con unas feas ojeras marcadas sobre su piel. Era evidente que apenas había podido dormir por lo sucedido la noche anterior.

—Si hay una cosa dentro del agua que pretende comernos, no seré yo la que se acerque. Así que, como necesitamos el agua, he ingeniado esto para no acercarnos mucho.

Justin comprobó la resistencia de las dos ramas unidas y evaluó su peso.

—Es demasiado pesado para unos bracitos como los tuyos. Yo lo haré.

Sin darle tiempo a réplicas, cogió las ramas y el cubo y se acercó al embalse.

Hailey apretó los puños sin ser capaz de despegar sus ojos de la superficie tranquila del agua, hasta que vio como Justin se acercaba con el cubo lleno.

—Pesa bastante, sobre todo cuando está lleno, pero funciona. Buen trabajo.

Algo parecido a un tenue rubor escaló por las mejillas de Hailey.

—¿Y Jake?

—Durmiendo. Me temo que no tolera el alcohol y tiene una resaca de caballo.

—Mejor para él. Necesita tiempo.

Justin rellenó un par de cantimploras en el cubo.

—¿Amber también duerme?

—No, está con él. Le he pedido que no le deje solo. En nuestra situación creo que es mejor que nos mantengamos en grupos de dos.

La mente de Hailey empezó a leer entre líneas. Si sólo eran cuatro y Amber estaba con Jake, ella debía ser la compañera de Justin.

—Yo me quedaré con mi hermano, es mi única familia —Se levantó y cogió el cubo de agua dispuesta a entrar en la tienda de campaña.

—Lo sé, pero tú eres la única que me puede acompañar a las ruinas y no morir en un derrumbe a los cinco minutos.

La imagen de Amber apartando escombros y basura para encontrar objetos útiles y comida, casi hizo que Hailey soltara una carcajada.

—Te odio cuando tienes razón.

—Me odias siempre —Se puso la mochila sobre los hombros y empezó a caminar sin esperarla.

Hailey le imitó antes de echar un último vistazo a la tienda de campaña. A pesar de que se sentía angustiada y triste por las recientes pérdidas, la sensación agradable de su pecho le impedía llorar, al igual que al resto.

Mientras caminaban en silencio por las que un día fueron unas calles transitadas por peatones y ruidosos coches, Hailey observaba con curiosidad las marcas de pintura negra que había en algunas paredes de los edificios y cascotes a los que Justin ni miraba.

Después de haber pasado varios edificios y girar por una ancha calle, Justin inspeccionó una puerta de hierro forjado y un muro en excelentes condiciones y, tras forzar la puerta, se adentró en el recinto cubierto por una mata de frondosa hierba, enredaderas y jóvenes árboles.

Al fondo de lo que en su día fue un bello y cuidado jardín, se alzaba, medio ruinosa, una gran edificación de estilo clásico.

Justin comprobó el estado de las paredes con grietas antes de entrar en la gran casa.

—Yo no entraría ahí.

Él se giró y vio a Hailey en mitad del salvaje jardín.

—No tiene pinta de derrumbarse.

—Lo sé, pero a no ser que lo que busques sean borradores, pizarras y libros de texto, no creo que te interese perder el tiempo aquí.

Justin se acercó a ella con el ceño fruncido.

—¿Conoces este lugar?

—Era mi antiguo colegio —Esbozó una melancólica sonrisa.

Justin salió de nuevo a la calle y Hailey, tras echar una última mirada, le siguió.

—Así que tú y tu hermano ibais a uno de esos colegios pijos ubicados en una vieja mansión.

—Mi madre tenía mucho dinero, se volvió a casar con un cirujano plástico.

Justin empezó a rebuscar algo en su mochila.

—¿Padres divorciados?

—Sí —bufó Hailey.

—Yo también.

Él sacó un spray de pintura negra e hizo una enorme marca sobre el muro del colegio. Hailey ató cabos rápidamente.

—Así que eres tú el que ha estado marcando las casas. Claro, así no buscaremos dos veces en las mismas ruinas —Él asintió sin mirarla—. Una brillante idea, como todo lo que se te ocurre.

Justin notó el tono despectivo de Hailey y la miró hasta que ella borró su sonrisa.

—Fue idea de Jake.

Hailey empezó a caminar avergonzada.

—También es propio de él —musitó—. Pero no me culpes por creerlo, tú pareces saberlo todo. Sabes de medicina, supervivencia, hasta se diría que tienes nociones de construcción por como examinas las ruinas.

Justin se plantó frente a ella y clavó su mirada azul en los ojos de Hailey.

—Has de terminar con todas esas puyas.

—Y tú —Ella levantó la cabeza orgullosa.

Justin soltó una carcajada sin humor y miró al cielo que empezaba a encapotarse.

—Yo hace tiempo que no me burlo de ti —Ella miró al suelo sin ser capaz de reconocer la verdad en voz alta—. ¿Quieres saber por qué parezco tan preparado?

Hailey contuvo una nueva frase socarrona y se limitó a asentir, mirando hacia otro lado controlando sus impulsos.

—Para empezar, yo era adulto y conozco cosas que vosotros aún no. Como ya te dije, tengo conocimientos de primeros auxilios porque quería ser médico, y en cuanto a lo de saber moverme por el bosque, es porque me pasé los últimos tres veranos trabajando de monitor en un campamento enseñando ese tipo de cosas a los críos.

Hailey empezó a sentir la culpabilidad recorriendo su estómago.

—¿Y lo de los edificios? —pronunció sin pensar.

—Sentido común, supongo, si hay muchas grietas está claro que el edificio puede caer en cualquier momento —resopló indignado y se alejó.

Ella le siguió a unos metros de distancia sin saber cómo disculparse. En el fondo, sabía que tenía razón y más en su situación actual. Debían dejar de ser enemigos.

Mientras intentaba localizar puntos de interés entre los edificios destruidos, y así evadirse de lo que sentía, sus ojos toparon con una fachada de color rojo con un escaparate intacto.

—¡No me lo puedo creer! —Pasó corriendo junto un atónito Justin—. Esta tienda la acababan de inaugurar.

Justin se acercó a ella, que tenía la cara pegada sobre el sucio cristal. Apenas se veía el interior a causa del polvo y la vegetación que había crecido en la fachada de piedra.

—El edificio está casi intacto.

Ella le miró con una radiante sonrisa.

—Era un *7eleven*.

Justin sonrió igual que ella y, con un pedazo de ladrillo del edificio colindante, rompió el cristal del escaparate.

Una nube de polvo salió del pequeño local haciéndoles toser pero, a los pocos instantes, una tienda en perfecto estado apareció ante ellos.

Hailey entró lentamente y Justin la retuvo por el brazo.

—Espera un segundo.

—Tranquilo, no hay grietas —Se liberó de su mano y se adentró entre los pasillos llenos de estanterías con comida, bebida y todo tipo de enseres de limpieza.

Justin la siguió lentamente.

Los productos sin envasar al vacío, como el pan de molde y algunos dulces, no eran más que masas de plástico y restos de insectos que se habían dado un festín.

Algunas plantas habían empezado a crecer, enredándose en las estanterías metálicas pero, por suerte, la sección de conservas estaba intacta a pesar de la gruesa capa de polvo que había sobre las latas.

—Necesitaremos muchas bolsas para sacar todo esto de aquí.

—Y varios viajes para llevarlo al campamento.

Sin mediar más palabras, Hailey sacó una gran sábana de su mochila y empezó a llenarla con todas las latas que se veía capaz de transportar. Ató las esquinas de la tela entre ellas y salió al exterior con cuidado de no cortarse con los restos de cristal del escaparate.

Justin no tardó en salir con un hatillo similar al de ella, sólo que de mayor tamaño.

—¿Lista para hacer el primer viaje?

—Lista —sonrió.

Empezaron a caminar por la ancha calle cuando, ante sus atónitos ojos, un rayo azulado surcó el cielo. A los dos segundos, un trueno retumbó en las alturas.

Justin miró el cielo, que cada vez estaba más oscuro.

—Parece que se prepara una buena tormenta.

Ella asintió.

Antes de que pudieran avanzar más, otro rayo cayó en un edificio muy cerca de donde ellos estaban. El sonido de las piedras y el cemento que se resquebrajaba fueron tan claros, que ambos empezaron a correr, pero lo hicieron en direcciones opuestas.

Las latas de Hailey chocaban unas contra otras con cada nuevo paso y no pudo oír la voz de Justin llamándola en la distancia.

Mientras iba avanzando, los edificios devastados le recordaban el camino hasta su casa que ella había hecho tantas veces a pie. Se frenó en seco cuando recordó que a escasos metros de allí había una gasolinera.

Justin la alcanzó jadeante mientras, tras un nuevo rayo, un desgarrador trueno hacía vibrar los cimientos de las edificaciones.

—Justin —Abrió los ojos asustada—, corramos hasta el bosque lo más rápido que podamos.

—No es prudente estar cerca de los árboles en una tormenta eléctrica.

Ella señaló hacia la estructura metálica recubierta de verde vegetación que se alzaba en un claro.

—Créeme, es mejor que estar cerca de…

—¡Una gasolinera!

Ambos empezaron a correr calle arriba con sus pesadas cargas sobre la espalda.

Una fina lluvia empezó a caer sobre ellos cuando apenas habían avanzado unos pocos metros.

Hailey jadeaba tras Justin, que se encargaba de buscar un camino fácil entre los cascotes.

De pronto, un nuevo rayo surcó el cielo atraído por la estructura metálica y oxidada de la gasolinera. Casi al mismo tiempo que resonaba el trueno, la explosión que se desencadenó hizo que Hailey y Justin se echaran al suelo asustados.

Por suerte, ya estaban lo suficientemente lejos para no resultar heridos pero, a causa de la onda expansiva, varios edificios empezaron a caer como fichas de dominó, provocando una reacción en cadena.

—¡Hailey! ¡Corre!

Justin esperó a que ella pasara delante de él para no perder su rastro y ambos corrieron, mientras un espeso y negro polvo cubría lentamente la zona.

Las latas de los hatillos resonaban frenéticamente cada vez que saltaban sobre un muro o esquivaban un derrumbamiento.

Se adentraron por una calle completamente en ruinas donde un día las casas habían formado una hermosa urbanización.

El incendio formado por la explosión, había empezado a avanzar por las edificaciones cercanas y, a pesar de la fina lluvia, seguía devorando todo cuanto se ponía en su camino.

Siguieron corriendo hasta quedarse sin aliento.

Justin paró jadeante y miró hacia atrás.

El humo negro y las llamas parecían estar a una distancia prudencial. Hailey se paró a su lado y soltó el hatillo sobre el suelo, apoyó sus manos sobre sus rodillas y empezó a toser.

—¿Estás bien?

—Sí —dijo ella intentando recuperar el aliento.

Justin inspeccionó la zona donde se encontraban. Parecían las afueras de la pequeña ciudad. Las carreteras apenas habían dejado rastro de su existencia y, tras ellos, una enorme explanada, que en su día estuvo asfaltada y no llena de matorrales y vegetación, daba paso a un derruido estadio.

Hailey miró la imagen y se tapó la boca con las manos. Los recuerdos de los partidos de fútbol vistos allí con su familia le golpearon en lo más profundo de su alma.

No quedaba ni un solo muro en pie y los escombros formaban una elipse perfecta.

Justin empezó a trepar con cuidado por ellos como si de una montaña se tratara. A los pocos metros, vislumbró unas marquesinas de plástico en el interior del campo, que les servirían de refugio ante la fina lluvia que se intensificaba por momentos.

—Sube, nos refugiaremos aquí dentro.

Hailey suspiró.

—Parece una buena idea, no puede desmoronarse más.

Tras una peligrosa escalada esquivando fragmentos de metal, cristal y hormigón, ambos se adentraron en el césped salvaje.

Hailey resbaló con los últimos escombros y Justin le tendió una mano sin mirarla para que no perdiera el equilibrio.

Sin pensarlo demasiado, se cogió a él, y la cálida sensación de su piel bajo la lluvia le hizo sentir un escalofrío que recorrió su espalda.

Avanzaron sin soltarse hasta la marquesina de plástico, que un día albergó los banquillos de los jugadores y que, milagrosamente, estaba aún en pie.

Hailey se sentó sobre la hierba y Justin tomó su hatillo, dejándolo junto al suyo sobre los restos de lo que un día fueron los asientos de los jugadores de reserva.

—¿Crees que es prudente que nos quedemos aquí? No vemos el fuego.

La lluvia empezó a caer con fuerza sobre ellos martilleando sobre el techo de plástico.

—Estamos fuera de peligro y supongo que todos estos escombros actuarían de corta fuegos.

—¿Supones? Por fin algo que no sabes a ciencia cierta —Sonrió.

Justin se sentó frente a ella y frunció el ceño.

—¿No habíamos dejado el sarcasmo?

—No es sarcasmo, sólo un comentario —Le sonrió sincera.

—Bien —Sacó de su mochila la cantimplora y bebió un largo

trago—. Propongo esperar a que deje de llover y volver al campamento con cuidado.

Hailey asintió.

—Creo que estamos muy lejos, hemos corrido como poseídos.

—Sí —Sonrió enseñando una hilera de dientes blancos.

Hailey se frotó los brazos, intentando apaciguar el escalofrío que sintió, fruto de la sonrisa de Justin y la baja temperatura.

—Será mejor que nos quitemos la ropa húmeda o cogeremos una pulmonía.

—¿¡Estás de broma!?

Él la miró levantando una ceja.

—Seguro que en esa mochila llevas algo parecido a una toalla.

—Sí, pero es diminuta.

Mientras Hailey rebuscaba la toalla refunfuñando entre dientes, Justin se despojó de su raída sudadera y sus vaqueros empapados de agua. Ella no pudo evitar repasar cada rincón de su cuerpo, vestido sólo con unos bóxers negros deshilachados, mientras le daba la espalda y colgaba su ropa con cuidado sobre un asiento vacío.

Hailey bajó la cremallera de su fina chaqueta de algodón e inmediatamente se cubrió como pudo con la toalla que dejaba al descubierto su plano vientre.

Justin se dio la vuelta y la miró inexpresivo.

—Dame la sudadera, la pondré junto mis pantalones para que se seque —Se estiró para colocar con cuidado la ropa, y los músculos de su espalda se definieron bajo su piel brillante —¿No me das los pantalones?

—¡No!

Él se giró y sonrió, ésta vez con un brillo pícaro en sus ojos.

—Tú misma.

Justin sacó de la mochila una toalla de un tamaño algo mayor que la de Hailey, y empezó a secarse el cabello y el torso.

Hailey se soltó con dificultad su habitual trenza, que goteaba por su espalda y los mechones ondulados empezaron a empapar su toalla.

—Sécate el pelo.

—No puedo.

—¿Por qué no?

Ella se removió incómoda.

—Porque yo no he tenido la suerte que tienes tú de conseguir ropa interior.

—¿Pero si llevas puestos los pantalones?

—¡De la parte de arriba! —Sus mejillas se enrojecieron y apretó con más fuerza la toalla sobre su pecho.

Justin disimuló una sonrisa y se arrodilló frente a ella.

—Eres como una niña pequeña —se burló.

Sin que ella pudiera oponerse, Justin le cubrió la cabeza con su toalla y empezó a frotar su cabello hasta que consideró que ya estaba seco.

Al retirar la toalla, Hailey le miró indignada con un barullo de rizos enredados sobre su rostro.

—¿Te parece divertido? —Sopló uno de los mechones que caían sobre sus ojos.

—La verdad es que sí —Se sentó junto a ella.

Hailey empezó a contorsionarse bajo la toalla hasta que liberó uno de sus brazos para intentar peinar con los dedos su enmarañado cabello.

Justin se cubrió los hombros y la espalda con la toalla, se recostó sobre la pared de la marquesina y cerró los ojos escuchando la lluvia.

—Si sigue lloviendo así no podremos volver al campamento —comentó tranquilo.

—¿No?

—No —Abrió los ojos y la miró—. Estamos muy lejos y con esta lluvia enfermaríamos seguro.

—Fabuloso —resopló.

Hailey imitó la postura de Justin, cerró los ojos y, a los pocos minutos, ambos se durmieron, presas del agotamiento de la aventura de aquella mañana.

25
TRES SON
MULTITUD

Hailey flotaba en una bruma de paz y tranquilidad ambientada por el palpitar de un lejano corazón que, con cada nuevo y rítmico latido, parecía susurrar su nombre con palabras de terciopelo que acariciaban sus oídos y la sumían en un estado de agradable hipnosis.

—Hailey —susurró Justin.

Ella, recostada sobre el pecho desnudo de él, gimió sin despertar del todo, rozando levemente su mejilla contra la piel cálida de Justin.

Un olor dulce y embriagador la hacía sentir que todos sus problemas se habían esfumado, que allí estaba a salvo. Se sentía como si no hubiera un lugar en la tierra más adecuado para ella.

Las latidos susurraban con más claridad su nombre.

—Hailey. Hailey, despierta —musitó Justin sin moverse.

Sintió como un vértigo que la devolvió a la realidad, a pesar de su resistencia a abandonar su paraíso.

Abrió los ojos lentamente y, al instante, todos sus sentidos le indicaron que había estado durmiendo sobre él.

Se incorporó con los ojos abiertos como platos y le miró.

—Me he dormido.

—Lo sé, estabas tan relajada y parecías tan feliz que no he querido despertarte hasta ahora. A decir verdad, creo que hasta me has babeado —Se miró el vientre.

Hailey se pasó el dorso de la mano por la boca y al instante frotó la barriga de Justin secando los restos de su plácido sueño.

Él empezó a reír ante el agobio de Hailey y sus músculos abdominales se contrajeron bajo la mano de ella, que la apartó al notar como se tensaba la superficie de su piel.

Las mejillas de Hailey enrojecieron sin que pudiera hacer nada para evitarlo y se ajustó la toalla a su pecho para intentar disimular su nerviosismo.

—Ha parado de llover —comentó ella.

—Sí, supongo que es hora de volver, empieza a hacerse tarde y en el campamento deben estar preocupados.

Hailey se puso en pie y recuperó su chaqueta, que aún conservaba un poco de humedad. Se la puso sin desprenderse de la toalla y miró de reojo como él también empezaba a vestirse.

La nueva panorámica de su cuerpo semidesnudo hizo que una sensación cálida y hormigueante ascendiera por la parte baja de su estómago hasta sus mejillas.

Resopló y decidió pensar en otras cosas que no alteraran sus hormonas, que parecían aún las de una adolescente.

Después de caminar más de dos horas acarreando los pesados hatillos, Hailey y Justin llegaron al campamento justo cuando empezaba a atardecer. Durante el camino, no habían hablado de-

184

masiado y Hailey se había estado atormentando con lo que sintió entre sueños.

Amber, acurrucada bajo un árbol cerca de la tienda de campaña, se cubría la cabeza con las manos, mientras respiraba torpemente.

Justin y Hailey intercambiaron una mirada de pánico y corrieron hasta ella, soltando por el camino su pesada carga que, al caer contra el suelo, repicó como miles de cascabeles.

—¡Amber!

Ella levantó la cabeza lentamente con una expresión vacía en los ojos. Al instante, reaccionó al verlos y se abrazó al cuello de Justin haciéndole retroceder algunos pasos por su impulso.

—¡Os daba por muertos! —Sus palabras apenas eran inteligibles a causa de su ansiosa respiración—. Creía que me moriría aquí sola.

Cerró los ojos y estrechó el abrazo con Justin, que se limitaba a palmearle la espalda con un tono distante.

Hailey frenó un impulso celoso y una sola idea se materializó en su mente.

—¿Dónde está Jake?

Amber levantó la mirada unos centímetros de los hombros de Justin y negó con la cabeza.

Hailey empezó a correr hasta adentrarse en la tienda de campaña completamente vacía. Salió al exterior con su rostro cada vez más pálido y corrió hasta la orilla del embalse sin importarle la existencia de un ser hambriento que pudiera atacarla.

—¡Jake! —Su voz se desgarró—. ¡Jake!

La sensación cálida de su pecho empezó a desaparecer lentamente hasta que sólo quedó una leve sensación que le impedía caer en la desesperación del momento. Aún así, las lágrimas amargas de la pérdida de su hermano se manifestaron en sus ojos y, arrodillándose en la orilla, empezó a sollozar entre convulsiones nerviosas.

Justin se deshizo con cuidado, pero con mano firme, del abrazo de Amber y corrió hasta ella.

Le rodeó la cintura con sus manos y, sin que ella apenas fuera consciente, hizo que se levantara, alejándola del peligro del embalse.

—Era mi única familia viva —se lamentó.

Justin la acomodó sobre las piedras que rodeaban la hoguera y ella enterró su rostro entre las manos sin dejar de llorar.

Amber la observaba como si nunca hubiera visto a nadie experimentar la pérdida de un ser querido y desapareció en el interior de la tienda, celosa por no ser capaz de sentir nada con tal intensidad.

Para cuando la noche cubrió con su oscuridad todo el bosque, Hailey ya había recobrado su compostura y, aunque el dolor competía por ganar terreno a la sosegadora sensación de paz en su corazón, había conseguido dejar de llorar.

Amber, sentada muy cerca de Justin, rebañaba con el dedo una lata de sardinas cubiertas de una espesa y deliciosa salsa.

—¿Cómo ha sido? —La voz de Hailey sonó aterradoramente relajada.

Amber se lamió el dedo índice y la miró con sus profundos ojos negros.

—Jake llevaba toda la mañana gimoteando por Lori, y cuando se ha enterado de que los niños también habían desaparecido se ha tumbado en mitad de la hierba y no se ha movido en horas. Sólo repetía que aquí ya no era necesario —Tiró la lata a la hoguera hecha de libros—. La lluvia ha empezado a caer y yo me he puesto a cubierto en la tienda, pero por mucho que le he insistido para que viniera conmigo, no se ha movido, cuando un rayo de un color azul brillante ha caído cerca y yo he corrido a meterme en mi saco de dormir. Cuando ha parado de llover he salido, y él ya no estaba.

Hailey miró al suelo sintiendo una nueva punzada en su alma.

Los tres se quedaron en silencio, perdidos en sus propios pensamientos.

Los montones de latas apilados por tipo de comida fueron el obstáculo perfecto para Amber, que los derribó de una patada, echando a perder el trabajo de Hailey de aquella mañana.

Amber se apoyó contra un árbol y empezó a vomitar silenciosamente.

Justin la ignoró y se encaminó hacia el embalse con el artefacto que había ingeniado Hailey para recoger agua sin acercarse peligrosamente a la orilla.

Hailey miró las latas diseminadas frente a sus ojos y lanzó una en dirección al bosque con todas sus fuerzas. Justin, que volvía con un cubo lleno de fresca agua, la miró frunciendo el ceño.

—¿Qué haces?

—Para qué perder el tiempo…

Justin dejó el cubo junto a ella y empezó a ordenar las latas con eficiencia.

—¿A qué te refieres?

—Justin —Él la miró—, no hace falta que nos esmeremos en clasificar las latas, ni en conseguir reservas para el invierno, porque seguramente no pasaremos de esta semana.

Los ojos de él brillaron de una manera que desconcertó a Hailey.

—¿Vas a rendirte?

—¿Qué opciones tengo?

—Luchar por sobrevivir, Hailey.

Ella negó con la cabeza y dejó que su mirada divagara por las latas de comida.

—No hay nada que me motive a ello, no hay un futuro por el que vivir.

—Escucha, sé que estás triste por lo ocurrido con Jake y los demás, pero mientras yo siga aquí no permitiré que te rindas.

Hailey llenó de aire sus pulmones y emitió un prolongado suspiro de resignación.

—Ojalá no seas tú el próximo —Le sonrió.

Justin trataba de descifrar la extraña mirada de Hailey, cuando Amber se sentó entre ellos y rebuscó en las latas algo que le apeteciera comer.

—¿No acabas de vomitar? —Le reprochó Hailey.

—Llevo varios días vomitando a la misma hora, pero luego me encuentro divinamente —Inspeccionó una lata de sardinas y sonrió—; esta salsa es un vicio.

Justin frenó los ansiosos dedos de Amber, que tiraban del abridor de la lata.

—Amber, ¿no estarás…? —Levantó las cejas.

—¿Enferma? —Recuperó la lata y la abrió—. No, supongo que es algo del agua o de la comida que no digiero bien, siempre he sido muy delicada.

Hailey puso los ojos en blanco.

—¡Embarazada! ¿Cómo puedes ser tan tonta?

Amber la miró ofendida, más por el insulto que por la conclusión de su estado.

—Que seamos las únicas tres personas en la faz de la tierra no te da derecho a insultarme, niñata.

Hailey bufó, ignorando por completo su ataque.

—¡Amber! —Ella miró a Justin alterada—. ¿Puedes o no puedes estar embarazada?

Amber se tomó unos segundos, primero para calmar su furia, y luego para reflexionar y hacer cálculos mentales.

—¡Dios mío!

—¡Genial! Nuestra situación mejora por momentos —Hailey se levantó y entró en la tienda de campaña con algunas latas entre sus brazos.

—¿Es de Troy?

—Sí —La mano de Amber bajó hasta su vientre—. Esto es terrible, no puedo tener un hijo en mitad de la nada.

—Nos apañaremos, aún falta mucho tiempo —Intentó animarla Justin.

Ella esbozó un mueca de preocupación y dejó caer la cabeza en el hombro de él. Justin no se movió por educación.

—¿Cuidarás de nosotros? —susurró tan bajo que sólo él pudo oírla.

Hailey salió de la tienda dispuesta a recoger más latas y frenó al ver la íntima escena.

—Tranquila, cuidaré de vosotros.

Los labios de Hailey se abrieron lentamente, pero las palabras murieron en su garganta antes de llegar a su boca.

La imagen de una Amber jadeante a media noche, sofocada y con el pelo revuelto, después de pasar una madrugada junto a Justin y una hoguera, le dejaron las cosas muy claras.

Justin le había mentido al decirle que él y Amber no habían

mantenido relaciones, cuando era obvio que si él se iba a respon-
sabilizar del bebé que estaba en camino, era porque era suyo.

La ira y los celos se mezclaron con una sensación de ridículo
que la hizo empezar a caminar en dirección al bosque.

¿Cómo había podido creer que Justin empezaba a cambiar?

26
PELEA DE TIGRESAS

Al percatarse de la ausencia de Hailey, empezó a ponerse nervioso y a llamarla, a pesar de que Amber insistiera en que si había desaparecido como los demás, no volvería.

Empezó a mirar en los alrededores, hasta que unos rastros conocidos para él le indicaron el camino que ella había tomado.

Aquellas huellas en el barro le calmaron ya que, a diferencia del resto de desapariciones, Hailey sí había dejado señales en la suya.

Se adentró en el bosque sin hacer demasiado caso a Amber, que le suplicaba que no la dejara sola, y empezó a caminar con pasos rápidos y una angustia que le presionaba el pecho que jamás en su vida había sentido.

Sabía de lo que podía ser capaz la temperamental chica de ojos marrones cuando se enfadaba y temía que, guiada por su pesar, pretendiera llevar a cabo una locura.

—¡Hailey! —Varios pájaros emprendieron el vuelo asustados por su voz grave.

Se adentró por un camino estrecho, donde los helechos cubrían por completo el suelo, dificultando así que Justin siguiera el rastro.

Jadeante, se dejó caer contra el tronco de un árbol y una expresión de tristeza volvió mates sus ojos.

Hailey asomó la cabeza desde su escondite en la copa de un árbol cercano y le observó tranquila.

Parecía realmente afectado por su pérdida, aunque estaba claro que si hubiera sido Amber la desaparecida, estaría mucho más desesperado.

—¡Lárgate! —dejó que la ira y los celos hablaran por ella.

Justin tardó un segundo en reaccionar y, desconcertado, miró hacia las ramas de un árbol que se agitaban levemente.

—Estás ahí —Sonrió—. No vuelvas a darme otro susto como éste.

—¿Qué más te da lo que me pase?

Justin enmudeció al percibir lo que la respuesta a aquella pregunta le hacía sentir. Era incapaz de decirlo en voz alta, ya que la verdad le aterraba, pero le gustaba en la misma medida.

—Baja, no seas niña —Palmeó el tronco del árbol donde ella estaba—. Sin ti, no sé si me será posible soportar a Amber y sus continuas quejas.

Hailey emitió una carcajada sin humor, se deslizó por las ramas y bajó de un salto.

Justin la atrapó por la cintura, prácticamente al vuelo, facilitando su aterrizaje.

Ella se zafó de sus manos con un brusco movimiento y emprendió, sin mirarle, el camino de vuelta al campamento.

Al verla aparecer entre los matorrales del bosque, Amber hizo una mueca.

—Has aparecido —murmuró cundo Hailey pasó a su lado.

—Sí, aún sigo viva.

Hailey se sentó frente a los restos de la hoguera y prendió un montón de pequeñas ramas con papel para encender el fuego que les alumbraría y calentaría aquella noche. Amber vio como Justin se sentaba junto a ella con una radiante sonrisa.

—Justin, voy a echarme hasta la cena —Se llevó la mano al vientre fingiendo dolor—. No me encuentro muy bien.

—Descansa —dijo él sin apartar los ojos del rostro impasible de Hailey.

Amber farfulló algunas palabras malsonantes para sí y desapareció en el interior de la tienda.

Hailey empezó a echar hojas de papel en la hoguera, que ya prendía eficazmente.

—¿Quieres dejar de observarme? —Retorció una hoja y prendió la punta antes de echarla al fuego—. Estoy bien, no se me ha comido nadie, aún… —suspiró enfadada.

—Has pasado de la pena al enfado en unas horas, ¿es posible que si te concedo algunas más vuelvas a ser la Hailey irónica que tanto me gusta y me divierte?

Ella le miró atónita ante el susurro dulce en el que se había convertido su voz al formular aquella pregunta.

La hoja enroscada que sostenía entre sus dedos ardió rápidamente y las llamas rozaron su piel.

—¡Joder! —La soltó de golpe y agitó la mano.

—¿Te has quemado? —Justin le cogió la mano y examinó sus dedos preocupado.

—Sí —Hailey frunció el ceño. No comprendía nada.

En el lateral de su dedo índice se empezó a formar una mancha roja que se hinchaba por segundos.

—Te saldrá una ampolla, es mejor que lo mantengas húmedo e hidratado.

Sin que pudiera hacer nada para evitarlo, Justin se llevó su dedo a los labios, pasó lentamente la punta de su húmeda lengua por la quemadura y después los cerró dándole un suave y casi imperceptible beso.

El pulso de Hailey se aceleró al instante, sintiendo como sus mejillas y absolutamente todo su cuerpo ardían más que la hoguera que tenía delante.

Le arrebató la mano nerviosa y se puso en pie sin saber qué hacer exactamente.

Quería gritar, pero también quería volver a sentir aquel íntimo contacto con él. Su corazón latió fuertemente contra su pecho al revivirlo y su propia mente le respondió lo que quería. No deseaba que Justin besara su mano, deseaba que besara todos y cada uno de los rincones de su cuerpo.

Jadeó ante la idea que empezaba a formarse en su mente y empezó a inspeccionar nerviosa las latas que habían dejado fuera para la cena de aquella noche.

Al verla danzar nerviosa ante sus ojos, Justin sonrió triunfal.

Amber, que no sabía qué era lo que sucedía entre ellos, reapareció en escena y, aprovechando que Hailey había dejado libre el asiento junto a Justin, se acurrucó a su lado.

—Creo que mi malestar es de hambre —Miró a Hailey, que disimulaba inspeccionando los ingredientes de una lata—. Nuestro pequeño tiene hambre.

Justin le dedicó una mirada a Amber a caballo entre la incomprensión y la ofensa.

—Voy a ir a buscar más agua al embalse —Se levantó molesto.

—¡Ten cuidado! —gritó Hailey.

Justin le sonrió mientras cogía el cubo atado a las ramas.

Las mejillas de Hailey se sonrojaron aún más ante su repentina muestra pública de preocupación.

Amber frunció el ceño y se acercó a las latas que Hailey movía sin prestar atención.

—Justin será un gran padre.

—¿Cómo? —La voz de Hailey sonó chillona.

—Me ha jurado cuidarnos —Se acarició el vientre.

Hailey se puso en pie con una lata en la mano.

—¿Por qué tengo la sensación de que Justin no es el padre?

Amber se puso en pie y se acercó a ella clavándole sus ojos negros.

—¿Me estás llamando mentirosa?

—Si es cierto, dame una prueba de que el niño que esperas es suyo y no de Troy.

Los ojos de Amber se entrecerraron y sonrió con una expresión malvada.

—Justin tiene una marca de nacimiento en su precioso y adorable culito —Soltó un suspiró—; justo en la nalga derecha.

Hailey soltó una carcajada sin humor.

—Buena estrategia. Hay que reconocer que eres muy lista —Dejó caer la lata encima de las demás—. No hay manera de que yo pueda comprobar que eso es cierto.

Amber miró hacia el embalse y vio como Justin se acercaba con el agua.

—¡Justin! —Agitó una mano.

Él la miró y se acercó a ellas dejando en el suelo el cubo.

—¿Qué pasa?

—Justin, Hailey y yo estábamos hablando sobre los antojos de las embarazadas. Dime —Hizo una coqueta caída de pestañas—, ¿tú tienes alguna marca?

Una divertida sonrisa se dibujó en la cara de Justin.

—Sí, tengo una justo aquí —Se llevó la mano al trasero dándose un golpecito.

Una sensación de odio invadió al instante la mente de Hailey y se lanzó al cuello de Amber, cayendo ambas sobre las latas entre gritos y gemidos.

—¡Tú ya tenías a Troy! —Tiró del pelo de Amber con fuerza.

Amber le dio una patada a Hailey, quitándosela de encima,

y rodó poniéndose sobre ella sin parar de golpearse y arañarse como dos locas enfurecidas.

Justin tardó unos segundos en reaccionar y se abalanzó sobre Amber para separarlas. La cogió por la cintura, mientras pataleaba con un mechón de pelo castaño en su mano, y la alejó de Hailey, que no dudó en lanzarle una lata directa a su cara.

Justin saltó para esquivar el golpe y vio como Hailey se ponía en pie y se ocultaba en el interior de la tienda de campaña gritando insultos.

—¡¿Se puede saber qué os pasa?! —Soltó a Amber.

—Está loca —Se peinó con cuidado y se dolió del golpe en la cabeza—. Creo que está celosa de mi bebé.

—Eso es absurdo —Se encaminó hacia la tienda.

Cuando entró, encontró a Hailey mirándose en un espejo evaluando los daños causados por la breve pero intensa pelea.

—¿Estás herida?

Ella se giró y le dedicó una fría mirada.

—¡Lárgate!

Justin retrocedió sin saber qué era lo que había sucedido, pero con el presentimiento de que, fuera lo que fuera, había vuelto a estropear la amistad con Hailey.

Se pasó las manos por su corto cabello y resopló.

"Mujeres" —se dijo.

Salió al exterior, donde Amber ya había empezado a cenar como si nada hubiera sucedido y se sentó bajo su antiguo árbol, aquel que le ayudaba a meditar.

Quizás él y Hailey no podrían ser nunca amigos porque el destino lo quería así.

27
CARPE DIEM

Los gemidos procedentes de saco de dormir de Amber despertaron a Hailey, que no dudó en taparse la cabeza con la toalla que usaba por almohada. A pesar de ello, el sonido jadeante era cada vez más intenso hasta que tiró la toalla a un lado y se incorporó.

—¡¿Es que no podéis hacerlo en el bosque como lo han hecho siempre todos?!

Justin se incorporó en su propio saco de dormir e intentó diferenciar entre las sombras la silueta de Hailey.

—Hailey, ¿qué dices?

—¿Justin?

Unos nuevos gemidos de Amber les hicieron callar.

Justin palpó el suelo hasta encontrar una antorcha, que prendió con un oxidado encendedor. Se acercó al saco de dormir de Amber, que parecía dormida y la zarandeó para despertarla.

—Amber.

Ella abrió los ojos lentamente y se retorció en su saco.

Hailey se puso en pie y se acercó a ella.

—¿Te encuentras mal?

Amber se incorporó con mucha dificultad, doblándose sobre su abdomen.

—Tengo unos calambres muy fuertes y… —Sacó una de las

manos del interior del saco, completamente empapada en sangre—. ¡Mi bebé!

Abrió la cremallera del saco de dormir, descubriendo sus piernas y una enorme mancha de sangre que se filtraba en la ropa.

Hailey palideció.

—Tranquila, sólo serán unas pérdidas —Intentó calmarla Justin.

—¡¿Unas pérdidas?! —Agitó las manos, mientras las primeras lágrimas sinceras de Amber surcaban sus mejillas.

—Hailey, sal fuera a por las sábanas limpias que se estaban secando en el árbol —Ella salió corriendo—. Amber, iré a buscar agua al embalse. Tranquila, todo saldrá bien.

Justin salió corriendo de la tienda y Hailey le miró al ver como cogía el cubo y se acercaba a la orilla para coger agua sin la protección de las ramas que ella había unido.

Algo se le partió en el pecho al ver que se jugaba la vida por Amber.

Estiró de la sábana que se había enredado en la rama justo en el momento en el que Justin se acercaba con el agua.

Frente a ellos, un fogonazo azul, precedido de un grito aterrador, iluminó el interior de la tienda de campaña.

Se miraron por espacio de una fracción de segundo y entraron.

El saco ensangrentado de Amber era lo único que quedaba de ella.

Justin cogió la mano de Hailey y empezó a correr tirando de ella, conduciéndola hasta lo más profundo del bosque.

Ella intentaba encontrar una explicación razonable a lo que habían visto, mientras sus pies desnudos corrían entre los matorrales y el suelo fangoso.

—Justin —jadeó sin aliento—. Para, por favor.

Él le soltó la mano y Hailey se recostó en un árbol respirando torpemente.

Ambos se miraron con el pánico marcado en sus rostros.

—¿Qué ha sido eso?

Él negó con la cabeza e iluminó con la antorcha los árboles que les rodeaban. Estaban al amparo de la frondosa vegetación.

—Sea lo que sea, esperemos que no venga a por nosotros.

Hailey abrió los ojos como platos y se frotó los brazos. Habían abandonado tan repentinamente el campamento que sólo vestía una camiseta de manga larga y unos viejos pantalones de chándal.

—Ha... —Tragó saliva—. Ha desaparecido sin más.

Él volvió a negar con la cabeza, incapaz de llegar a una explicación sobre lo sucedido. Empezó a arrancar arbustos secos con sus manos desnudas para hacer una hoguera. Buscó con la mirada una zona sin helechos y encendió un pequeño fuego para que les calentara, ya que aún faltaban un par de horas para el amanecer.

—¡¿Justin?! —Le miró asustada.

—¡¿Qué quieres que te diga?! —Hailey hizo un leve puchero—. Perdona, no quería gritarte, la cabeza me da vueltas y no entiendo lo que hemos visto. No hay una explicación racional para lo sucedido y no sé si podremos luchar contra... eso.

Hailey se sentó junto a él.

—Tengo miedo.

Justin le dedicó una intensa mirada y sus ojos bailaron reflejando las llamas de la fogata.

—Yo también.

Instintivamente, se acercaron más el uno al otro, hasta que sus hombros estuvieron en contacto.

Se quedaron en silencio durante un largo rato, perdidos en sus propios pensamientos.

—Prefería la teoría del monstruo acuático —musitó ella.

Justin la miró y esbozó una leve sonrisa.

—Al menos, contra eso teníamos una oportunidad.

—¿Crees que todos han desaparecido con esa luz?

Él tiró una pequeña rama al fuego.

—Tiene su lógica, ¿no? No dejaban rastro.

Hailey suspiró y empezó a desenredar su trenza para que el cabello le diera un poco más de calor. Enseguida, su rostro se vio rodeado de ondas chocolate.

—¿Y si ha sido un rayo y nos hemos asustado por nada? Es posible que Amber hubiera salido de la tienda a vomitar o algo así y como estábamos de espaldas no la hemos visto.

Justin negó con la cabeza.

—Un rayo hubiera incendiado la tienda.

—Claro —Se mordió el labio inferior—. ¿Una explosión de gas natural? En clase de ciencias nos explicaron que…

—Hailey, déjalo. No hay explicación, al menos no una que conozcamos.

Ella soltó un bufido acompañado de una sonrisa.

—Si estuviéramos en una novela de *Harry Potter* te diría que ha sido un hechizo.

Justin empezó a reír, liberando sus nervios con cada nueva carcajada.

—Qué daño hicieron esas novelas a nuestra generación.

Ella se unió a su risa nerviosa.

—Sí.

Un nuevo silencio volvió a sumirles en sus temores, mientras el cielo empezaba a coger una tonalidad más clara.

—Nos atrapará, ¿verdad?

Él se recostó en un árbol mientras jugueteaba con una piedra que había cogido del suelo.

—No veo por qué somos más especiales que los demás para que no venga a por nosotros.

—No quiero quedarme sola —Le miró frunciendo el entrece- jo con lástima.

—No te quedarás sola, te lo prometo.

Justin tiró la piedra que voló por encima de las llamas.

—¿Y cómo se supone que harás eso si no sabemos a qué nos enfrentamos?

—No te dejaré sola ni un segundo —Ella sonrió—. Siempre que ha desaparecido alguien estaba solo, así que evitaremos esa situación a toda costa.

Ella negó con la cabeza.

—Nicole y Keith desaparecieron juntos.

—Que desaparecieran a la vez no quiere decir que estuvieran juntos.

—Cierto —asintió lentamente—. ¿Entonces no me vas a dejar sola?

—Seré tu sombra.

Una sonrisa melancólica se dibujó en los labios de Hailey.

—Siento no ser Amber. Supongo que hubieras preferido no des- pegarte de ella.

Él se inclinó hacia delante y entrecerró los ojos confundido.

—Prefiero mil veces estar aquí perdido contigo que con ella. ¿Por qué crees lo contrario?

Hailey apartó la mirada del rostro de Justin y empezó a entre- lazar sus dedos entre las hojas de un helecho cercano.

—Es evidente, ella esperaba a vuestro hijo —musitó.

—¡¿Qué?! —Su voz se volvió chillona y aguda—. ¿De dónde has sacado eso?

Ella seguía sin mirarle.

—No me engañes, ella sabía ciertos rasgos de tu anatomía que sólo podría conocer una… amante.

—Hailey —La cogió de la barbilla para que le mirara—. No sé qué es lo que Amber te dijo, pero jamás la toqué.

Ella volvió a retirar la cara lentamente.

—Entonces, ¿cómo sabía que tenías una marca de nacimiento?

Justin empezó a repasar mentalmente los momentos que había compartido con Amber. De pronto, como quien enciende una luz en mitad de la noche, vio con claridad la respuesta.

—Cuando la conocí, yo estaba lavándome en el embalse y, evidentemente, tuvo tiempo suficiente para ver toda mi anatomía cuando salí de agua.

—Justin, de verdad, déjalo. No tienes por qué darme excusas ni explicaciones.

—¿Es así como quieres pasar los últimos días de vida que nos queden?, ¿peleándonos por estupideces?

Ella le dedicó una mirada sorprendida.

—Supongo que no.

—Olvida todo lo que Amber te dijo, no es cierto —Llenó de aire sus pulmones—. Vivamos cada momento como si fuera él último de nuestra vida, ya que quizás sí lo sea.

Hailey asintió y el silencio volvió a instaurarse entre ellos.

28
SILBIDOS

Los rayos del sol de la mañana habían empezado a filtrarse entre las ramas de los árboles mientras Justin y Hailey volvían hacia el campamento.

Hailey bostezaba cada pocos metros.

Habían decidido intentar olvidar lo ocurrido y disfrutar con buen humor las pocas horas o días que les quedaran de vida antes de que la misteriosa luz azulada acabara con ellos.

A pesar de sus esfuerzos, cuando sus ojos se posaron en la tienda de campaña, un escalofrío recorrió la espalda de ambos.

Hailey se adelantó algunos pasos por delante de Justin.

—No pienso volver a dormir ahí —Empezó a deshacer los nudos que mantenían en pie la estructura de sábanas y plástico.

Justin empezó a ayudarla sin decir una sola palabra.

Al cabo de unas horas de deliberaciones sobre qué nuevos árboles serían los idóneos para reconstruir una nueva y más pequeña tienda de campaña, y de quemar algunos objetos inservibles como el saco lleno de sangre de Amber, su nuevo hogar había tomado forma.

Justin había colocado una gran sábana a modo de porche y Hailey había delimitado la zona apilando libros como si de una pequeña pared de ladrillos se tratara.

Ambos miraron el resultado desde fuera y sonrieron.

—Cuando era pequeña, solíamos ir de camping con una tienda de campaña similar —sonrió.

Justin le devolvió una sonrisa y se sentó en el nuevo porche.

—¿Ahora qué te apetece hacer?

Ella se sentó frente a él y se encogió de hombros.

—¿No deberíamos seguir con las tareas diarias?

—¿Para qué? Tenemos muchísimas latas de comida, una reserva de agua sin monstruo y una casa nueva.

Los ojos de Hailey vagaron por el suelo hasta dar con sus sucios pies desnudos y las manchas de barro de su ropa.

—Se me ocurre algo, pero con nuestra nueva estrategia de no separarnos para sobrevivir no creo que sea posible.

—¿Y qué es?

Hailey intentó contener una sonrisa.

—Darme un largo baño en ese agua turquesa que tanto he echado de menos —miró al embalse.

Justin se puso en pie, se deshizo de su sudadera y la miró divertido.

—¿Te da vergüenza? —Dio un par de pasos—. Vamos, no te separes de mí.

Hailey se levantó nerviosa y se acercó a él.

—No te alejes, por favor.

—Pues ven conmigo —Empezó a correr.

Como si ambos estuvieran unidos por una cuerda invisible, Hailey le siguió de cerca hasta la orilla del embalse.

Justin saltó al agua sin apartar los ojos de los suyos.

—Está un poco fría, pero se tolera —Le hizo un gesto con la mano—. ¡Vamos!

Hailey se quitó los pantalones y se tiró al agua.

—¡Está congelada!

—Lo sé —Rió—. ¿Es que no piensas quitarte la camiseta?

—No —Enarcó las cejas dando énfasis a su negativa—. Además, tú llevas los pantalones.

Justin se retorció bajo el agua, le guiñó un ojo, y tiró una masa mojada de ropa a la orilla.

—Ya no.

Las mejillas de Hailey empezaron a coger un tono rojizo y se sumergió hasta los ojos.

Justin se acercó a ella.

—Estamos solos, nadie puede verte. Seguramente seamos los dos únicos seres humanos que quedan en el mundo.

—¡Tú puedes verme! —Se alejó de él.

—No veré nada que no haya visto ya.

Hailey le dedicó una mirada de desdén.

—Eso no lo dudaba, seguro que has visto a decenas de chicas desnudas, pero no seré la última.

Justin soltó una carcajada.

—Algo me dice que sí.

Ella sintió como una descarga eléctrica le estallaba en el estómago.

—¡¿Qué estás insinuando?!

—A ver —Hizo una divertida mueca con la boca—, ¿cómo te lo digo sin que corra peligro mi vida?

Hailey entrecerró los ojos.

—¿Recuerdas la noche que te curé la herida del hombro?

—Sí —musitó sin saber a dónde quería llegar.

—¿Recuerdas que te habías estado bañando? —Ella asintió—. Se podría decir que Jake no fue el único que se acercó a la orilla a por agua aquella noche.

Los ojos de Hailey se abrieron como platos.

—¡Mientes!

—En absoluto. La verdad, no sé por qué te escondes, tienes un cuerpo perfecto.

—¡Serás…! —Empezó a salpicarle.

Justin se sumergió en el agua huyendo de su ataque y el pánico se apoderó de ella al ver que no emergía.

Su corazón se aceleró e intentó ver alguna señal de él en agua traslúcida.

De pronto, Justin salió a la superficie rozando su cuerpo contra el de Hailey y quedando a una corta distancia de su rostro.

—¡No vuelvas a hacer eso! ¡¿Me has oído?! ¡No vuelvas a desaparecer! —sonó alterada.

—Tranquila, sigo aquí.

Se miraron a los ojos y la desesperación de ella caló en las retinas de Justin.

—Idiota.

—Cobarde.

Hailey abrió la boca sorprendida.

—¿Por qué soy yo una cobarde?

—Por esto —Tiró del cuello de su camiseta—. Quítatela —susurró cerca de sus labios.

Ella se apartó nerviosa por su proximidad.

—No.

—¿Recuerdas nuestro plan? —Ella asintió—. Pues a mí no me parece que estés viviendo como si este fuera tu último día.

Hailey resopló y se deshizo de su camiseta, dejándola sobre una roca cercana. Se peinó rápidamente el cabello hacia delante tapando sus pechos, maldiciéndose a sí misma por haberlo cortado, y se hundió en el agua hasta la barbilla.

—No es tan malo, ¿no?

—No —murmuró enfadada por haberle hecho caso.

Justin empezó a nadar alrededor de ella mientras Hailey rotaba sobre sí misma para no perderle la pista.

—¿Sabes que tendremos que salir del agua en algún momento, y que entonces yo...?— levantó las cejas pícaro.

Ella empezó a salpicarle de nuevo palmeando sobre el agua, Justin empezó a reír y ambos se vieron enzarzados en una guerra de salpicaduras.

Cuando los ánimos se relajaron, él se acercó a la orilla y, sin avisar a Hailey, salió del agua ofreciéndole un primer plano de su marca de nacimiento. Cogió los pantalones y se vistió con ellos a pesar de que estaban empapados.

La cara de Hailey se encendió, volviéndose de un púrpura intenso.

—Vamos, tanta guerra me ha dado hambre —Se inclinó tendiéndole la mano.

—Que tú seas un desvergonzado que va enseñando libremente por ahí el trasero, no quiere decir que yo no tenga dignidad.

—Vergüenza. Lo que tú tienes, pequeña, es vergüenza. Pero me temo que si no quieres convertirte en pez, tendrás que salir del agua —Agitó la mano—. Vamos, sal.

Hailey entrecerró los ojos con indignación.

—No pienso salir hasta que te des la vuelta.

—La luz azul, recuerda. No podemos perdernos de vista.

—¡Me estás tomando el pelo!

Justin empezó a reír.

—Has sido tú la que se ha quitado la camiseta.

—¡Lo tenías todo planeado!

Él miró al cielo y sonrió, mostrando una perfecta hilera de dientes.

—Más o menos, pero no pensaba que saldría tan bien.

—¡Te odio!

—Lo sé —Soltó una carcajada divertida.

Hailey recolocó estratégicamente los mechones de cabello y, apoyándose con ambas manos en el borde del embalse, salió rápidamente y se cubrió los pechos con las manos agradecida de llevar puestas unas braguitas.

Justin mantenía la mirada fija por encima de su cabeza, evitando mirarla, pero con una sonrisa triunfal y socarrona en sus labios.

—Cúbrete, pequeña —susurró.

Hailey cogió su camiseta de la roca y la aplastó contra su pecho. La tela húmeda se adhirió a su piel.

—No has mirado.

Los ojos de Justin se clavaron en los suyos y ella sintió una oleada de calor al ver como le sonreía dulcemente.

—A pesar de lo que piensas de mí, no soy ni un golfo ni un abusón, prefiero ser un perfecto caballero. Créeme, si nuestra casa tuviera puerta la sostendría para ti.

El deseo y el odio se enzarzaron en una batalla a muerte en el interior del corazón de Hailey.

—Lo que eres es un liante que usa trucos para que los demás hagamos lo que tú quieres.

Hailey empezó a caminar hacia la tienda de campaña seguida de Justin.

—Tú.

—¿Qué? —Le miró frunciendo el ceño.

—Soy un liante para que sólo tú hagas lo que quiero.

Ella emitió un sonido expresando su rabia y ambos entraron en el interior de la tienda.

Justin no podía borrar su sonrisa de la cara, mientras seleccionaba la ropa con la que se vestirían.

Hailey cogió los vaqueros rotos y la sudadera verde que le ofrecía y, a cambio, ella le entregó una toalla.

Él empezó a secarse lentamente los brazos y Hailey empezó a mirar a su alrededor.

—¿Qué pasa?

—Busco un sitio para vestirme.

Justin empezó a reír.

—Silba.

—¿Qué?

—Me daré la vuelta pero, para saber que estás junto a mí, silba.

Hailey se cubrió con la toalla de playa y tiró al suelo la camiseta y las bragas mojadas.

—No sé silbar, ¿no te basta con que hable, tararee o algo así?

—¿No sabes silbar?

Ella negó con la cabeza.

—Mira —Juntó los labios y un chorro de aire salió sin emitir ningún sonido.

Ante lo ridículo de su expresión, Justin empezó a reír escandalosamente.

—¡No te rías!

—Perdona, es que te concentras mucho —Ella hizo una mueca de enfado—. Fíjate bien —Una melodía salió de sus labios.

—Conozco la técnica, pero no sé hacerlo.

Él se acercó y volvió a silbar suavemente.

—Inténtalo, seguro que haces algo mal.

Ella le miró y, resignada, intentó emitir un silbido que, en esta ocasión, fue acompañado de una pequeña gota de saliva que fue a parar directamente al pecho de Justin. Hailey se tapó la boca con las manos.

—¡Oye! Que me acabo de bañar —Empezó a reír—. Esto de babearme se está convirtiendo en una costumbre para ti.

—Lo siento, lo siento, lo siento —repitió nerviosa mientras frotaba con la mano el pecho de él.

Al igual que la vez anterior, el tacto de su piel desnuda y la sensación de sus fuertes músculos, que se definían bajo ésta, hicieron estallar un calor repentino en el interior de Hailey.

—Vuelve a probar.

—¿Eh? —dijo embobada entre sus sensaciones.

—Silba.

—No, te volveré a escupir.

Él no pudo contener una sonrisa.

—Imítame.

Ella miró al cielo y asintió a sabiendas de que él no cesaría en su empeño por enseñarle.

Justin juntó los labios, frunciéndolos, y emitió un sonido prolongado. Hailey imitó sus movimientos sin obtener un resultado.

—Es inútil, no sé hacerlo.

—Ya se por qué.

—¿Por qué?

Se inclinó sobre su rostro.

—No sabes besar y por lo tanto, no sabes silbar.

Ella le empujó alejando su rostro.

—Eso no tiene nada que ver.

—¿Segura?

Hailey dudó un segundo.

—Sí.

—Has dudado —canturreó—. Anda, insúltame o algo mientras nos vestimos—. Le dio la espalda.

Cuando Justin se bajó los pantalones, Hailey se giró a la velocidad del rayo sin poder evitar tener grabada en su retina la mancha de nacimiento que empezaba a ser demasiado familiar para ella.

—No te oigo.

—La, la la, la la…

—Esto es patético —bufó—. Tendré que enseñarte a besar para no oír lo mal que tarareas.

—¡Oye! Que estoy canturreando sin sentido a propósito —Se

terminó de vestir con la sudadera—, puedes mirar.

—Mmm no sabes las ganas que tengo de que me digas eso en otra situación —se burló.

Hailey, que ya se había acostumbrado a sus desafíos, rió sin darle importancia a su coqueteo.

—Guarro.

Justin contestó con una carcajada.

Se deslizaron en el interior de sus sacos de dormir y Justin apagó la antorcha en el cubo con agua que tenía junto a su cama.

Los sonidos del bosque empezaron a ser más presentes para ellos y, por primera vez desde aquella madrugada, el pánico de lo sucedido volvió a ocupar sus mentes.

Hailey se removió incómoda.

—¿No puedes dormir? —susurró Justin.

—No. ¿Y si mientras dormimos uno de los dos desaparece?

—Eso no pasará. Nadie ha desaparecido mientras dormía.

El viento agitó las hojas de los árboles cercanos.

—Siempre hay una primera vez.

—Pero esa no será una de las primeras veces que te faltan por vivir.

Hailey contuvo un suspiro al oír aquella frase. Justin se acordaba de lo que le había explicado.

—¿Hailey?

—Sigo aquí.

—¿Sabes? Mañana me emplearé a fondo para que vivas una de tus primeras veces.

El corazón de ella rozó la velocidad de la taquicardia y sus ojos se abrieron como platos por puro instinto.

Enmudeció durante un par de minutos, intentando recobrar un pulso normal.

—¡¿Hailey?!

—Aquí —jadeó—. ¿Te crees que con un par de frases me tendrás?

—¿De qué hablas?

—¿Mi primera vez? ¿Tan fácil de seducir y manipular soy? —refunfuñó.

Justin empezó a reír.

—Yo me refería a que mañana te enseñaré a silbar, pero ya que sacas el tema, sí que recuerdo algo de que tú eras un reto para mí.

Se tapó la cara con las manos maldiciéndose por haber caído en el tópico sexual.

—¿Hailey?

—Sí.

—Ya está bien —Se oyó la tela del saco de Justin que se deslizaba por el suelo.

—¿Qué haces?

—No me pienso pasar toda la noche suponiendo que has desaparecido por tus silencios.

La mano de Justin empezó a palpar el suelo hasta que encontró el brazo de ella. Deslizó su mano por el antebrazo de Hailey, provocándole un escalofrío, y entrelazó sus dedos con los de ella.

La mano de Hailey se tensó.

—Pero…

—No hay discusión, así sabré que aún sigues conmigo —Intentó que en su voz no se notara su triunfal sonrisa.

Hailey se llevó su mano libre al pecho, como si así evitara que su corazón, completamente desbocado, rebotara contra sus costillas.

—Buenas noches, pequeña.

—Buenas noches —susurró.

29
CLASES
PRÁCTICAS

Poco a poco, todas sus extremidades empezaron a ser conscientes para él, a medida que recobraba la conciencia tras un sueño reparador.

De pronto, una terrible sensación de ansiedad le hizo abrir los ojos al no sentir la cálida y pequeña mano de Hailey enredada entre sus dedos.

Frente a Justin, ella daba pequeños saltitos mientras se cepillaba el pelo.

—Buenos días —la voz de él sonó mas ronca de lo habitual.

Hailey le dedicó una sonrisa y su pulso se aceleró al verle recién levantado. Nunca se había dado cuenta de la expresión inocente y de niño desvalido que tenía a aquellas horas de la mañana.

Era irresistiblemente tierno.

—¿Por qué bailas? —Justin se puso en pie desperezándose.

—Yo… he de usar el arbusto.

Él empezó a reír escandalosamente sin poder controlarse.

—Salgamos.

Hailey le siguió con una mueca de enfado, ya que él seguía riendo por su petición.

Caminaron hacia el otro extremo del bosque y Justin se plantó frente a varios matorrales medianos.

—Adelante, señorita.

Hailey saltó entre la vegetación y él se dio la vuelta.

—No puedo hacerlo si estás tan cerca —se quejó.

—¡Está bien! —Se alejó unos metros—. Pero, habla, canturrea o algo.

—La, lala, la...

—¡Por dios, hay que ponerle fin a esa canción absurda!

Hailey disimuló una risita mientras salía de los matorrales.

—El arbusto es todo tuyo —Se acercó a él sonriente.

—Yo he usado el roble de chicos, gracias.

Hailey puso los ojos en blanco sin poder evitar una nueva sonrisa y ambos se lavaron las manos y la cara en la orilla del embalse.

—¿Qué hay de desayuno? —preguntó volviendo junto a la tienda.

—Creo que la sugerencia del chef para hoy es melocotón en lata oxidada, cosecha del dos mil doce.

Ella empezó a reír y se sentó frente a los restos de la hoguera. Justin abrió la vieja lata y dividió su contenido en dos cuencos.

Mientras desayunaban, Hailey empezó a canturrear presa de una extraña y nueva felicidad.

—¿Por qué me martirizas? —Ella le dedicó una mirada de interrogación, tragando un trozo de melocotón un poco pasado—. Vamos a solucionarlo ya.

Justin dejó su cuenco en el suelo y, arrebatándoselo de las manos, hizo lo mismo con el de ella.

—Junta los labios y… —Empezó a silbar.

—¿Otra vez con eso?

—Si he de pasarme todo el día para que aprendas y, así, no volver a oír tu canturreo sin sentido, la respuesta es sí.

Ella entrecerró los ojos.

—No sé hacerlo.

Justin la cogió de la cintura como si fuera una muñeca, girándola en la piedra donde estaba sentada y encarándola hacia él.

—Has de juntar los labios como si quisieras decir *U* —Hailey suspiró resignada y le imitó—. Ahora sopla y contrae más la boca mientras lo haces, como si no quisieras dejar salir el aire.

Una ligera brisa canalizada, directa a los ojos de Justin, fue lo único que consiguió.

—Eres un caso perdido, si dejaras que te enseñara a besar o alguna vez te hubieran besado, la cosa cambiaría mucho.

—¡Ya me han besado!

—No, si lo hubieran hecho, esos labios tuyos sabrían silbar como es debido, pero claro, careces de la movilidad que el ejercicio de los besos proporciona.

Hailey entrecerró los ojos indignada y, más movida por su orgullo que por su cordura, se acercó a él sin pensarlo y le plantó un sonoro beso en los labios.

Justin pareció quedarse de piedra con los ojos fijos en los ella.

—¿Qué haces? —sonrió pícaramente.

Hailey fue plenamente consciente de sus actos.

—Lo siento —farfulló nerviosa—. Es que me estabas volviendo loca con todo ese parloteo tuyo sobre que no sé besar.

—Y acabas de demostrarme que no sabes. ¿A eso le llamas tú un beso?

Los ojos de Hailey brillaron con su característico tono verdoso, despertando en Justin un deseo que sólo afloraba junto a ella.

—¡Claro que ha sido un beso!

Él se pasó la lengua por los labios y acercó su rostro al de Hailey.

—Deja que te enseñe —musitó con voz seductora.

Un único latido, como una explosión nerviosa, resonó en los tímpanos de ella.

Las manos de Justin se cerraron alrededor de su cuello, enterrando los dedos en el cabello de su nuca, haciendo que la piel de Hailey se erizara ante la inusual y lenta caricia.

—Primero, has mantener el contacto visual unos segundos, para que el objeto de tu deseo sepa tus intenciones —Sus iris azules destellearon—. Después, te acercas lentamente.

Hailey tragó saliva sonoramente cuando las manos de Justin la atrajeron hacia él.

—Y entonces —Sus labios rozaron levemente los de ella—, posas tu boca sobre la suya cerrando los ojos y guiándote por tu instinto más básico.

Justin se separó, dejándola con los ojos cerrados y la boca entreabierta. Hailey no tardó en abrir los ojos, sonrojándose por su expresión de niña fascinada.

Él sonrió.

—Perdona —fingió asombro—. Me he dejado un elemento clave en la lección, pero para entender el funcionamiento de este músculo en cuestión hay que usar un ejemplo práctico.

Sin darle tiempo para que reaccionara, volvió a atraerla hacia él con sus manos firmes sosteniéndole la nuca, le dedicó una sensual mirada y la besó de una manera feroz, reclamándola para él solo.

La respiración de Hailey se cortó al notar el deseo que corría por sus venas, dejando de sentir su cuerpo y sus pensamientos, para centrarse por completo en los labios de Justin que conquistaban más terreno en cada nueva e íntima caricia.

Cuando su lengua traviesa le rozó la boca, la abrió por puro instinto, guiada por la necesidad de acariciarla con la suya y fundirse con él en el primer beso que la hacía perder por completo la cabeza.

Justin se separó unos milímetros de ella y le dio un suave y tierno beso que dio por finalizada la lección práctica.

—Y así es como se hace —musitó sobre su piel.

Él recogió el cuenco del suelo sin dejar de mirarla, mientras Hailey intentaba recobrar la compostura, carraspeando y peinándose el cabello con los dedos.

Absolutamente todo su cuerpo temblaba.

Justin decidió darle tiempo para que se recuperara y empezó a comer.

Hailey, sintiéndose utilizada y estúpida por sentir tantas cosas nuevas por él, se puso en pie y empezó a alejarse en dirección al bosque.

Él la vio alejarse peligrosamente.

—¡Hailey! No te vayas —Dejó el cuenco en el suelo y corrió tras ella.

Al sentir la presencia de él, corrió hasta el límite del bosque pero, antes de que pudiera adentrarse en él, Justin la acorraló contra un árbol.

—No debes alejarte de mí —Puso sus manos a ambos lados del cuerpo de ella, apoyándolas en el árbol.

Hailey, un poco aturdida y dolida, se encaró a él al verse sin escapatoria. Apoyó su espalda contra el tronco del árbol y le miró levantando un poco la cabeza.

—No sabía que vivir al día iba a herirme y no quiero hacerlo más. Deja que me marche —Su voz sonó inusualmente calmada y seria.

—¿A qué te refieres?

—Estás jugando y divirtiéndote a mi costa.

Él negó con la cabeza.

—Yo no he querido herirte en ningún momento —susurró sincero.

—¿Por eso me besas y me ignoras? —elevó un poco la voz.

—Te estaba dejando tiempo para que asimilaras lo sucedido.

Ella le miró y Justin se inclinó, acercándose a su rostro.

—¿No te estabas riendo de mí por ser una inexperta en todo esto?

—¿Por qué iba a reírme de la cosa que más me seduce de ti? —Le acarició el pelo con una de sus manos.

El pecho de Hailey empezó a moverse al son de su respiración agitada.

—Si me lo pides, no volveré a besarte. ¿Es eso lo que quieres? —Ella negó con la cabeza lentamente—. Deja que te explique algo más sobre los besos.

—¿El qué? —Pestañeó nerviosa.

—Tú también puedes darlos cuando quieras —sonrió.

Justin deslizó una de sus manos por la cintura de Hailey, atrayendo su cuerpo hasta el suyo. Ella posó sus manos sobre su pecho y jadeó.

—¿No te interesa mi oferta?

—Sí —balbuceó.

Se acercó a sus labios tímidamente y Justin la abrazó con fuerza aceptando su inocente beso.

—Nadie sale herido de algo tan dulce como tus besos, pequeña.

Ella le miró con las mejillas completamente incendiadas por su pasión inexperta y él volvió a besarla sin poder frenar sus más íntimos deseos.

30
ADÁN Y EVA

La brisa fría y nocturna obligó a Hailey y a Justin a permanecer frente al fuego que les mantenía calientes.

Justin la atrajo hasta él, rodeándole los hombros con su brazo, y ella no pudo evitar que aquel gesto de protección la turbara y la hiciera tensarse a causa de la nueva intimidad que existía entre ellos.

Justin lo notó al instante.

—¿Estás incómoda?

—No, no es eso.

—¿Y qué es?

Hailey empezó a sentir como su pulso se aceleraba y las palabras se trababan en su boca.

—Me pones nerviosa.

—Lo siento —Se alejó de ella.

—¡No! —Le miró y sus mejillas se sonrojaron al percibir la desesperación de su propia voz.

Justin soltó unas carcajadas dulces y melódicas y volvió a abrazarla.

—Veamos, ¿lo que me intentas decir es que te pongo nerviosa porque te gusta tenerme cerca?

Ella cogió una bocanada de aire y asintió.

—Antes pensaba que sólo estaría contigo si fueras el último hombre de la tierra, pero ya no me sirve esa idea.

—Cierto, porque realmente lo soy... —se burló—. ¿Sigues pensándolo?

—No —musitó avergonzada.

Justin le dio un beso en la frente. Aquel acto de cariño hizo que su corazón se desbocara nuevamente.

"A este paso me dará un infarto" —pensó, intentando calmarse.

—¿Crees que somos algo así como los elegidos?

Ella le miró sin comprender la pregunta.

—¿Elegidos para qué?

—Ya sabes, para repoblar el planeta. Tú y yo hemos sido elegidos como si fuéramos Adán y Eva para repoblar nuestra especie.

Hailey frunció el ceño.

—¿De verdad crees eso?

—Es una teoría y, puesto que nada tiene sentido en todo lo que nos rodea, quizás sea así.

Ella se desprendió del abrazo de Justin y se giró para que sus rostros estuvieran de frente.

—Es absurdo. Tú y yo tendríamos que... —Se ruborizó de nuevo— y nuestros hijos tendrían que hacerlo entre ellos. ¡Es una idea horrible, Justin!

Una sonrisa traviesa se dibujó en el rostro de él y sus ojos se iluminaron de puro deseo.

—Aclárame una cosa, ¿es una idea horrible que tú y yo hagamos algo más que besarnos? o ¿que obliguemos a nuestros hijos a procrear entre ellos para repoblar el mundo?

Hailey entrecerró los ojos.

—Sabes perfectamente a lo que me refiero.

Él hizo un sonido de aprobación.

—Entonces, sí quieres hacer algo más conmigo.

Hailey dio un pequeño salto nervioso como si tuviera hipo.

—Yo no he dicho eso tampoco.

—¿Volvemos a ser sólo amigos? —Sonreía cada vez más al ver la desesperación en el rostro de Hailey.

—No… Sí… ¡No lo sé! —Se levantó nerviosa—. ¡Quieres dejarlo ya!

Justin empezó a reír, la cogió de la mano y tiró de ella para que volviera a sentarse junto a él. Ella obedeció molesta.

—Te propongo un trato —La volvió a abrazar aplastando su cuerpo contra el de Hailey—. Sigamos nuestro plan de vivir al día, incluso en este sentido. Dejémonos llevar por lo que nos pida el cuerpo en cada momento, porque quizás ése sea el último.

Al oír los susurros de Justin que se filtraban en su mente como mariposas de seda especializadas en aturdir sus sentidos, bajó sus defensas por completo.

—Sé que me arrepentiré, pero acepto.

Justin se tensó y la miró confuso.

—¿Te arrepentirás? Veamos —Se inclinó sobre ella y le dio un romántico beso—. ¿Te arrepientes de esto?

—No —jadeó ella sin abrir los ojos.

Justin volvió a besarla con más pasión en esta ocasión y Hailey, al sentir cómo el beso se volvía más húmedo, le abrazó pidiendo con su lenguaje corporal fundirse con el cuerpo de él.

—¿Arrepentida?

—Déjalo ya —Hailey se abalanzó sobre sus labios y dejó que la niebla de su deseo le hiciera perder el sentido.

La barrera invisible que les hacía escudarse en el sarcasmo, había desaparecido para convertirlos en dos amantes guiados únicamente por su deseo.

Los días en el campamento transcurrían lentos y tranquilos entre besos y las bromas que ambos se hacían.

A pesar de la felicidad que Hailey y Justin estaban experimentando, había un momento puntual del día, justo antes de quedarse dormidos, en el que sus temores se adueñaban de sus mentes.

El goteo dispar sobre el plástico que protegía el techo de la tienda de campaña fue lo que despertó a Hailey aquella madrugada con una ansiedad que le presionaba el pecho y dificultaba su respiración.

Se incorporó adormilada en su saco de dormir e intentó ver en la oscuridad el cuerpo de Justin, pero estaba demasiado oscuro.

De pronto, una luz azul brilló en el exterior iluminando por un segundo el interior de la tienda.

Por desgracia, fue tan leve e inesperada que Hailey no tuvo tiempo de fijarse en el saco de dormir contiguo al de ella para verificar si él aún estaba allí.

Una sensación de pánico y ansiedad empezó a invadir su cuerpo, sintiendo como si su alma se congelara.

Se puso en pie con el corazón palpitándole con fuerza, y con un único pensamiento que aceleraba sus torpes movimientos.

Justin había desaparecido.

Salió al exterior, donde una fina lluvia empezó a mojarle el cabello y miró hacia todos los lados buscando una pista del paradero de él.

—¡Justin! —Dio un par de pasos cautos sobre la hierba mojada—. ¡Justin, vuelve!

Empezó a temblar y se tapó la cara con las manos, intentando retener las lágrimas que remarcaban su angustia y su tristeza por la perdida.

—¿Hailey?

Un trueno resonó en el cielo, indicando que la tormenta se alejaba, pero acallando la voz de Justin que observaba desde el porche de la tienda como Hailey temblaba y lloraba bajo la lluvia.

—Hubiera repoblado el mundo contigo si no te hubieras ido —sollozó dejándose caer en el suelo.

Él dio un paso hacia ella justo en el momento en que su llanto se volvía más desesperado e intenso, como si todo el dolor acumulado se hubiera desatado en su alma, sumiéndola en un estado de desconsuelo demasiado insoportable como para que lo sintiera un ser humano de aspecto tan frágil como ella.

La sensación cálida del pecho de Hailey había desaparecido por completo.

Algo en el interior de Justin se quebró al verla en aquel estado y corrió hasta ella abrazándola por la espalda sin importarle que la lluvia también empezara a empaparle lentamente.

Hailey se sobresaltó y giró la cabeza con un movimiento lento, como si temiera que al mirarle, Justin desapareciera.

—Pequeña, sólo es una tormenta, sigo aquí.

—¿Era un relámpago? —balbuceó sin poder controlar su llanto exagerado.

—Sí.

Hailey le echó los brazos al cuello y él la abrazó con fuerza. Aquel contacto no hizo más que avivar las lágrimas y los sollozos que ella emitía.

Justin la hizo ponerse en pie sin dejar de abrazarse y la cogió en brazos, llevándola hasta el interior de la tienda.

La dejó sobre su saco de dormir y palpó a oscuras hasta encontrar la antorcha y el encendedor que siempre dejaba a punto junto a su propia cama.

—¡No te alejes! —sollozó con fuerza al percibir que él la soltaba.

Justin encendió el fuego y colocó la antorcha dentro de una lata con tierra que permitía que se mantuviera en pie sin incendiar nada.

Se acercó a ella y le secó las lágrimas que se confundían con las gotas de lluvia.

—Ya está, cálmate. Sigo aquí —ronroneó intentando sosegarla.

—Lo intento —farfulló entre respiraciones nerviosas—. ¡Pero no puedo parar de llorar! —dijo desesperada.

Él la abrazó y empezó a acariciarle el pelo mientras Hailey sollozaba contra su pecho.

—¿Lloras por algo más?

—Sí —dijo con la voz rota.

Justin le cogió la cara con sus manos y la miró directamente a sus enrojecidos ojos.

—Cuéntamelo y lo solucionaremos juntos.

Ella se deshizo de sus manos y se abrazó a él de nuevo, enterrando el rostro en su cuello.

—No tiene solución —su voz transmitía a la perfección la desesperación de su alma.

—Cuéntamelo.

Hailey empezó a temblar con un nuevo ataque de ansiedad que le dificultaba la respiración.

—Están todos muertos y nunca más les volveré a ver —gimió.

El cuerpo de Justin experimentó aquella sensación dulce y tranquilizadora que sabía que sentía al recordar a la familia y amigos que nunca más vería.

—Puedes llorar por ellos —susurró fascinado.

—¿No es evidente? —Ella se desesperó y le miró con un puchero en su cara.

—Cálmate, estoy contigo —Apoyó su cabeza sobre la de ella.

—Lo sé.

Ambos permanecieron abrazados y sin decir nada más hasta que salió el sol y, poco a poco, las convulsiones nerviosas y las lágrimas de Hailey fueron cesando.

Las piernas de Justin se habían dormido y sus brazos estaban aletargados de no cambiar de posición, pero no quería soltarla, ya que era lo único que podía hacer por ella en aquella situación. Ni siquiera podía entender con cuánta fuerza le dolía la pérdida de su familia, ya que él había sido privado de aquel dolor.

Hailey se movió lentamente entre sus brazos y le miró con los ojos completamente hinchados y enrojecidos.

—Lo siento, soy patética.

Él le sonrió al ver que ya no lloraba.

—Eres preciosa y la mujer más dulce que jamás he conocido.

—Sí, claro, eso lo dices para animarme, seguro que estoy horrible después de llorar toda la noche como una loca histérica —Cogió aire—. No podía parar.

Justin deslizó su mano por la nuca de ella y Hailey supo al instante qué quería decir aquella caricia.

Cerró los ojos y él la besó con ternura y delicadeza.

—¿Ahora estás mejor?

—Tengo una sensación de tristeza que antes no sentía, pero al menos ya no tengo ganas de llorar.

Él sonrió.

—¿Quieres dormir un rato?

Hailey se limitó a asentir y Justin se tumbó sobre su saco de dormir arrastrándola con él. Ella se acomodó sobre su pecho escuchando el latir de su corazón calmado.

—Siento haberte dado la noche.

—Bueno —Sonrió intentando quitarle peso al asunto—. Todo ha empezado por mi culpa, ¿no?

Ella apoyó su barbilla en el pecho de Justin y le miró.

—¿Por ti?

—Pensabas que había desaparecido —Ella asintió—. Gracias.

—¿Por qué?

Él levantó la cabeza, apoyándola sobre su antebrazo para poderla mirarla a los ojos.

—Nadie se había desesperado tanto por mí. Al menos, sé que no es sólo odio lo que despierto en ti.

—Yo no te odio.

—¿Ah, no?

Ella negó con la cabeza y sus rizos se diseminaron por el torso desnudo de Justin.

—¿Entonces es verdad lo de querer repoblar el mundo conmigo? —Sonrió.

Sus propias palabras resonaron en su mente y apartó la mirada de los azules ojos de él.

—Las personas decimos tonterías en situaciones extremas.

—¿Por qué te engañas?

—Yo no me engaño —Se tensó.

—Sé sincera, ¿qué sientes?

Hailey se escabulló de entre sus brazos y le dio la espalda acostándose en su saco de dormir.

—Ahora mismo, sueño.

Justin empezó a reír y rodó sobre sí mismo para abrazarla.

—Te gusta ponerme las cosas difíciles, ¿verdad?

—No te negaré que hay cierta diversión en ello —musitó con los ojos cerrados.

—Bueno, al fin y al cabo es a eso a lo que hemos jugado desde la primera vez que nos vimos—. sonrió descarado.

La curiosidad hizo que Hailey se girara para mirar a Justin.

—¿Hemos estado jugando?

—Claro, hemos usado la ironía y las peleas para canalizar la pasión que sentimos el uno por el otro de otra manera que no fuera físicamente.

Hailey frunció el ceño.

—Yo simplemente te odiaba. ¿Tú me deseabas?

—No, te deseo; igual que tú a mí —Rozó sus labios con la última palabra sin llegar a besarla.

Hailey jadeó y una lágrima se deslizó por su mejilla. Justin la secó con el dorso de su mano.

—Si lo que te digo te hace llorar, es que estaba equivocado respecto a nosotros —Dio un pequeño salto y se alejó de ella.

—Lo que dices no me hace llorar, me hace llorar el recuerdo de Lori y algo muy similar que me dijo —Llenó de aire sus pulmones y se armó de valor—. Yo siento lo mismo que tú.

Justin se incorporó y se inclinó sobre ella posando sus manos a los lados de la cabeza de Hailey.

Ella empezó a respirar ansiosa.

—Deja que el resto de días que nos queden de vida nuestra pasión nos consuma. Así, cuando llegue el momento, al menos dejaremos este mundo con algo de felicidad en nuestros corazones.

Los nervios a flor de piel de Hailey la traicionaron y empezó a reír, ocultando así las sensaciones adultas que las palabras de Justin despertaban en ella.

Aquellas carcajadas demasiado histéricas y agudas hablaron por Hailey y Justin supo al instante lo que le había hecho sentir.

Ella era un ser muy inocente a pesar de su aspecto adulto y la pasión arrolladora de él la hacía perder constantemente el norte, ya fuera para bien como en aquel momento, o para mal.

Se inclinó sobre ella y la besó intentando controlar las ganas que tenía de hacerla suya.

—Descansemos, pequeña —Se acurrucó junto a Hailey y la abrazó.

Ella dejó de reír y cerró los ojos maldiciendo su reacción infantil ante las hermosas palabras de Justin.

Era una mujer adulta, con sentimientos adultos que palpitaban bajo su piel, y debía expresarlos como tal.

Por desgracia, el cansancio de las emociones vividas se adueñaron de ella, sumiéndola en un profundo sueño del que apenas fue consciente.

31
DIENTE DE LEÓN

Una luz de color rojo parpadeaba insistentemente en el reducido y sofisticado panel de control que había bajo el pequeño holograma semitransparente con la silueta de Hailey.

El operario que revisaba las constantes de sus dos únicos especímenes en campo abierto, asomó los ojos por encima de su libreta digital y contuvo un jadeo.

—¡¿Cómo es posible?! —exclamó para sí mismo.

Empezó a accionar botones del panel y el holograma de Hailey se volvió completamente opaco como si de una réplica en miniatura de ella se tratara.

A la altura de su pecho, justo en su corazón, empezó a brillar una luz anaranjada.

Los ojos del operario se fijaron en el holograma de Justin, cuya luz brillaba tan intensamente como ahora ya volvía a hacerlo la de Hailey.

Después de recuperar el sueño perdido, Hailey y Justin habían tomado un tardío desayuno y ahora paseaban cogidos de la mano por la orilla del embalse.

Hailey ya no sentía ni un solo rastro del pesar que la había torturado toda la noche y caminaba feliz.

Las últimas hojas de los árboles de hoja caduca se resistían a dejar las ramas a pesar de que la temperatura era cada vez más fría.

—¿Crees que deberíamos plantearnos el hecho de ir a la cueva de Amber?

Justin la miró.

—Quizás sea buena idea, parece que estamos sobreviviendo más de lo esperado.

Un escalofrío recorrió la espalda de Hailey al recordar la luz azul.

Él la abrazó y le dio un cálido beso para que su mente dejara de preocuparse. Cuando se separaron, ella perdió por un instante el equilibrio.

Justin sonrió. Le encantaba el efecto que tenían sus besos sobre Hailey.

Emprendieron el camino de vuelta al campamento volviendo sobre sus pasos en silencio, sumidos en los sonidos de la naturaleza.

Casi habían llegado, cuando los ojos de Justin repararon en un pequeño diente de león que había nacido al pie de un árbol cercano.

Se acercó a la pequeña flor amarilla, que por algún motivo le recordaba a Hailey, dispuesto a cortarla para ella.

Era muy inusual que a aquellas alturas del año una flor silvestre naciera, pero los dientes de león eran conocidos por su habilidad de crecer en los sitios más insospechados. Tal vez aquel había osado desafiar también a su propia naturaleza, floreciendo en pleno otoño.

Tan especial le resultó que, por algún motivo, no quiso matarla y una idea se definió en su mente.

Hailey le miró sin saber qué era lo que pensaba.

—¿Qué haces ahí mirando esa flor?

—Ven conmigo —Empezó a correr hasta el campamento.

Ella le siguió con dificultad y vio como Justin rebuscaba en la bolsa donde guardaban las latas vacías, sacó una de tamaño considerable y volvió corriendo hasta el diente de león.

—Pero, ¿qué quieres hacer? —Le volvió a seguir corriendo.

—Ya verás —sonrió.

Se arrodilló frente a la flor y, ayudándose de la tapa de la lata que había arrancado de un tirón, empezó a cavar alrededor de la pequeña planta hasta que consiguió arrancarla con sus raíces prácticamente intactas.

Llenó la lata de tierra y la plantó con cuidado.

Hailey le miraba con el ceño fruncido, no comprendía por qué quería una planta en una improvisada maceta, cuando estaban en plena naturaleza.

Justin se acercó a la orilla y, formando un cuenco con su mano, regó el diente de león.

—Ya está —Se puso en pie y le dedicó una dulce mirada a Hailey—. Es para ti.

Ella cogió la lata y miró sorprendida la flor amarilla como si acabara de verla por primera vez.

—¿La has plantado aquí para mí? —sonrió embobada.

—Sí. Así, vayamos donde vayamos, te la puedes llevar —Se pasó, nervioso, la mano por el pelo. Exactamente, no sabía la naturaleza de sus actos—. Me recuerda a ti.

Ella miró la flor y negó con la cabeza.

—¿En qué sentido?

—Es fuerte y resistente como tú, capaz de adaptarse a cualquier entorno y, aún y así, es de una belleza sencilla pero encantadora.

Hailey se sonrojó.

—Es el regalo más bonito que me han hecho nunca.

Justin se inclinó sobre ella para volver a besarla pero, justo en el momento en el que Hailey cerró los ojos, un fogonazo azul hizo que su cuerpo se tensara.

Abrió los ojos asustada, rezando para que sólo hubieran sido imaginaciones suyas pero, por desgracia, Justin había desaparecido.

Apretó la planta contra su pecho y empezó a respirar ansiosa, pero las lágrimas ya no brotaban de sus ojos, ya que la sensación cálida y tranquilizadora se había vuelto a instaurar en lo mas profundo de su corazón.

Hailey había estado en shock durante dos largas y extrañas horas. Sentada frente a los restos de la hoguera y con la cara entre sus manos.

A pesar de que lo había intentado, no era capaz de crear una sola lágrima por la pérdida de Justin.

Se puso en pie, dejando que la angustia de su pérdida se convirtiera en el algo que sí era capaz de experimentar.

Pura ira.

Se encaminó hacia el montón de latas de comida y empezó a lanzarlas con fuerza sobre todo aquello en lo que sus ojos se fijaban.

—¡¿A qué esperas?! —gritó a pleno pulmón—. ¡Mátame a mí también y terminemos con esto de una vez!

Se arrodilló enfurecida con las manos en la cabeza, sumiéndose en un estado de locura transitoria.

Se desplomó apoyando las palmas de sus manos en el suelo y sus ojos repararon en el diente de león que, impasible a su furia, estaba sobre una roca cercana.

La sonrisa de Justin al regalárselo, apareció ante ella y difuminó su alterado humor.

Cogió la planta y acarició sus hojas con cariño, arrepintiéndose de no ser más espontánea en lo referente a Justin. Ahora ya era demasiado tarde, y el recuerdo más intenso que le quedaba de él eran sus besos y la ternura de aquel inesperado regalo.

Se tumbó en la hierba boca arriba y colocó en su vientre la lata con la planta.

La nubes pasaban lentamente sobre ella, deslizándose por un cielo azul libre de contaminación.

Sin saber por qué, cerró los ojos e intentó silbar. Al principio, no consiguió nada pero, poco a poco, una melodía cada vez más afinada empezó a salir de sus labios.

Era aquella canción sin demasiado sentido que Justin fingía aborrecer.

La melodía empezó a definirse en su mente y la letra de la canción, hasta ahora olvidada para ella, se volvió clara, empezando a cantar entre susurros rotos.

—Los Mayas dejaron su sabiduría y legado grabado en unas piedras —Cogió aire—, dándonos las pistas con siete profecías, las cuales auguraban una nueva era para el ser humano, sobreviviendo… —Abrió los ojos— sobreviviendo… —Suspiró resignada. No recordaba el resto de la canción.

La melodía siguió sonando en su cabeza durante un largo espacio de tiempo y el mensaje de la canción caló en su mente.

—Quizás sí estéis mejor sin nosotros —le dijo al diente de león.

Un destello azul la cegó al instante. Asustada, se aferró a la lata de la planta y cerró los ojos.

Sintió como si alguien tirara de ella con fuerza y la hiciera pasar por un túnel lleno de un agua cálida que no llegaba a mojarla, pero que la hacía resbalar eficazmente.

Su corazón empezó a latir con fuerza y se mareó, perdiendo la conciencia.

32
REALIDAD

Abrió los ojos en la penumbra de la blanca habitación donde se encontraba. Era extrañamente similar a la habitación de hospital en la que había caído en coma.

Se levantó adormilada y se encaminó a oscuras hacia la puerta que daba a un pequeño cuarto de baño.

Al entrar, se encendió la luz y cerró los ojos ante el brillante destello de la lámpara. Se inclinó sobre la pila del lavabo y al pasar las manos bajo el discreto grifo empezó a salir agua templada. Sin darle excesiva importancia, se lavó la cara evitando mirarse al gran espejo que había frente a ella. No recordaba que su hospital tuviera aquellos modernos grifos con sensor de proximidad.

El sonido del agua de la ducha la hizo sobresaltarse de repente y miró dentro del moderno plato de ducha con mamparas transparentes.

No había nadie.

La idea de tomar una ducha le apeteció al instante y, sin pensarlo mucho, se quitó la camisola blanca que llevaba y se metió.

El agua caía de una moderna alcachofa cromada que salía del centro del techo; de no ser porque emanaba agua, Hailey la habría confundido con una lámpara de diseño.

La temperatura del agua era perfecta y dejó que el chorro la empapara por completo.

Cuando decidió que era el momento de usar el jabón, su añorado jabón perfumado para la ducha, una nota musical la hizo mirar hacia la pared opuesta a donde estaba la mampara de cristal.

El sonido procedía de un dispensador de jabón, de color blanco y forma redondeada, que se empotraba en el alicatado de la ducha.

Puso su mano bajo el sofisticado aparato y cayó un chorro de jabón de color blanco nacarado. La cantidad era perfecta para el aseo del cuerpo de Hailey. Sorprendida, se llevó la mano a la nariz para oler la fragancia del gel.

Olía exactamente igual a la que ella usaba siempre.

Cuando hubo terminado el aseo de su cuerpo, el dispensador volvió a emitir una nueva nota y Hailey lo miró asombrada. Repitió el mismo proceso que la vez anterior pero, en esta ocasión, cayó un chorro menor, de color azulado y con la fragancia a coco y orquídeas que le recordaron al instante a su champú preferido.

Se enjabonó el cabello, cada vez más asombrada de la tecnología que poseía aquel hospital.

El proceso fue el mismo para el suavizante.

Cuando terminó, la ducha se paró sola, ya que carecía de controles manuales para su uso. Hailey miró la alcachofa, que ni tan solo goteaba, y frunció el ceño.

Cuando fue a poner un pie en el suelo del baño, apareció bajo ella una alfombrilla, que se había deslizado de la parte interior del plato de ducha.

Antes de que pudiera caer en la cuenta de que no había buscado las toallas, un armario rectangular que había junto a ella, se abrió y apareció una toalla en un colgador.

—Esto empieza a asustarme —musitó mientras se secaba.

Su mente empezó a buscar explicaciones para aquellos avances tecnológicos y siempre terminaba con la misma conclusión.

Había caído en coma por aquella atípica enfermedad, sumiéndose en un extraño sueño donde ella y Jake se veían perdidos en un bosque deshabitado junto con otras personas que había creado su imaginación. El problema era que la procedencia de la tecnología que la rodeaba sólo podía tener una aterradora explicación.

Se miró en el espejo y su imagen de mujer adulta verificó su teoría. Había estado durmiendo varios años.

Terminó de secarse y observó en el espejo como su cabello se secaba más rápidamente de lo normal, adquiriendo un brillo y unos rizos perfectos. Era como si acabara de ir a la peluquería.

Meneó la cabeza sin darle mucha importancia, se cubrió con la toalla y volvió a la habitación para buscar algo limpio con lo que vestirse antes de llamar a una enfermera para que avisara a su padre de que ya había despertado.

Esta vez, al entrar de nuevo en la habitación, la luz sí se encendió.

Se encaminó hacia una pequeña cómoda y abrió uno de los cajones. En él, un surtido de ropa interior, pantalones y camisetas la estaban esperando; pero lo que sorprendió a Hailey no fue la cantidad de ropa que había, sino que absolutamente toda parecía de una talla mucho mayor que la de ella y tenía una textura y un color similar al plástico translúcido.

Cogió una camiseta y la miró haciendo una mueca de asco.

Abrió el resto de cajones pero, a excepción de una especie de patucos de la misma tela, no encontró nada más.

Se vistió con aquella extraña ropa y se encaminó hacia un espejo de cuerpo entero.

Al verse reflejada, contuvo un grito de asombro.

La ropa se había convertido en unos vaqueros de su marca preferida y una camiseta de manga corta de un verde similar al que a veces tenían sus ojos. Aquellas piezas de ropa se ajustaban a la perfección a sus curvas de mujer.

Volvió a abrir el cajón, pero aquella ropa no había cambiado, seguía siendo medio transparente.

Se calzó los patucos y al instante se modificaron convirtiéndose en unas bailarinas muy similares a las que había usado en el pasado.

Suspiró intentando tranquilizarse. Tenía que hablar con su padre que, sin duda, le explicaría todo aquello.

Cuando se encaminó hacia la mesilla de noche lacada en color blanco, junto a la sencilla cama del mismo color, sus ojos se abrieron como platos al ver la lata con el diente de león que Justin le había regalado.

Se llevó las manos a la boca sin comprender qué era lo que estaba sucediendo allí. Si aquella flor existía de verdad, Justin era real y todo lo sucedido no era una pesadilla.

Se acercó a la puerta de salida, que era completamente lisa, y apoyó las manos intentando abrirla de alguna manera.

El pánico se apoderó de Hailey al ver que no podía salir de allí. Corrió hacia la única ventana del lugar y gritó de puro pánico al ver en ella la pradera con el embalse donde estaba su campamento.

Una música clásica de lo más relajante empezó a sonar por unos altavoces disimulados en la estancia, pero poco ayudó a la ansiedad que ella estaba experimentando, sobre todo cuando la puerta se abrió deslizándose hacia un lado con un suave zumbido, y apareció una chica joven de inquietantes ojos azules que le dedicó una sonrisa.

La sangre de Hailey se heló al ver la perfección de los rasgos de la desconocida, que lucía un vestido blanco con una vaporosa caída que parecía tener vida propia.

—Hola —susurró la chica.

Hailey retrocedió hasta chocar contra la pared de la ventana.

—¿Quién eres?

—Me llamo Antia —Se acercó lentamente a ella con pasos elegantes—. No debes temer nada.

Hailey empezó a sentir el mismo pánico que había experimentado cuando despertó en el campamento y Jake intentó explicarle lo que había sucedido.

—¿Dónde estoy?

—Es una larga historia, Hailey —Pronunciaba su nombre como si le costara decirlo—. Pero antes de aclararlo todo, debes ir a reunirte con unas personas que te están esperando.

Antia le hizo un gesto elegante con la mano para que la siguiera y salió de la habitación. Hailey la siguió con pasos cautos y, por un momento, pensó en llevarse consigo el diente de león.

—Tranquila, luego volverás para descansar —le dijo Antia sin mirarla.

Salieron a un pasillo de techos altos y de forma curvada, lleno de puertas blancas y forrado de una suave moqueta de color azul.

Las luces del techo parecían esferas flotantes que imitaban la luz del sol.

—Sígueme, por favor —volvió a sonreír con una dulce expresión.

Ambas caminaron durante un período corto de tiempo hasta que el pasillo se ensanchó y las puertas empezaron a estar más espaciadas entre sí.

Antia se paró frente a una de ellas y ésta se abrió automáticamente.

—Adelante, por favor —Le hizo un gesto a Hailey para que entrara primero.

La habitación, de tonos cálidos y pastel, era como una salita decorada con cómodos sofás, una chimenea y algo parecido a un proyector anclado a una de las paredes.

Las ventanas estaban cubiertas por unas cortinas de color naranja que no dejaban ver el exterior.

Pero Hailey no prestó atención a la belleza de la sala, sino a las tres personas que estaban sentadas en el sofá y la miraban sonrientes.

El pecho de Hailey empezó a moverse agitado ante la visión. Jake, Lori y Justin estaban vivos.

Antia se sentó en un sillón alejado.

—¡Estáis vivos! —musitó Hailey sin ser capaz de moverse.

Jake se puso en pie y la abrazó mientras la hacía volar por los aires.

—Te he echado de menos hermanita, has tardado mucho en asumirlo.

—¿Asumirlo?

—No la vuelvas loca con explicaciones —Lori la abrazó apartando a Jake—. Me alegro de verte.

Hailey le sonrió nerviosa. Todos parecían relajados y más guapos que antes.

Justin le dedicó una sonrisa desde el sofá y ella retuvo sus ganas de abrazarle.

—Ven —Lori la cogió de la mano y la hizo sentarse entre ella y Jake.

—¿Quieres beber algo? —musitó Antia.

Hailey negó con la cabeza. Se sentía aliviada de verlos a todos con vida, pero las dudas se agolpaban en su aturdida mente.

—Antia, cuéntaselo ya, es más fuerte de lo que parece y lo asumirá deprisa —Jake rodeó a Hailey con un brazo y la atrajo hasta él.

Se sentía feliz de haber recuperado a su hermana.

—Lo sé, estoy especialmente orgullosa de ella —Antia se puso en pie y se acercó a la gran pantalla de la pared.

Justin miraba a Hailey de reojo controlando sus sentimientos.

Antia posó su mano en una plancha de metal junto a la pantalla y la retiró al momento.

La pantalla se iluminó con una luz blanca y, al instante, empezó a emitir unas imágenes un poco distorsionadas que se fueron definiendo con el paso de los segundos.

La chica se quedó de pie y clavó sus ojos inquietantes en los de Hailey.

—Ésta es la Isla de Victoria Regia, es un complejo artificial construido por nosotros y que actualmente es nuestra ciudad.

Hailey abrió la boca al ver en la pantalla unas imágenes aéreas de un complejo artificial que simulaba a la perfección bosques, montañas, campos de cultivo y un lago central. Si no hubiera sido por su forma perfectamente circular, Hailey habría creído que se trataba de una isla natural.

—En el centro, tenemos un lago artificial de donde recogemos el agua pluvial que abastece a toda la comunidad.

—Son casi veintidós mil habitantes —puntualizó Jake.

—Los residuos que generamos se reciclan en energía y abono para los cultivos del exterior.

La pantalla no dejaba de mostrar imágenes que se correspondían con lo que Antia explicaba.

—Cuéntale lo de la energía solar —le sugirió Lori.

Antia sonrió.

—Como somos una ciudad autosuficiente que no contamina, tenemos nuestro propio núcleo solar que nos proporciona luz, energía y calor.

—¿Tenéis un sol? —Hailey abrió la boca asombrada.

—No es exactamente eso, es una masa de energía solar que almacenamos en el centro de la isla, justo bajo el lago. Se recoge gracias a unos árboles modificados genéticamente que hay en la base de las montañas rodeando el lago, y cuyas raíces conectan directamente con el centro energético de la ciudad.

—¿A la bola de energía? —Hailey señaló las imágenes que salían en la pantalla.

—Sí —Sonrió—. Ahora mismo, nosotros nos encontramos bajo el mar, en la planta menos ocho, para ser exactos.

Hailey abrió los ojos de par en par al ver como un mapa de las instalaciones se proyectaba. La ciudad tenía forma de sombrero invertido.

—Lori se levantó y corrió las cortinas.

Ante ellos, un claro paisaje marino se hizo visible. Hailey se levantó sin poder creerlo y pegó su rostro a las ventanas. Justo en aquel momento, un banco de peces pasó frente a ella.

—En la última planta no hay viviendas, es un gran mirador circular. Si esta ventana te asombra, has de bajar a verlo. Es la cosa más hermosa que jamás verás —le comentó Lori.

Hailey cada vez estaba más en shock.

—Las dos primeras plantas están dedicadas al ocio y al comercio, las dos siguientes son las que contienen las oficinas, el hospital y el centro energético —le aclaró Antia.

—No lo entiendo, si siempre habéis estado aquí, ¿por qué habéis dejado que casi muriéramos de hambre en el bosque? —Volvió a sentarse en el sofá, pero esta vez junto a Justin.

Antia se alejó de la pantalla y ésta se apagó.

—Verás, debíamos asegurarnos de que todos vosotros asumíais nuestra ideología.

—¿Cuál es?

—Respetar a la naturaleza —Lori le sonrió—. En cuanto alguno de nosotros hizo un acto que demostraba que respetábamos el entorno, ellos nos traían aquí.

Hailey frunció el ceño.

—¡Podían haber pasado años!

—Era un riesgo —musitó Antia.

—¿Y si nos hubiera atacado un animal salvaje?

Antia negó con la cabeza.

—Eso no era posible, un equipo se encargaba de vigilaros las veinticuatro horas del día, y si algún animal peligroso os rondaba, activábamos un campo electromagnético que los ahuyentaba.

—¿El zumbido que ahuyentó al oso…?

—Fuimos nosotros —Antia sonrió.

Hailey enterró su rostro entre las manos y respiró hondo, intentando asimilar toda aquella información.

—¿Quiénes sois?

—Lamentablemente, eso no puede ser revelado, pero sí te diré que somos una civilización mucho más avanzada que vosotros.

Jake le cogió una mano a su hermana y la miró a los ojos.

—Hailey, ellos hicieron que cayéramos en coma.

—¡¿Qué?!

—Sí, fue la única manera que se nos ocurrió para poneros a salvo del holocausto que terminó con vuestra sociedad. Nuestros sabios predijeron vuestro desastre y decidimos echaros una mano. Lamentablemente, acordaron que sólo los más jóvenes tenían lo que era necesario para sufrir un cambio de mentalidad hacia el planeta que casi destruyen vuestros padres, así que os mantuvimos en perfecto estado de salud durante los siete años que la Madre Tierra tardó en regenerarse y luego os dejamos en el bosque.

—¿Por eso éramos todos adolescentes y niños?

Antia asintió.

—Excepto yo —comentó Justin en un tono calmado.

—Sí, el caso de Justin fue un error que se convirtió en una gran ventaja.

—Gracias, supongo —comentó él, sonriendo a Antia.

—¿Un error? —preguntó Hailey.

Antia se sentó frente a ella en una mesilla de café.

—Justin sufrió un accidente de tráfico que le sumió en un coma real, no como los vuestros, que fueron inducidos por nosotros. Suponemos que, al haber tantos jóvenes en coma a la hora de rescataros, uno de los operarios cometió un fallo y lo salvó.

Hailey le dedicó una rápida mirada a Justin.

—¿Entonces estamos en una ciudad futurista en medio del mar porque nos habéis rescatado de la exterminación de nuestra raza?

—En síntesis, sí —Antia sonrió cordialmente.

—Pero, ¿qué les paso a nuestros padres?

Jake la miró y negó con la cabeza.

—Sólo pudimos salvaros a vosotros, el futuro de la especie. Sólo aquellos que pudieran formar un todo con la energía del planeta y no quisieran herir a la Madre Tierra eran los candidatos para repoblar el nuevo mundo.

Hailey quedó medio hipnotizada por la voz de Antia y aquella frase.

—Ya es demasiada información por hoy, será mejor que os deje solos —Antia se puso en pie.

—Gracias, Antia.

La joven sonrió a Jake y desapareció en silencio.

Hailey empezó a moverse nerviosa, intentando asimilar todo lo ocurrido desde que despertó aquel día en el campamento.

33
LA CIUDAD DE
VICTORIA REGIA

Entró en su habitación y se dejó caer abatida en la cama con un remolino de sensaciones, ideas y sentimientos bulléndole en la mente.

Tras la reunión con Antia, Hailey y los demás habían hecho una intensa excursión por los principales lugares de la ciudad, a excepción de la sección del núcleo, donde quedaba prohibido el paso al personal no autorizado.

Habían paseado alrededor del lago de la isla, rodeado de unos altos y extraños árboles de hojas inusualmente brillantes.

Hailey había observado como, en los extremos más opuestos de la isla, se alzaban unas montañas repletas de una frondosa vegetación y justo frente a éstas, se extendían los campos de cultivo con una gran variedad de frutas y hortalizas.

Los desplazamientos entre las plantas los realizaron por el exterior de la isla, en una especie de burbujas de un plástico fino pero hiperresistente, que podía dar cabida a más de diez personas. En cada planta, había unos puertos donde las burbujas atracaban, dando paso a los largos y curvos pasillos.

Lori le mostró las salas de autocine y películas oníricas de la primera planta y Hailey tardó algunos minutos en comprender que eran los propios usuarios los que proyectaban las imágenes en la pantalla o los sueños vividos aquella misma noche, para el disfrute del resto de público.

La televisión ya no existía en aquel nuevo mundo, pero sí lo hacían los periódicos. No obstante, a diferencia de su época, ya no se usaba el papel convencional, sino unas láminas finas de algo similar al plástico que emitían imágenes con las noticias actualizadas y videos de las mismas.

El misterio de la ropa lo aclaró Jake al pasear por un centro comercial repleto de tiendas. En la civilización de Antia, era tal la unión y armonía que habían conseguido con el planeta y los elementos, que los átomos reaccionaban a su antojo modificándolos con un simple deseo; de ahí que la ropa se adaptara en medida y color al usuario que la usaba.

Absolutamente todo funcionaba de manera domótica, adaptada a las ondas cerebrales de los individuos que usaban los distintos aparatos, y adecuándose a las necesidades de cada uno.

Las medicinas ya no se suministraban a los enfermos en inyecciones o pastillas, sino en alimentos modificados genéticamente, que ayudaban a que se asimilara mejor y el organismo se repusiera con brevedad.

Aquel mundo era un lugar donde la tecnología estaba a un nivel que rozaba lo imposible y la magia, pero los usuarios eran tan empáticos y respetuosos entre ellos y con su entorno que el equilibrio era perfecto.

Naturaleza y ciencia convivían en armonía.

Por ese motivo, les habían hecho superar aquella prueba en el bosque ya que, según la sociedad de Antia, la tecnología del mundo de Hailey había superado peligrosamente a los sentimientos humanos, volviéndolos unos seres fríos y egoístas carentes de empatía e incapaces de amar con toda el alma.

Emily, Danny y los demás también estaban en la ciudad, pero

se les había dividido en pequeños grupos donde un guía como Antia les había mostrado su nuevo hogar.

Hailey sintió curiosidad por ir a verles, pero Jake la convenció para que fuera a descansar, ya que tenían toda la vida por delante para recuperar sus viejas amistades y rehacer los lazos con los miembros del campamento.

Al captar el cansancio de Hailey, las luces de su habitación se fueron atenuando poco a poco hasta quedar a oscuras.

Cuando estaba apunto de empezar a soñar, unos golpes sonaron en su puerta y ella se incorporó en la cama.

—¿Quién es?

—Justin —Su voz sonó amortiguada.

Hailey saltó de la cama y la puerta, captando sus pensamientos, se abrió deslizándose en silencio.

Las luces se encendieron de golpe y Hailey reordenó sus rizos con los dedos.

—¿Dormías?

—Casi.

—Lo siento, si quieres podemos hablar mañana.

Hailey dio un paso hacia él y la puerta se cerró.

—No, estoy bien. ¿Y tú?

Ambos parecían tensos, a pesar de que no había ningún motivo para ello.

—También. Veo que no has cambiado el paisaje de la ventana —Justin se asomó.

Hailey vio como a pesar de estar bajo el agua, ella seguía viendo el campamento.

—¿Lo cambio yo?

—Sí, como todo. Sólo deséalo y podrás cambiar el color de los muebles, la ropa y que la ventana muestre el fondo marino o la gran muralla china si quieres.

Ella soltó un suspiro similar a una carcajada.

Un silencio incómodo se instauró entre ellos mientras se miraban. Hailey sonrió y bajó la cabeza para que su sus ojos no delataran lo que sentía por Justin. El poco contacto que habían mantenido durante todo el día, indicaba que su romance era sólo fruto del pacto de vivir al día y, ahora, ya no había nada entre ellos.

—Lo has encajado bien. Cuando yo desperté estaba tan furioso que me tuvieron que retener entre dos amigos de Antia.

—Sigo asimilándolo; es como si todo fuera un sueño. Supongo que si yo hubiera estado en tu lugar también me habría enfadado. La manera en que desapareciste fue…

Justin dio un paso hacia ella.

—Es verdad, dejé algo a medias —Deslizó su mano entre los rizos de Hailey.

—Por favor —Se apartó—. No juegues conmigo. Mientras pensábamos que íbamos a morir nos dejamos llevar por algo, pero ahora es distinto.

Justin frunció el ceño.

—¿Por algo?

—Sé que de no ser porque decidimos vivir al límite no habría pasado nada entre nosotros.

—Hailey, ese algo era pura pasión, ya te lo dije. Y en cuanto a lo de vivir al día, fue una simple excusa para derribar las barreras que nos separaban —Los ojos de Justin se posaron en el diente de león que estaba en la mesilla de noche—. ¿Crees que te habría regalado esa planta si sólo hubieras sido mi pasatiempo?

—Pero tú mismo lo acabas de decir, era pura pasión. Era.

Justin posó sus manos en la cintura de Hailey y ella sintió una descarga eléctrica.

—Es que ya no es sólo eso. ¿No imaginas por qué desperté enfurecido? —Ella negó nerviosa con la cabeza—. Porque sentí que algo que me importaba mucho ya no estaba junto a mí.

Él se inclinó acercando su rostro al suyo.

—¿Te importo?

—Más de lo que crees.

—Y ¿por qué me has ignorado todo el día? —refunfuñó sin osar apartarse de él.

—Por Jake. Sé que es muy protector contigo y aún no he tenido la ocasión de decirle lo que siento por ti.

El corazón de Hailey empezó a latir desbocado y un panel luminoso se encendió junto a la cama.

"Constantes de Hailey Sullivan alteradas, pulse el botón rojo en caso de necesitar soporte sanitario"

—¡¿Qué es eso?!

Justin empezó a reír, se acercó al panel y pulsó, por puro instinto, un botón verde.

—Creo que Lori me comentó algo de que esta ropa lee nuestras constantes vitales y en caso de detectar una posible anomalía está claro que eso es lo que pasa.

—Aparece un panel parlante de la pared —bufó—. No sé si podré acostumbrarme a todo esto.

—Lo harás, yo llevo un día más que tú y ya le he cogido el tranquillo. A todo esto —Sonrió, volviendo a coger la cintura de Hailey—, ¿por qué se han alterado tus constantes?

Ella se sonrojó y Justin empezó a reír con una risa melódica.

—Voy a ver si Jake está despierto aún —Besó la frente de Hailey y se alejó.

—¿Hablas en serio? Debemos estar en el dos mil veinte y tú vas a ir a pedir permiso a mi hermano para… ya sabes.

Justin volvió hasta ella, la estrechó entre sus brazos y le dio un largo y apasionado beso.

34
GENÉTICAMENTE
PERFECTOS

Después de desayunar todos juntos en la salita donde le habían explicado a Hailey su situación, habían emprendido una excursión al hospital situado en la tercera planta, donde Antia había acordado una reunión con Gerson, Adriel y Emilse, los guías de todos los miembros de su antiguo campamento.

Hailey caminaba junto a Lori, pensando aún en que los camareros que le habían servido el desayuno compuesto por exquisitas frutas tropicales eran unos robots flotantes con aspecto de bandejas inteligentes.

Justin la había estado observando toda la mañana sin decir nada. Después de la corta visita a su dormitorio, se había pasado toda la noche pensando en cómo y dónde abordar el tema con Jake.

Hailey se giró y le dedicó una sonrisa que colmó su paciencia.

—Jake —Se acercó a él y le frenó cogiéndole del brazo.

—¿Qué pasa?

Antia percibió el extraño comportamiento de los dos chicos y se acercó a Lori.

"Seguid vosotras, ahora os alcanzaremos"

Antia se había colado en la mente de Lori, que la miró y asintió sin que Hailey se diera cuenta de nada. Para que su amiga no sospechara, empezó a explicarle curiosidades sobre los materiales de construcción de la isla.

—Jake, sé que nuestra relación ha sido bastante extraña desde un principio, pero ahora somos amigos, ¿verdad?

—Sí, al principio me pareciste un prepotente, pero ahora creo que no eres mal tipo —Le dio un suave puñetazo en el hombro como muestra de afecto.

Antia se les acercó sin decir nada y les observó con sus grandes ojos azules.

—Gracias —Sonrió un poco nervioso—. El caso es que quería comentarte algo.

—Tú dirás —Sonrió despreocupado.

—Siento algo por tu hermana.

Los ojos de Jake se abrieron de par en par y su expresión pasó a endurecerse.

—Olvídala. Ella no es una cualquiera con la que te puedas divertir y luego dejarla por otra.

Antia seguía observándolos en silencio.

—No es mi intención.

—Me da igual, desde que despertaste supe que eras de esa clase de tíos. No te acerques a ella —Dio un paso hasta Justin y le amenazó con sus ojos, que ya empezaban a ponerse verdosos.

—Si ella quiere verme no se lo podrás impedir; por mucho que te empeñes en tratarla como una niña desvalida, ya no lo es.

Jake perdió los nervios y cogió el cuello de la camiseta de Justin.

—No te atrevas a tocarle ni un solo pelo de la cabeza o te arrepentirás —susurró amenazante.

—¡Ya lo he hecho! —Entrecerró los ojos y le apartó de un fuerte empujón.

Jake alzó el puño dispuesto a empezar una pelea con Justin, pero una fuerza invisible les dejó inmóviles.

"¡Basta ya!"

Ambos miraron a Antia, que tenía una expresión impasible en el rostro.

Justin meneó la cabeza intentando sacar la voz de la chica de su mente.

"Ahora os voy a dejar libres y hablaremos como seres civilizados"

La fuerza desapareció y ambos la miraron.

—Lo siento, pero me he visto obligada a hacerlo, os estabais comportando como seres de lo más primitivo por un tema del que no hay discusión posible.

—Lo ves, hasta ella cree que tú no eres el tipo que le conviene a Hailey —reprochó Jake sin mirar a Justin.

—No, en este caso, mi querido Jake, estoy completamente de acuerdo con lo que Justin propone.

Los ojos de Jake se abrieron de par en par.

—Gracias, Antia, me alegra ver que a los ojos de una completa desconocida no soy un ser tan despreciable como otros creen.

—No es exactamente un voto de confianza Justin, es que sé que eres perfecto para ella.

Justin esbozó una sonrisa a medias sin saber qué pensar.

—No lo entiendo —Jake frunció el ceño.

—Veréis, mientras estuvisteis en coma os hicimos unos exhaustivos análisis de ADN para conocer vuestras compatibilidades a la hora de procrear y, en función de vuestras similitudes, os emparejamos y posteriormente os agrupamos en grupos reducidos. Hailey y Justin fueron una de las parejas más compatibles.

Jake y Justin intercambiaron una rápida mirada.

—Hailey sospechaba que estábamos emparejados, pero precisamente cuando apareció éste, no se sintió atraída por él en absoluto. Tus cálculos estarían mal, Antia.

—¿Lo estaban, Justin?

—No.

—¿Qué quieres decir con eso? —Jake le miró furioso.

—Cuando nos quedamos solos, nuestra relación cambió mucho hasta el punto en el que…

—¡¿Qué?! —Jake elevó el tono de voz y Antia le dedicó una fría mirada.

"Jake, no me obligues a petrificarte"

El chico miró a Antia sin acostumbrarse a que se colara en su mente.

—Se atraen del mismo modo que lo hacéis Lori y tú, es natural. Al fin y al cabo, nuestra naturaleza hace que nos acerquemos a aquellos especímenes que comparten ciertos rasgos que, sumados a los nuestros, darían como fruto una especie mejor. Es ciencia básica.

Justin esbozó una mueca y Jake empezó a hacer aspavientos con las manos.

—Yo estoy enamorado de Lori, hablas de nosotros como si fuéramos bichos de laboratorio.

—No, no —se excusó Antia—, no es mi intención. Es evidente que amas a Lori, pero lo primero que te atrajo de ella fue su físico, su voz, sus ojos, todo ello predefinido por su genética. Evidentemente, luego entran en juego otros factores humanos y espirituales.

—Factores que *éste* —miró a Justin con desprecio— no puede despertar en Hailey.

Antia sonrió.

—Yo no diría lo mismo. Basta con ver cómo se miran.

Jake miró a Justin, que le devolvió una mirada distante pero con un brillo de sinceridad.

—Ella me importa mucho.

—¿Cuánto te importa?

Justin llenó de aire sus pulmones. Era la primera vez que expresaba aquel sentimiento a otro ser humano.

—Me he enamorado de ella.

Antia sonrió.

—¿Lo ves Jake? Por algo llamamos al genetista que se encargó de emparejaros Cupido, donde pone el microscopio pone un romance. Y ahora vamos, las chicas estarán a punto de llegar al hospital.

Antia se adelantó y empezó a caminar en dirección a las burbujas transportadoras.

—¿La quieres?

—Sí.

—¿Ella lo sabe?

Justin negó con la cabeza mientras ambos empezaban a seguir a Antia.

—Aún no es el momento para decírselo, estoy buscando el escenario perfecto.

—Hablas en serio, ¿verdad?

—Sí, y precisamente porque voy en serio quería que, antes de retomar esa relación con ella, tú lo supieras. Te respeto y sé el instinto de protección que ella despierta en ti.

Jake se sintió estúpido por su comportamiento y resopló.

—Lo siento, eres más noble de lo que pensaba.

—Gracias.

—Pero…

—¿Pero?

Jake frenó y miró directamente a los ojos de Justin.

—Si le haces daño, sabes que te mataré.

—Lo sé, pero jamás pasará.

—Más te vale.

"Chicos, vamos, la burbuja está a punto de ascender"

Antia les hizo un rápido gesto con la mano y ellos se subieron en el transporte.

—Eso que haces es una pasada —Justin miró a Antia.

—Aquí lo podemos hacer todos; la telepatía entre nosotros es un don que se despierta cuando dejas de verte como un individuo único y empiezas a pensar en que eres un todo con el universo.

Justin sonrió embobado y Jake le hizo una mueca de complicidad mientras ascendían por las cristalinas aguas azules del océano.

La mano de Hailey se deslizó por el cristal que mantenía aislada a Amber en una habitación de hospital con sofisticados equipos médicos.

Se habían reunido con Troy y los demás miembros del campamento y ahora todos la observaban.

Sobre los ojos de Amber, había dos masas gelatinosas que emitían luces de colores.

—¿No nos oye ni puede vernos? —preguntó Hailey.

—No —La voz de Troy sonaba triste—. Cuando la trajeron aquí al sufrir aquellas pérdidas, la ingresaron para cuidar de ella y del bebé, pero como no había superado la prueba que demostraba que respetaba la naturaleza, la sumieron en un sueño controlado que recrea a la perfección el campamento, así podrá demostrarlo y entonces la despertarán.

Lori se les acercó.

—¿Y aún no ha cambiado de actitud?

—No —susurró Adriel, el guía de Troy y Amber—. Se aferra

demasiado a lo que fue en el pasado y a todas las comodidades que tenía.

Hailey le miró sorprendida. Adriel era tan hermoso como Antia, y tanto su porte como su voz eran espeluznantemente elegantes.

—¿Y si no lo acepta nunca? —sugirió Lori.

—Es una opción, pero esperemos que tarde o temprano lo haga —Troy suspiró.

Keith y Nicole llamaron la atención del resto, que miraban con tristeza a Amber, y se acercaron a los más pequeños.

A excepción de Hailey, que se quedó mirando a Amber junto a Antia.

—Sé sincera, ¿qué pasará si no supera la prueba?

—No podrá despertar nunca.

—Eso es horrible, Antia —susurró sin que Troy, que había empezado a jugar con Nicole, pudiera oírla.

—Lo sé, pero no podemos permitir que ninguno de vosotros no sea respetuoso con la Madre Tierra. Amber minaría el corazón puro de vuestros vástagos y la nueva sociedad volvería a ser egoísta.

Hailey frunció el ceño. Tenía la extraña sensación de ser un experimento científico en manos de una super sociedad perfecta.

—Justin te está mirando —musitó Antia.

La mente de Hailey perdió el norte y su corazón empezó a latir con fuerza. Antia sonrió y se acercó a sus compañeros guías para planear una comida especial para el grupo.

—¿Qué os contáis? —Hailey se acercó a Danny, que les explicaba al resto dónde vivían, pero dirigiendo aquellas palabras especialmente a Justin.

Emily la incluyó en la conversación, pero Hailey sólo fue consciente de los azules ojos que se clavaron en ella, cargados de sentimientos y nuevas noticias.

35
EL MIRADOR

Después de pasar todo el día con el grupo que había formado parte del campamento de Hailey, todos se fueron retirando a sus dormitorios después de una cena llena de manjares de primera calidad, compuesta por platos y recetas que ninguno de ellos conocía.

La calidad de los alimentos cultivados en la superficie de la isla era excelente y los sabores se potenciaban con cada nuevo bocado.

Para cuando la media noche se aproximó, sólo quedaban en la mesa Jake, Lori, Justin y la propia Hailey.

La mente de Hailey se dividía entre pensar en Justin, que se había sentado junto a ella, y en toda la nueva información que había aprendido en aquel largo y apasionante día.

El sueño controlado de Amber, los pequeños Keith y Nicole en la escuela de la Isla, donde habían empezado a tomar clases sobre la nueva historia del mundo que les rodeaba y, lo más apasionante de todo, la capacidad de los guías en comunicarse telepáticamente.

Cuando Antia le dijo que la habían trasladado a una habitación contigua a la de Justin, colándose en sus pensamientos, Hailey había derramado el zumo de arándanos sobre el *carpaccio* de frutas que le habían servido como postre.

Lori se levantó de la mesa del comedor con grandes ventanales que daban al océano y arrastró a Jake con ella. A pesar de no saber lo sucedido entre Jake y Justin aquella mañana, las miradas y las sonrisas entre Hailey y Justin no se habían escapado a sus observadores ojos.

—Nosotros nos vamos a dormir —Lori se abrazó a Jake y sonrió a Hailey.

—Bueno, sí —titubeó Jake—. Sed buenos —miró a Justin.

Los ojos de Justin brillaron y les dedicó una amplia sonrisa mientras se alejaban camino al pasillo de los trasportes.

—Buenas noches —Sonrió Hailey.

Antia, sentada en una mesa lejana con el resto de guías, no perdía ni un solo detalle.

"El mirador suele estar vacío a estas horas de la noche, y es un lugar precioso que Hailey debería ver"

Justin agitó la cabeza aturdido y Antia le sonrió.

—Hailey —Ella se tensó a su lado—, ¿tienes sueño?

—No, aún no.

Él se puso en pie y le tendió la mano.

—Quiero enseñarte algo.

Ella tomó su mano y ambos empezaron a caminar en silencio por el pasillo, iluminado con pequeñas esferas de luz solar.

El puerto de los transportes estaba completamente vacío y se subieron a una de las burbujas que, al instante, les llevó a la planta inferior de la isla.

Unos focos que imitaban la luz de la luna, iluminaban el fondo marino, pero Hailey no era consciente del paisaje exterior, ya que la intensa mirada de Justin la tenía atrapada.

Cuando llegaron al pasillo que conducía al mirador, él se paró frente a ella.

—Quiero que cierres los ojos.

—¿Por qué? —susurró nerviosa.

—Tú ciérralos.

Ella hizo una mueca de resignación y los cerró.

Justin cogió sus manos y empezó a tirar de ella con suavidad. Con cada nuevo paso, el corazón de Hailey se aceleraba, en parte por el misterio del lugar donde se hallaban, pero sobre todo por la sensación que le producía el tacto de la piel de Justin sobre la suya.

Él acalló una exclamación al encontrarse frente a una sala enorme con una cristalera, hecha de una sola pieza, con vistas panorámicas del fondo marino.

Posicionó a Hailey en el centro de la sala, sabiendo a ciencia cierta que mirara donde mirara vería el inmenso y bello océano y los peces de colores que se acercaban curiosos al cristal y a las luces de luna.

Justin se colocó tras ella y se acercó a su cuello.

—¿Estás preparada? —Ella empezó a temblar al notar la proximidad de él—. Estás temblando.

Ella se limitó a hacer un ruidito de afirmación.

Justin la rodeó con sus brazos y el corazón de Hailey empezó a latir con fuerza.

—No temas nada —musitó contra su cuello—. Ya puedes abrir los ojos.

Poco a poco, los párpados de Hailey se abrieron y la espectacular imagen del fondo marino la dejó petrificada. Miró hacia los lados siguiendo la vista panorámica mientras su boca se abría de pura fascinación.

—Es impresionante —jadeó.

Hailey se acercó dando pequeños pasos hacia el cristal y Justin la siguió, cogiéndola de la mano.

Un banco de peces, que parecían hechos de plata pura, se acercaron curiosos a verla, pero cuando Hailey posó la mano sobre el cristal se dispersaron desapareciendo al instante.

—Los he asustado —Chasqueó la lengua.

Justin, tan embelesado por la visión como ella, se limitó a sonreír.

Se quedaron quietos, en silencio, viendo como nuevos peces se paseaban ante sus ojos, luciendo sus extravagantes colores con movimientos graciosos.

—Hailey —susurró Justin antes de aclararse la garganta.

—¿Sí? —Ella le miró y una vibración placentera se instauró en la boca de su estómago.

—He hablado con Jake —Ella asintió abriendo sus ojos marrones de par en par—. Me ha costado convencerle de mis intenciones pero, al final, entre Antia y yo lo hemos conseguido.

Hailey volvió la mirada al mar.

—Parece que Antia se toma muchas molestias para que nosotros estemos…

—¿Quieres olvidarla por un minuto? Intento decirte algo.

Ella le miró y sus nervios aumentaron.

—Lo siento.

—Sé que nuestra relación ha empezado de una manera un poco extraña, porque empezamos tonteando entre juegos que nos llevaron a algo más, siguiendo siempre el lema de vivir al día y no pensar. Pero ya te dejé claro que para mí ahora tú eres muy importante.

Hailey tragó saliva y bajó la mirada al suelo, mientras él le acariciaba el pelo.

—Tú también eres importante para mí.

—Sé que, en el fondo de tu alma, quieres vivir todo lo que perdiste en tus años de instituto, así que te haré una pregunta cuya respuesta ya conozco de sobra, pero sé que deseas oírla.

Deslizó su mano bajo la barbilla de ella y clavó su azul mirada en los ojos de Hailey.

—¿Quieres ser mi chica?

Hailey soltó una risilla nerviosa.

—Ya sabes la respuesta.

—Quiero que la digas.

Ella se mordió el labio inferior, acusando sus años de inexperiencia.

—Disfrutas poniéndome nerviosa —Le golpeó suavemente en el pecho con su puño.

Él sonrió.

—Ya sabes que es una de las cosas que más me gustan de ti. ¿Y bien? Espero una respuesta.

—Sí.

Justin la abrazó con fuerza, buscando sus labios con ansiedad y Hailey sintió como si las fuertes corrientes marinas los unieran en un torbellino cálido que la dejaba sin aliento.

Un eco lejano hizo vibrar levemente los cristales del mirador, reclamando la atención de los dos.

Al mirar hacia el exterior, vieron a un delfín que giraba sobre sí mismo acercando su morro al cristal, curioso ante las muestras de afecto de Justin y Hailey.

Ella posó su mano sobre el cristal y el delfín se inclinó como si la observara directamente a los ojos.

—Hola —susurró ella.

Él empezó a nadar rodeando el mirador y ofreciendo una muestra de su agilidad a Justin y a Hailey.

—Tenemos un nuevo amigo —Justin sonrió.

Hailey empezó a caminar tras él, hasta que el delfín paró y la volvió a mirar de nuevo.

—¿Quieres jugar? —Ella empezó a correr en dirección opuesta y él la siguió.

Después de varias carreras, Hailey volvió junto a Justin, que la había estado observando con una gran sonrisa.

El delfín se balanceaba hacia los lados pidiendo más juego.

—Ya hemos jugado un rato —Posó su mano de nuevo en el cristal—, quizás vuelva otro día y juguemos más.

Él empezó a mover la cabeza como si asintiera y restregó su lomo por la mano de Hailey antes de desaparecer.

—¡¿Has visto eso?! —exclamó ella.

—Sí, creo que te ha entendido.

—No, no puede ser.

Justin se encogió de hombros.

—Quizás empecemos a ser un todo con el universo —se burló.

Hailey empezó a sonreír, pero un bostezo se apoderó de ella.

—¿Me acompañas a mi cuarto?

—Será un placer.

Justin aún no sabía que ella estaba en la habitación contigua a la de él, y Hailey pretendía darle una sorpresa.

Cuando subieron al transporte, camino a las plantas superiores, el delfín de Hailey reapareció, acompañándolos hasta su destino.

Ella no podía parar de sonreír.

Se despidió definitivamente de su nuevo amigo y, cogidos de la mano, ella y Justin emprendieron el camino a sus habitaciones.

Hailey se paró junto a la puerta de la habitación de Justin y un cálido brillo destelló en los ojos de él al verla allí, segura de sí misma.

Pasó sus dedos por la curva de su mandíbula y la besó con dulzura. Hailey se colgó de su cuello, dejándose llevar por lo que sentía mientras su mente era incapaz de pensar con claridad.

Entre besos y jadeos entraron en la habitación de Justin y las luces se encendieron lentamente hasta crear un ambiente tenue y romántico.

Cuando se separó de ella con la pasión bulléndole en las venas, Hailey fue consciente de dónde estaban, y su corazón dio un vuelco.

El aroma de Justin estaba impregnado en las sábanas de su cama, en la ropa sobre la cómoda y en cada uno de los rincones.

La mente de él había redecorado la estancia con colores azulados y muebles oscuros que potenciaban aún más su cristalina mirada.

—Estamos en tu habitación.

Él sonrió.

—Tú me has traído hasta aquí —ronroneó—, no eres tan inocente como creía, pequeña.

Justin posó sus manos en la cintura de ella y sus dedos hábiles se colaron por debajo de su camiseta hasta entrar en contacto con su piel desnuda.

Hailey jadeó y dio un paso hacia atrás, apartándose de él.

—Yo… creo que tú… mi habitación… —empezó a titubear nerviosa.

La expresión de Justin cambió por completo, pasando de la lujuria al desconcierto en un segundo.

—¿Tú no quieres…? —Miró hacia la cama y el corazón de Hailey volvió a rozar el límite de la taquicardia.

El panel de emergencias empezó a pitar en la pared y Hailey saltó sobre él para acallar su alarma.

—Sí quiero, pero me has pillado por sorpresa.

—Pero si has sido tú la que ha venido directa a mi habitación.

Ella se sonrojó y empezó a moverse nerviosa tocándose el pelo.

—Quería darte una sorpresa, y no me ha salido bien —Frunció el ceño apenada—. Mi habitación es ahora la contigua a ésta.

Justin sintió como si le hubieran echado un jarro de agua fría y cerró los ojos mientras negaba con la cabeza.

—Hailey, lo siento, te he malinterpretado. De verdad que lo

siento, yo no pretendía hacer nada que tú no quisieras.

Ella se acercó a él lentamente.

—Justin —Él abrió lo ojos—, la culpa es mía por asustarme, en el fondo quería seguir, pero me ha cogido por sorpresa.

Aquello encendió una llama en el interior de Justin que se reflejó en su mirada. Hailey suspiró al verla brillar y dejó que su propio deseo acallara sus miedos.

—Sabes que iré al ritmo que tú me marques, sé que todo es nuevo para ti y ni mucho menos quiero asustarte.

Ella se le abrazó mientras el deseo consumía su cuerpo, quemando con su fuego el temor a lo desconocido.

Justin la rodeó con sus brazos conteniendo sus impulsos.

Hailey se armó de valor y, con manos temblorosas, empezó a desabrochar la camisa de él.

—Pequeña, ¿qué haces? —Le cogió las manos—. No te sientas obligada.

Hailey le miró y se puso de puntillas para darle un húmedo beso.

—Quiero sentir que soy tuya a un nivel más profundo que tus besos —susurró cerca su sus labios.

—¿Estás segura? Una vez empiece, no sé si seré capaz de parar.

Hailey jadeó como respuesta y se acercó a sus labios para besarle. Ante el movimiento, Justin se lanzó sobre su boca reclamándola con fiereza y aplastando su cuerpo contra el de ella, que se amoldó al instante como si ambos fueran dos piezas hechas para encajar.

Las manos inexpertas de Hailey dejaron de temblar conforme los besos de Justin se volvían más profundos, húmedos y placenteros, despertando en ella sensaciones en zonas de su cuerpo que no sabía que pudieran arderle de aquella manera.

Sin apenas darse cuenta, él la había despojado de la mayor parte de su ropa.

Las luces se habían vuelto de un tenue color anaranjado y en la ventana de la habitación había empezado a proyectarse un cielo estrellado con una enorme luna llena de color dorado.

Justin se arrodilló frente a ella para terminar de desvestirla y Hailey jadeó nerviosa. Cuando sus besos no la aturdían, parte de su razón tomaba conciencia de sus actos y un pequeño resquicio de temor se apoderaba de ella.

Las manos de él ascendieron por sus caderas hasta sus hombros, y volvió a ponerse en pie, completamente desnudo.

Ella jadeaba y su pecho se movía por su respiración agitada.

Justin deslizó sus dedos entre los rizos de Hailey, acariciando su nuca y volviendo a unir sus cuerpos, pero en esta ocasión el tacto de la piel de ambos electrizó todos sus nervios.

—Jamas he sentido esto por nadie.

Hailey cerró los ojos mientras él dibujaba un sendero de besos por encima de sus clavículas.

—Yo tampoco —susurró ella hundiendo sus dedos en el cabello de él.

Justin frenó sus caricias y le dedicó una intensa mirada cargada de significado.

—No hablo sólo de deseo.

Ella sonrió, abrazándose a su cuello y acariciando su espalda con la punta de sus dedos.

Aquello rompió el autocontrol de Justin, que la cogió en brazos y la tumbó en su cama con cuidado.

Los ojos de Hailey expresaron el pequeño atisbo de temor que latía en su interior.

—¿Estás bien? —Justin se tumbó junto a ella y la acarició.

—Estoy un poco nerviosa —musitó.

Él empezó a besarla mientras, con una hábil y cálida mano, se encargaba de aumentar el deseo de ella con sus caricias.

Hailey empezó a gemir, perdiendo por completo la noción del tiempo y del espacio, hasta que Justin se colocó sobre ella.

Lejos de sentir miedo o nerviosismo, reclamó a Justin tirando de sus hombros, sin saber con exactitud qué hacer, pero guiada por sus instintos más primarios.

Él obedeció a sus deseos y ambos se enzarzaron en un baile jadeante, lleno de besos y caricias íntimas que, poco a poco, fueron acumulando una sensación hormigueante, cálida y placentera en sus cuerpos, hasta que sus gemidos, seguidos de susurros de palabras dulces, les hicieron estallar en millones de pedazos, que se fusionaron uniéndolos en un abrazo no sólo a nivel físico, sino también espiritual.

Los ojos de Hailey brillaban enmarcados por sus mejillas sonrojadas y Justin sonrió sin dejar de acariciarla.

—Eres, sin lugar a dudas, lo mejor que me ha pasado —Ella se limitó a sonreír—. Hailey.

—¿Sí? —Deslizó sus dedos por la mandíbula de Justin, que se había tensado en aquel gesto tan sexy e irresistible para ella.

—Te quiero.

Hailey le dio un largo pero dulce beso que terminó por agotar su aliento agitado.

—Yo también te quiero.

En la ventana de la habitación empezó a caer una intensa lluvia de estrellas, materializando la felicidad del corazón de ambos.

Aquella estancia ahora reaccionaba con el espíritu de los dos ya que ahora, Hailey y Justin, eran como un solo ser.

36
DUDA

Hailey abrió los ojos lentamente y el sonido calmado de la respiración de Justin, que dormía abrazado a ella, le confirmó que la magia experimentada la noche anterior no había sido un sueño.

Paseó sus dedos por el antebrazo de él y, después de emitir un leve gemido, Justin abrió aquellos ojos azules que la hipnotizaban.

—Buenos días, pequeña.

—Hola —susurró ella sin poder parar de sonreír.

Él se inclinó sobre Hailey y la besó con dulzura.

—¿Crees que si hoy nos saltamos la vida social de este lugar nos echarán de menos?

Ella se acurrucó entre sus brazos.

—¿Quieres pasarte todo el día en la habitación?

—Quiero pasarme todo el día en la cama contigo —rugió con voz seductora.

Hailey empezó a reír y rodó sobre él posando las manos sobre su pecho.

—¿Pretendes darme un cursillo acelerado?

—Sí, aún me queda mucho que enseñarte —La tumbó en la cama invirtiendo sus posiciones.

Empezó a besarla apasionadamente y Hailey lo atrajo hasta ella.

De pronto, unos golpes en la puerta interrumpieron su pasión.

—¿Quién es? —preguntó Justin, un tanto molesto.

—Soy Antia.

Hailey maldijo en silencio mientras Justin se colocaba unos pantalones, que se adaptaron a su cuerpo como un pijama, y se acercaba a la puerta. Antes de que ésta se abriera, Hailey salió corriendo hasta el baño llevándose una camiseta del suelo.

Justin abrió la puerta y una sonriente Antia apareció.

—Siento molestar —susurró—, pero creí que Hailey querría tener esto en su nueva habitación.

Él frunció el ceño y tomó entre sus manos el diente de león.

—¿Cómo sabes que ella está aquí?

—Intuición femenina y vigilancia las veinticuatro horas en los pasillos —Señaló las esferas de luz de sol.

—Este dato me hubiera gustado tenerlo antes.

Antia hizo un gesto con la cabeza.

—Mil perdones por no avisar. Me queda mucho por aprender como guía.

Justin enarcó las cejas.

—Tranquila. Por cierto, ¿has dicho que ésta es la nueva habitación de Hailey?

Antia sonrió dulcemente volviendo más hermoso y perfecto su rostro.

—En realidad, es *vuestra* habitación.

—Creí que la suya era la contigua a ésta.

—No, no debí expresarme bien. ¿No quieres compartirla con ella?

Justin frunció el ceño.

—Sí, claro que quiero.

—Entonces, no existe ningún problema —Sonrió radiante—. Hoy os dejaré el día libre, y tranquilo —le guiñó un ojo—, me encargaré de que no os crucéis con Jake y Lori. Él aún necesita un poco de tiempo para asumir que su hermana se comporte como una mujer adulta.

Justin meneó la cabeza asombrado sin saber qué decir.

—Gracias —musitó por inercia.

—Un placer —Hizo un gesto coqueto y se marchó con una gran sonrisa que iluminaba sus inquietantes ojos azules.

La puerta se cerró y Justin se quedó pensativo, con el diente de león aún entre sus manos.

—¿Ya se ha ido?

—Sí.

Hailey salió del baño con la camiseta que dejaba al descubierto sus piernas y sus ojos se posaron al instante en la planta que él sostenía.

—¡Es mi planta! —Se acercó a él y le arrebató el diente de león con una sonrisa—. Ahora mismo estaba preguntándome si la habrían trasladado a mi nueva habitación.

—Y así lo han hecho —En su voz se apreciaba el desconcierto.

—¿Y por qué la tienes tú?

—Antia dice que ésta es tu habitación.

Hailey soltó una carcajada y dejó la planta sobre la cómoda de Justin.

—Se habrá liado, la mía es la de al lado.

—No, dice que ahora compartimos habitación.

Los ojos de Hailey se abrieron de par en par.

—Pero si ayer me dijo que me había trasladado para estar cerca de ti.

Él se encogió de hombros.

—Dice que no la debiste entender. ¿No quieres vivir aquí?

—¡No! Claro que quiero —Se acercó a él, posando sus manos sobre su pecho—. Bueno, si tú quieres que yo esté aquí, claro.

Justin se inclinó sobre ella y la besó con ternura.

—¿Bromeas? Tenerte en cada instante de mi vida es lo que más me apetece.

Ella se colgó de su cuello y empezó a besarle.

268

37
FAMOSA

La brisa marina hacía bailar las hojas de los árboles del lago. Hailey levantó la mirada y los miró con recelo, había algo en ellos que no le gustaba. El verde de sus hojas era demasiado hermoso para ser real y su altura era aterradora.

Justin empezó a meter los restos de comida del picnic, que les había facilitado uno de los robots del restaurante central, en una cesta de aspecto clásico.

—Llevas desde esta mañana un poco distante.

—Perdona —Ella le miró con dulzura y le acarició las mejillas—, es que hay algo que me pone nerviosa.

—¿De mí?

Hailey reptó sobre la manta donde estaban y se acurrucó en el pecho de Justin.

—No, tú eres perfecto —Él se inclinó para besarla—. Es esa chica, Antia.

—¿Qué pasa con ella?

—¿No te pone nervioso?

Justin se encogió de hombros.

—Supongo que un poco.

Hailey se incorporó para hablar cara a cara con él.

—La verdad es que no sé qué es, pero hay algo en ella que me inquieta bastante. No sé si es su belleza perfecta, sus ojos con esa alegría tan cristalina o esa actitud suya como si fuéramos amigas desde siempre —Se estremeció.

—Supongo que es una suma de todo. Desde que despertamos, hemos vivido muchos cambios y sorpresas. No es fácil asimilar que *ellos* nos han rescatado de una muerte segura para reeducarnos y cuidar del planeta.

Los ojos de Hailey brillaron con desconfianza mientras se sentaba nerviosa con sus piernas entrelazadas.

—¿No te inquieta quiénes pueden ser?

—Supongo que sí. Pero no lo dirán, ya lo sabes, así que, ¿por qué no nos dejamos llevar y disfrutamos de todo lo que nos ofrecen?

Hailey se quedó pensativa mirando la superficie del lago pluvial que se ondulaba con la brisa marina.

—No crees que quieran hacernos daño, ¿verdad?

—No, de eso estoy seguro. Antia y sus compañeros son unos seres demasiado civilizados para querer experimentar con nosotros o criarnos como mascotas —Empezó a reír.

Hailey esbozó una sonrisa sin humor y una pequeña idea empezó a tomar forma en el fondo de su corazón, tan pequeña que aún no podía ser consciente de ella.

Justin la besó para calmarla y su mundo se nubló, olvidándose de todo, centrándose sólo en el mundo que los labios de Justin le prometían.

—Hoy tenemos el día libre, ¿qué quieres hacer?

Ella le miró pensativa.

—¿No nos podemos quedar aquí todo el día?

Justin la abrazó, haciendo que ella se recostara sobre su pecho.

—En realidad, me gustaría conocer más esta inmensa ciudad para poder llevarte a un buen restaurante esta noche, ¿dónde habrá un mapa?

Respondiendo a sus deseos, uno de los robots flotantes que

había aparecido para retirar los restos de su comida se acercó levitando ante ellos e imprimió un plano de la ciudad en una hoja plastificada.

Hailey se estremeció. No lograba acostumbrarse a aquello.

—Gracias —musitó Justin cogiéndolo.

En la hoja apareció un plano interactivo y al rozar la piel de Justin procedió a mostrarle los restaurantes de la isla.

Él sonrió al ver uno en especial.

—¿Qué has visto? —Ella intentó arrebatarle el mapa, pero él lo escondió detrás de su espalda.

—Es una sorpresa, sólo te diré que esta noche deberás ponerte algo elegante.

Hailey abrió los ojos de par en par.

—Déjame el plano.

Él dejó de pensar en los restaurantes y le tendió la hoja. Hailey la cogió acariciando su brillante superficie mientras bajo sus dedos los dibujos cambiaban en función de lo que ella necesitaba.

—¿Dónde quedamos? —Ella dejó el mapa sobre la manta y su nueva localización se desvaneció.

—En el puerto de la primera planta, a las seis.

Hailey se puso en pie.

—Seré puntual —Se inclinó sobre él y le besó.

Sin que él tuviera tiempo de preguntar nada, Hailey desapareció camino a las burbujas que le llevarían a su destino.

Un fuerte olor a canela dulce le aturdió los sentidos al entrar en el sofisticado local. Las paredes eran de un color violeta intenso pero parecía que, con cada nuevo paso que daba Hailey, se volvían más rosadas.

Una chica de cabello rubio platino y enormes ojos marrones le sonrió.

—Bienvenida al salón de belleza de Afrodita, soy Alondra.

Hailey sonrió un poco incómoda.

—Hola, quisiera un peinado un poco especial.

—Tú eres Hailey, ¿verdad?

Ella asintió sin saber por qué aquella joven la conocía.

—¡Kiza! Mira, es Hailey —Alondra se acercó a otra joven que estaba terminando de peinar a una mujer de larga melena rojiza.

Los enormes ojos violetas de Kiza se iluminaron de pura emoción y, disculpándose con la clienta, se acercó a Hailey dando unos saltitos.

—Es todo un honor que la mítica Hailey nos confíe su belleza a nosotras.

Hailey miró confundida a la chica que revoloteaba a su alrededor.

—Ya vale, Kiza, no la abrumemos más con nuestra admiración.

La chica de ojos violetas le hizo una corta reverencia y volvió a su trabajo.

—¿Por qué habláis de mí como si fuera famosa?

Alondra se mordió el labio inferior sin saber qué contestar.

—Todos los supervivientes sois famosos —se excusó—. ¿En qué te puedo ayudar?

Hailey entrecerró los ojos desconfiada ante aquella respuesta y el cambio repentino de tema, pero decidió no darle más importancia y pensar sólo en su cita con Justin.

—Esta noche tengo una cena con Justin y quisiera arreglarme un poco.

Alondra le hizo un gesto a Hailey para que la siguiera hasta un asiento de piel blanca de formas redondeadas, que no se parecía en absoluto a los sillones de peluquería en los que ella había estado antes, sobre todo porque carecía de patas donde apoyarse.

Hailey se sentó y descubrió asombrada que, a pesar de que su asiento levitaba sobre el suelo, no se había hundido un ápice.

—Veamos, tienes una melena de color chocolate con unos rizos preciosos —Alondra le empezó a pasar los dedos por el cabello—. ¿Qué tal si nos atrevemos a alisarla? Tengo un producto nuevo que confiere un brillo celestial a tonalidades de cabello como el tuyo.

Hailey levantó las cejas indecisa; nunca se había sentido cómoda en las peluquerías, y menos aún en una tan futurista.

—Si crees que me quedará bien, me pongo en tus manos.

Alondra soltó una risilla abrumada.

—Será un honor y un placer.

Durante más de una hora, Alondra había aplicado todo tipo de productos en la cabeza de Hailey; una espuma sólida de color naranja que le había dejado el cabello como recién salido de la ducha, unos polvos negros que habían impedido que su melena se encrespara y, para finalizar, la había colocado bajo un chorro de aire caliente que, a breves intervalos de tiempo, soltaba una micropurpurina que se alternaba entre el color dorado y el plateado.

Hailey prefirió no mirar más todos aquellos productos extraños y desconocidos para ella y cruzó los dedos esperando que el resultado fuera bueno, ya que en su mente no dejaba de imaginarse con una melena mal secada, llena de restos de espuma y con pegotes de purpurina.

Al cabo de unos minutos, Alondra retiró el secador y Hailey se negó a abrir los ojos. Sin decir una palabra, la chica empezó a pasar un cepillo por la melena de Hailey, aplicó un gel con la punta de sus dedos y recolocó un par de mechones delante de sus hombros.

—Ya puedes ver el resultado.

Hailey abrió lentamente los ojos y tardó unos segundos en reconocer su imagen en el espejo.

Su cabello caía en una cascada perfecta enmarcando su rostro y desprendía un brillo extrañamente hermoso. Movió la cabeza hacia los lados y su lacia melena bailó alrededor su cuello y sus hombros.

—Es algo increíble, jamás he tenido el pelo tan liso y brillante —Hundió sus dedos entre los mechones—, y suave.

—Me alegro de que te guste. Vamos ahora con el maquillaje.

Hailey se tensó al instante, sabía que ella y el maquillaje no eran demasiado compatibles.

—No sé si será buena idea, nunca he encontrado mi gama de color.

Alondra la miró a través del espejo y sacó una pequeña caja transparente de su pequeño delantal.

—No creo que tengas problemas con nuestro maquillaje electrónico.

—¿Electrónico?

La chica hizo girar la silla de Hailey y se inclinó sobre ella.

—Sí, se adapta a tu tonalidad de piel, ojos y, evidentemente, a la ropa que llevas puesta y a la luz que te rodea, buscando en cada momento los tonos más adecuados para ti.

Pasó los dedos sobre la cajita acariciando una masa que parecía gelatina transparente y, sin avisar a Hailey, le toco ligeramente los párpados, los labios y las mejillas.

Un cosquilleo agradable empezó a recorrer la cara de Hailey que, movida por la curiosidad, se miró en el espejo. Al instante, un ligero pero elegante maquillaje cubrió su cara, tiñinendo de rojo sus mejillas, de rosado sus labios y de una gama de marrones y dorados suaves sus párpados.

Abrió la boca absorta.

—Esto es una pasada.

—Bueno, respecto a la anterior versión, ésta ha mejorado en cuanto a gamas de colorete, pero sigo diciendo que el efecto de la máscara de pestañas me gustaba más en la anterior.

Hailey la miró sin poder borrar la expresión de fascinación de sus ojos. Volvió mirarse en el espejo y pasó sus dedos por los brillantes labios.

—No se va.

—No, se desconecta automáticamente a las doce horas o en cuanto te laves la cara con un poco de jabón.

—Increíble.

—¿Has pensado ya en qué te pondrás?

Hailey miró su atuendo compuesto por unos vaqueros y una camiseta de tirantes negra y negó con la cabeza.

—Supongo que debería buscar un vestido bonito.

Alondra se le acercó.

—Ya sabes que sólo has de imaginarlo y tu ropa cambiará.

—¿Aunque sean dos piezas?

La chica asintió.

—Si quieres, y como favor personal por ser tú, podemos ir a la cabina de depilación e intentas pensar en uno de los modelos de esta revista —Le agitó una revista de moda frente a los ojos.

Hailey sonrió.

—Eres realmente amable, Alondra.

—Es un placer.

Ambas estuvieron durante una hora trabajando en el nuevo vestido de Hailey, probando modelos de la revista y rediseñando sobre la marcha.

Hailey empezaba a cogerle el truco a aquella nueva vida cargada de facilidades, y le resultaba de lo más divertido pensar en nuevos vestidos que al instante se materializaban sobre su cuerpo.

Cuando Hailey y Alondra coincidieron en un sencillo vestido de color negro de cuello de barca y una falda con un vuelo como la seda, dieron por finalizada su nueva imagen.

Al salir de la cabina, Hailey abandonó de repente su nube de felicidad y la realidad la golpeó como un mazo.

Aquella tarde de peluquería y maquillaje debía de costar un dineral, dinero del que ella no tenía ni un centavo.

Alondra se acercó al mostrador y Hailey la miró asustada.

—Creo que no llevo dinero encima.

—¿Cómo dices?

—Dinero, que no tengo y no sé cómo te puedo pagar —musitó.

—No sé qué es *dinero*, pero para pagar sólo has de poner aquí tu huella digital.

Alondra le enseñó una placa de metacrilato de color verde con una hendidura redondeada.

—¿Y cómo te pagaré?

—¿No te lo han contado? —Hailey negó con la cabeza—. Nosotros nos regimos por las horas de trabajo. Si yo empleo una hora en cortarte el pelo, tú deberás emplear una hora en una labor que ayude a la comunidad o a uno de nosotros.

—Pero yo no trabajo en ningún sitio.

—Tranquila, Antia te buscará un empleo donde puedas acumular tiempo y, si no es así, se lo cobraré a ella —Se rió mostrando una hilera de brillantes dientes blancos.

Hailey le devolvió la sonrisa sin saber qué pensar y puso su dedo sobre la marca. El aparato se iluminó.

—¿Ya está?

—Sí, te deseo una noche mágica. ¿Cómo se llamaba tu novio?

Una cálida sensación se extendió por su pecho al oír aquellas palabras y sonrió embobada.

Justin era su novio.

—Se llama Justin.

—Curioso nombre, parece muy antiguo —Sonrió—. Ha sido un honor conocerte en persona.

Hailey se despidió de ella y su reflejo en uno de los espejos la hizo sonreír de nuevo.

Cuando ya llevaba algunos minutos caminando en dirección al muelle de los transportes, una idea se iluminó en su mente con claridad.

Alondra había dicho que ella era famosa porque formaba parte de los supervivientes, por lo que debería haber conocido a Justin también.

Frunció el ceño mientras se subía a la burbuja que la llevaría a la primera planta.

Le había mentido y no sabía por qué.

38
BUSCANDO
EMPLEO

Cuando los ojos de Justin repararon en ella, parpadearon ante la hermosa visión de una sofisticada Hailey. Ella, que parecía absorta en sus pensamientos, pasó junto a él sin verle, ya que su traje oscuro y su cabello cuidadosamente cortado y peinado no eran la imagen que Hailey buscaba.

—Dios mío, estás impresionante.

Hailey se giró al reconocer la voz de Justin y sonrió.

—Lo mismo digo.

—Estabas muy pensativa, ¿estás bien?

—Sí —mintió. No era el momento de plantear más dudas sobre su nuevo hogar—. ¿A dónde me llevas?

Justin le rodeó la cintura con su brazo y anduvieron juntos por un pasillo ancho con bancos de madera y unas hermosas luces menos brillantes que las del pasillo de los dormitorios y las salas comunes.

Cada pocos metros, había puertas dobles de cristal translúcido.

Él la guió hasta una que tenía una luna rodeada de estrellas de cinco puntas grabada sobre el cristal.

—Adelante —Justin le sostuvo la puerta y ella entró.

La oscuridad se adueñó de ellos y, poco a poco, sus ojos se fueron acostumbrando hasta ver varios cilindros de luz de gran tamaño que ascendían del suelo al techo y que destelleaban como si estuvieran formados por millones de pequeñas estrellas de color violeta, azul y dorado.

Tras ellos, entró una pareja delgada de oscuros ojos y rojos labios. El chico empezó a mirar a Hailey con expresión de asombro y le comentó algo a su acompañante.

Justin se acercó a Hailey.

—Estás tan guapa que hasta estos tipos futuristas se te comen con la mirada —Le susurró cerca del oído.

Ella miró al joven, que seguía mirándola con fascinación, pero algo le dijo que no la observaba por su elegante aspecto; la miraba con demasiado respeto.

Un pequeño robot con forma de cilindro plateado, que emitía pequeñas luces azuladas, se les acercó.

—Su mesa está lista —dijo con una voz electrónica.

Le siguieron, rodeando los grandes cilindros de luz, hasta una mesa de color negro y unas sillas tapizadas en una extraña tela de color plateado.

Justin ayudó a Hailey a sentarse y ella sonrió, embobada ante su galantería.

El robot desapareció y al instante un haz de luz les rodeó, aislándolos del resto del restaurante.

Hailey no pudo contener un grito de sorpresa.

En el interior de aquella pantalla luminiscente, se empezaron a proyectar galaxias y planetas que orbitaban a su alrededor, mientras estrellas de varios colores parecían flotar sobre sus cabezas.

—Es increíble.

—Sabía que te gustaría —dijo Justin mirando igual de fascinado su entorno—. En cuanto el plano me lo sugirió, supe que era perfecto para esta noche.

Se miraron a los ojos.

La mesa emitió una pequeña vibración y toda su superficie se iluminó con imágenes de los platos del día.

Justin deslizó los dedos sobre varias imágenes y éstas fueron cambiando.

—Es como un móvil táctil gigante.

—Sin duda, es la carta más original que he visto nunca.

Los dedos de Hailey y Justin chocaron al seleccionar un plato con una enorme y jugosa langosta.

—¿Te apetece con un poco de vino blanco? —preguntó él.

—Sí, me encantaría probarlo.

De pronto, la pantalla de la mesa se oscureció y uno de los robots con aspecto de bandeja flotante apareció entre las galaxias, sirviéndoles dos grandes langostas y dejando a su alcance una botella de vino con una extraña etiqueta.

El robot desapareció y ambos se miraron.

—No acabo de acostumbrarme a que en cuanto deseas algo lo tienes.

—Ni yo —susurró Justin leyendo la etiqueta del vino.

—Tiene una pinta deliciosa, pero nos costará unas cuantas horas.

Los ojos de Justin se clavaron en los suyos.

—¿Cómo sabes tú lo de las horas?

—La chica que me ha peinado me lo ha explicado. ¿Y tú? Justin sonrió.

—Fui a hablar con Antia para saber cómo conseguir dinero. Es curioso, ¿verdad? Ya no existe.

Hailey asintió mientras bebía un pequeño sorbo de vino y hacía una extraña mueca.

—Se basan en una especie de sistema de trueque.

—En nuestro antigua vida eso no hubiera funcionado nunca —se burló Justin mientras probaba la langosta.

—Sí, seguro que alguien se habría encargado de hacer un mercado negro de horas y los ricos las acumularían, sometiendo a otros para pagar sus deudas de… ¿Tiempo?

Él hizo una mueca y asintió.

—Este mundo es realmente perfecto.

—Demasiado —musitó ella tan bajito que él no la oyó—. ¿Y qué sorpresas tienes para mí el resto de la noche?

Justin le dedicó una mirada de deseo.

—Digamos que el postre se servirá en nuestra habitación.

Ella empezó a reír nerviosa y dio un nuevo trago al vino.

Entraron en el comedor general cogidos de la mano y anduvieron hasta la mesa donde Jake, Lori y los demás habían empezado a desayunar.

Los ojos de Jake se posaron en las manos unidas de Hailey y Justin y su expresión cambió al instante, pasando del buen humor a la preocupación.

—Buenos días —Hailey sonrió y se sentó frente a Lori.

—Hola, por fin os dejáis ver —Le contestó su amiga, risueña.

Justin y Jake intercambiaron una dura mirada.

—¿Estáis saliendo? —gritó Emily desde el otro extremo de la mesa.

—¡Emy! —La riñó Danny.

Las mejillas de Hailey se sonrojaron y la gran sonrisa de su rostro contestó por ella.

—Sí.

—Me alegro por vosotros —musitó Troy sin muchas ganas.

—Gracias —le contestó Justin abrazando a Hailey y lanzando un desafío directo a Jake.

Un robot sirvió el desayuno compuesto por fruta y tostadas multicereales a Hailey y a Justin, que empezaron a comer en silencio.

Al untar la tostada con mermelada, la mano de Hailey se manchó sin que se diera cuenta y Justin se apresuró a darle su servilleta para que no se manchara la ropa. Los ojos de ella se iluminaron ante el gesto y la expresión de Jake se fue relajando.

Realmente, Hailey era feliz junto a él.

—Tengo una gran noticia, chicos —Todos miraron a Lori—. Mañana empiezo a dar clases de historia en el colegio central.

Una exclamación por parte de Keith y Nicole, que desde hacía varios días asistían al colegio, encabezó el inicio de las felicitaciones por parte de todo el grupo.

—¿Historia? —preguntó Hailey.

—Sí, Antia cree que soy la candidata perfecta para explicar a los más pequeños cómo era la vida en el dos mil once.

Antia, que estaba cerca de su mesa con el resto de guías, se acercó, sentándose en la silla libre que había junto a Jake.

Sonrió dulcemente.

—¿Me habéis nombrado? —Sus azules ojos brillaron más que de costumbre—. A decir verdad, creo que Lori no es la única que tendrá empleo; me he tomado la libertad de buscar uno para Justin y Jake.

Los chicos la miraron sorprendidos.

—¿Y qué pasa conmigo? —Se quejó Hailey.

—En realidad, hoy quería pasar el día contigo, para averiguar en qué nos puedes ayudar.

Hailey entrecerró los ojos un poco molesta.

—Y a nosotros, ¿qué empleos nos has buscado?

—A ti, Jake, te he encontrado un empleo en las oficinas de tecnología. Creo que serás perfecto como ayudante del equipo de contención de la energía del núcleo, has demostrado ser de lo más responsable e inteligente.

—¿Creía que era una zona restringida?

—Para ti ya no, esta tarde te enseñaré las instalaciones y te haremos las acreditaciones para que puedas acceder sin problemas.

Jake sonrió sintiéndose importante con su nuevo cargo.

—¿Y qué hay de mí?

—A ti, Justin, te tengo reservado un empleo también en las plantas técnicas, sólo que en el hospital. Conozco tu deseo de ser médico y creo que el empleo de controlador de constantes vitales de los enfermos será un buen inicio para tu carrera.

—Gracias —Sonrió Justin, abrumado por la oferta.

Hailey devoró el plato de fruta que le habían servido sin poder evitar parecer molesta.

Antia le dedicó una sonrisa para tranquilizarla, pero aquel gesto sólo sirvió para aumentar su frustración.

¿Acaso ella no valía para hacer nada?

Antia había usado una especie de tatuaje plateado que tenía en el dorso de su muñeca derecha para acceder a la tercera planta, donde las oficinas técnicas del núcleo y las empresas más importantes de la isla se agrupaban bajo una estricta seguridad.

Pasó la muñeca por una placa plateada y, después de emitir un pitido, las puertas del mismo color, que daban paso al recinto desde el puerto de burbujas, se abrieron.

El flujo de personas de aquel lugar era mucho mayor que el

de cualquier otro en la isla pero, a pesar de parecer muy atareados, nadie escatimaba una sonrisa o un cordial saludo al cruzarse con ellas.

Antia parecía orgullosa de caminar por el pasillo, donde las entradas a las diferentes empresas daban paso a oficinas, talleres y laboratorios.

Al final del largo y curvo corredor, se alzaba majestuosa una puerta dorada con un panel de seguridad.

—¿Por ahí se va al núcleo? —preguntó curiosa Hailey.

—Sí, pero lamentablemente yo sólo tengo autorización para esta zona —Le enseñó la muñeca.

—¿Está tatuado? ¿Te dolió?

—Al principio molesta un poco, pero no duele. Pregúntale a Jake cuando le implanten el suyo. Él si tendrá acceso completo a esta planta, núcleo incluido.

A Hailey le pareció que le echaba en cara aquella frase, como si creyera que su hermano era más importante que ella.

Antia entró en un taller, donde las telas transparentes y un montón de chicas se agolpaban alrededor de una modelo de largas piernas y esbelta cintura.

Todas ellas vestían ropas de corte y color estrafalario.

Una de ellas le mostró a la modelo un holograma que salía de una tabla de metacrilato rosa y la tela que cubría su cuerpo imitó al modelo.

Antia notó el interés de Hailey.

—¿Te gustaría trabajar aquí como diseñadora?

—¿Diseñadora? Pero si la ropa cambia a nuestro antojo.

—Sí, pero no todo el mundo tiene imaginación para crear algo más que no sean unos pantalones o una blusa, por eso aquí crean hologramas para que las personas se inspiren y vistan modelos únicos.

Hailey bufó.

—Al menos eso no ha cambiado —Puso los ojos en blanco—. Pero la verdad es que no, no me interesa lo más mínimo la moda. Lo siento.

Antia sonrió ladeando un poco la cabeza, y su lacia melena resbaló con gracia por su piel de porcelana.

—No te disculpes, seguiremos buscando tu vocación.

Hailey enarcó las cejas y la siguió hasta una nueva empresa.

El color blanco de las paredes y el instrumental sofisticado que emitía luces de colores le indicaron que aquel lugar era un laboratorio científico.

—¿Aquí qué hacen? —Arrugó la nariz al ver pasar a un hombre con un frasco humeante seguido de un robot con su cabeza en forma de bandeja llena de piezas de fruta a medio madurar.

—Estos son nuestros laboratorios farmacéuticos.

—No, no —Hailey salió de allí apresuradamente—, la química siempre se me ha dado fatal.

Antia la siguió.

—¿Qué se te daba bien?

Hailey se encogió de hombros.

—Siempre he sido buena en letras y dibujo, pero dudo que analizar poemas o dibujar me facilite un buen empleo aquí.

—¿Y soñar despierta?

—Según mi padre, eso era lo que mejor se me daba —refunfuñó.

Antia le dedicó una sonrisa triunfal y, cogiéndola de la mano, la llevó hasta el puerto de burbujas.

—Tengo el empleo ideal para ti, pero antes te haré una prueba.

Hailey la miró sorprendida, mientras intentaba deshacerse del tacto de la mano de Antia que, por alguna razón, le hacía sentir una sensación extraña.

A los pocos minutos, Hailey y Antia entraban en la sala común.

—¿Recuerdas cuando Jake y Lori te enseñaron el autocine y el cine onírico?

—Sí.

Se acercó a la placa que había junto a la gran pantalla de la pared e hizo que Hailey pusiera la mano en ella.

Una pequeña descarga recorrió la punta de sus dedos y la pantalla se encendió, mostrando colores borrosos que no formaban una imagen concreta.

—Creo que serías buena creando historias para entretener a la gente.

—¿En serio?

—Sí, sólo has de visualizar una historia e irla creando imagen a imagen. Puedes definir los personajes, los escenarios, la iluminación, el vestuario. Eres la directora de tu película.

Hailey parecía aturdida con la proposición.

—No sé si seré capaz de hacerlo.

—Es más fácil de lo que crees. Imagínate una escena de tu vida y ves reproduciéndola en tu mente poco a poco.

El rostro de Justin se definió con gran calidad en la pantalla y les dedicó una sonrisa.

Hailey se sintió incómoda al rememorar aquello que para ella formaba parte de su intimidad y la pantalla se volvió a poner borrosa.

—No, no lo dejes. La imagen era perfecta, pero recuerda que no has de imaginarlo tal y como lo viste tú, sino desde el punto de vista de un tercero y, evidentemente, para que no reproduzcas tu vida, debes cambiar detalles como el color del pelo.

—Lo intentaré —suspiró resignada.

En la pantalla apareció un chico alto de cabello rubio que abrazaba a una chica de cabello rojizo.

—Perfecto, ahora imagina un paisaje.

Hailey cerró los ojos y visualizó un atardecer de colores violáceos. Al instante, la escena cambió.

—Ahora, hazles hablar y tener una interacción.

Sin esperar un segundo, el chico de la pantalla empezó a jurarle amor eterno a la chica, que se colgó de su cuello y lo besó con ternura.

Antia dio un pequeño salto y entrecruzó las manos expresando su felicidad.

—¡Se te da de maravilla!

Hailey abrió los ojos y miró la pantalla, que había vuelto a emborronarse.

—¿En serio? Me he de concentrar mucho.

—Con práctica no te costará tanto, te daré una semana para que practiques con Justin y los demás y serás unas de las proyeccionistas de las salas de cine. Incluso si algún día crees que has soñado algo interesante, puedes proyectarlo en las salas del onírico.

—Gracias, supongo.

—De nada, algo me decía que serías perfecta para esto —Soltó una risilla extraña como si hubiera hecho una broma—. Justin estará a punto de llegar de su visita al hospital, te dejaré sola unos minutos por si quieres practicar con el proyector.

Sin esperar una respuesta, Antia desapareció dejando atrás a una aturdida y desconfiada Hailey.

39
TRABAJANDO
EN LA ISLA

Sus pasos sonaban amortiguados en la moqueta del pasillo que llevaba a la sala central de control del hospital.

Después de despedirse de Hailey, que se había puesto manos a la obra para hacer una de sus primeras prácticas para crear una película, se había reunido con Christy, la responsable del centro neurálgico del hospital.

A pesar de que aquella mujer de grandes ojos violetas y sonrisa perfecta había sido de lo más amable con él, Justin no pudo evitar sentirse tenso, pero lo achacó a los nervios de su primer día de trabajo en un mundo completamente nuevo para él.

Christy pasó su muñeca por una placa de color verde, que reaccionó con su tatuaje, dándoles entrada a un pasillo completamente blanco y excesivamente iluminado.

Justin entró sin decir nada y empezó a leer los carteles de las puertas cerradas que les flanqueaban a cada nuevo paso.

Ella le sonrió.

—Cuando tengas tu autorización, podrás visitar los distintos departamentos como el de rejuvenecimiento temporal o el de control de la memoria.

—¿Rejuvenecimiento temporal?

Christy asintió.

—Ya no es necesario un bisturí para parecer más joven. Tenemos una tecnología tan avanzada que nos permite que las células vuelvan a la edad deseada —Se paró junto a una puerta, dando por zanjada la explicación—. Aquí está el despacho de control de constantes vitales.

—Espera, ¿qué quieres decir con que podéis hacer que las células vuelvan a ser jóvenes? ¿Tenéis una máquina del tiempo?

Ella sonrió mientras abría la puerta.

—Lo podrás ver tú mismo cuando tengas la autorización.

Justin entró en el despacho con las preguntas hirviéndole en la mente.

Un joven de su misma edad y el pelo negro como la noche le sonrió.

—Bienvenido, Justin. Soy Kalel.

—Encantado —musitó él.

—Aquí te lo dejo, si me necesitáis estaré en control sentimental, parece que los dispositivos han tenido algún problema.

Christy sonrió y desapareció cerrando la puerta.

Los ojos de Justin repasaron aquella gran sala llena de mesas con hologramas a modo de pantallas de ordenador.

Había varios jóvenes trabajando sin parar, activando luces que se encendían frente a ellos, mientras daban órdenes mentales a los diferentes mensajes de alerta que iban apareciendo.

—Parecen estresados.

—En absoluto, sólo concentrados y, si por algún motivo el cansancio aparece, allí tenemos una sala de descanso —Empezó a caminar entre las mesas—. Te lo mostraré.

Justin le siguió en silencio hasta una puerta doble de cristal translúcido. Tras ella, apareció una enorme sala con luz tenue y varios sillones flotantes; en uno de ellos, una joven de cabello rubio descansaba con un antifaz que emitía luces de colores sobre sus ojos.

Salieron sin hacer ruido y volvieron a la luminosa sala.

—Antes de hacerte la acreditación para este sector, te daré un curso acelerado de qué es exactamente lo que hacemos y cómo funciona el sistema de alertas.

Kalel se sentó en una mesa libre e hizo un gesto a Justin para que se sentara junto a él. Al instante, se proyectó un holograma con diferentes ventanas. Kalel empezó a apartarlas sin usar nada.

—¿Cómo haces eso sin un ratón?

—¿Un ratón? No tenemos costumbre de emplear animales.

Justin no pudo evitar sonreír.

—Me refiero a una herramienta para interactuar con la pantalla.

—No nos hace falta, lo ejecutamos todo con la mente —Le dedicó una amable mirada—. Funciona como las ventanas y la ropa, basta con pensar en ello para que reaccione con el usuario.

—¿Lo controlas telepáticamente?

—Exacto.

De pronto, una luz roja se activó y una ventana de un color anaranjado se posicionó frente a las demás.

—Mira, una alarma —Le señaló la pantalla—. Cuando una alarma salta, siempre tienes que seguir el mismo proceso: localización, historia del sujeto y compañía; evidentemente, basta con pensar en estas tres palabras para que el sistema reaccione.

Junto a la ventana, apareció un pequeño mapa en tres dimensiones, posicionando la silueta del usuario y la de un acompañante y, junto a éste, un listado de dolencias.

—Es alucinante —susurró Justin con la boca abierta.

—En este caso, vemos que se trata de una mujer de veinte años que está ingresada por fractura de fémur y que su pareja ha venido a visitarla —Señaló la silueta de color gris que se acercaba a la de la paciente—. Ahora pediré un resumen de las constantes de la última hora.

Kalel las revisó un instante, repasando la gráfica que apareció sobre el mapa, mostrando los latidos y la presión sanguínea de la chica.

—No parece haber nada raro —musitó Justin.

—Exacto, debe ser un conflicto romántico —Al formular esas palabras, la alarma se desactivó.

—¿Controláis todos las constantes de los habitantes de la isla?

—En absoluto —Sonrió—. Nosotros sólo llevamos los enfermos leves del hospital, existen otros centros de control que llevan los críticos y es el sistema central, regido por un ordenador especializado, el que se encarga de medir las constantes de los habitantes sanos, que no suelen tener accidentes por enfermedades y es más sencillo que ellos mismos le indiquen al sistema si es o no una emergencia. Si no, no creo que durmiéramos —bromeó—. ¿Nunca se te ha activado el panel de emergencias en la habitación?

Justin no pudo evitar dibujar una sonrisa pícara al recordar como siempre saltaba cuando tocaba a Hailey.

Los aplausos inundaron la sala común en cuanto Hailey hizo un fundido en negro para dar por concluída la película que había creado aquel día.

A lo largo de aquella semana, y animada por Antia, había estado creando historias de corta duración, hasta que se había relajado, dejándose llevar por la creatividad que se acumulaba en su mente, creando por fin un largometraje.

Antia se puso en pie para felicitarla y Hailey meneó la cabeza para volver al mundo real.

—Mañana, a las diez, te esperarán en las salas de cine y te mostrarán las cabinas donde los proyectores graban sus películas.

—Gracias, Antia.

La chica le sonrió y, después de despedirse con un gesto de la mano de los presentes, se marchó en silencio.

Jake, Lori, Justin y los niños, empezaron a revolotear alrededor de Hailey, dándole la enhorabuena, fascinados por su capacidad creativa.

Pero algo en el interior de Hailey no la dejaba ser plenamente feliz.

Justin se recostó en la cama junto a ella y resopló cansado. Hailey se acurrucó sobre su pecho y pasó los dedos por el tatuaje de color verde metalizado que le habían implantado en la muñeca aquella misma mañana, acreditándolo como un miembro fijo del control de constantes vitales del hospital.

—¿Estás bien?

—Sí —susurró él.

Hailey le miró directamente a los ojos y él fingió una sonrisa.

—No me engañas.

—Lo sé —Le acarició el cabello—. Hoy he vuelto a ver a Troy en el hospital.

—¿Cómo está? Estas últimas noches no ha venido a cenar con el grupo.

Justin soltó un suspiro.

—Cada día le veo más triste.

—Estos días comía contigo en el comedor del hospital, ¿no? Él asintió.

—Hoy ni se ha acercado a saludarme.

—Lo debe estar pasando mal. ¿Crees que Amber llegará a superar la prueba?

Él negó con la cabeza y Hailey se le abrazó con fuerza. En su interior, no podía evitar compararse con ellos, y la simple idea de verse aún en el bosque sin él la hacía entristecer.

—Ella y el bebé evolucionan bien. Kalel, mi compañero, me enseñó ayer a entender el cuadro de mandos de Amber, que es mucho más complicado que el de los enfermos normales.

—Pero para Troy eso no basta.

—No. Pasa las noches junto a ella y sólo se va para ir a trabajar. Es un alma en pena.

Se dedicaron una dulce mirada y se abrazaron, sintiendo por un instante el pesar de Troy como suyo.

A las diez en punto de la mañana, un hombre alto de ojos rasgados y piel bronceada, la estaba esperando en la entrada de los cines.

Al verla, le dedicó una radiante sonrisa.

—Soy Lezael, el director de proyecciones. Bienvenida.

Hailey se limitó a sonreírle, un poco abrumada por su altura exagerada y le siguió. Cruzaron la gran entrada, dejando atrás el acceso comercial a los cines, hasta adentrarse por un pasillo que les llevó hasta una sala ovalada delimitada por varias cabinas hechas con cristales translúcidos, equipadas con una pantalla, unos auriculares de aspecto extraño y un cómodo diván flotante.

Todas las cabinas estaban ocupadas menos una.

—Éste será tu puesto de trabajo. Simplemente, has de ponerte cómoda y proyectar la historia que desees contar, nosotros procesaremos las imágenes y catalogaremos las películas por género y las archivaremos; tú sólo has de preocuparte de crear las historias.

—¿Y si la historia es aburrida?

—Eso lo decide el público —Le sonrió amablemente—. Te dejaré que tomes contacto con el equipo y pasaré a verte dentro de dos horas para enseñarte la sala de descanso y que puedas relajarte un rato.

—Gracias —Sonrió tímidamente mientras él la encerraba en su cubículo.

Se sentó y la pantalla reaccionó con las vibraciones de Hailey. No funcionaba exactamente igual que la que tenían en las habitaciones o la sala común, parecía más un holograma de aspecto líquido que una pantalla proyectora.

Se colocó con cuidado los auriculares y tomó aire lentamente.

Tenía que crear una película.

40
EL PESAR
DE TROY

Las luces de la pequeña sala se encendieron cuando Hailey, Lezael y el técnico de acreditaciones del hospital entraron.

A pesar de su rostro afable, el técnico no le había parecido simpático a Hailey. Quizás porque estaba a punto de implantarle un tatuaje electrónico sobre su piel que la vincularía de por vida a su trabajo como proyeccionista en el cine de la isla.

Antia le había asegurado que después de tres días trabajando allí, y ya que la calidad de sus películas cada día era mejor, debía aceptar el puesto fijo que Lezael le ofrecía. Pero Hailey no comprendía por qué se le asignaba un oficio fijo para el resto de su vida.

Resignada, se tumbó en una camilla de plástico transparente y fijó la vista en la bola de energía solar que iluminaba la sala.

—Hailey, yo tengo que salir —Le sonrió su jefe—. De nuevo, enhorabuena por tu vocación.

Ella le sonrió sin ganas.

El técnico se acercó a la camilla con un robot cargado de instrumental. La luz incidía sobre la lisa y pulida superficie de aquellas extrañas herramientas.

—¿Me va a doler?

—Seguramente, no.

El corazón de Hailey dio un vuelco y empezó a latir con fuerza.

Una pequeña pantalla se iluminó en el pecho del robot instrumentista con una alarma.

—Tranquila, sosiégate o vendrán los sanitarios creyendo que tienes un infarto.

—No puedo tranquilizarme, nunca me han tatuado… implantado… ¡Eso que me vas a hacer! —gritó.

El hombre tomó una bocanada de aire y sonrió hasta que sus ojos de achinaron.

—Te explicaré el proceso y así te quedarás más tranquila —Le tomó una mano y la ayudó a sentarse en la camilla.

Los ojos de Hailey se abrieron al estudiar detenidamente el instrumental.

El técnico tomó una caja transparente, en la que un líquido amarillo flotaba sobre lo que parecía ser agua.

—Ésta es tu acreditación.

—Es líquida.

Él negó con la cabeza.

—No exactamente. La mantenemos aquí hasta que esté lista para ser implantada en el acreditado; cuando la deslice sobre tu piel, se adherirá combinándose con tu ADN, por lo que será única para ti.

Hailey pareció relajarse.

—Parece un proceso sencillo. ¿Para qué son esas pinzas y esa especie de punzones metálicos?

—La manera óptima de mezclarse con tu ADN es que lo haga directamente con tu sangre, por eso he de practicarte una pequeña incisión; no sufras, con una gota de sangre es suficiente.

Hailey suspiró aliviada.

—Me había asustado con esta sala y toda esta preparación.

—Nos gusta ser precavidos.

Ella se recostó mucho más tranquila y cerró los ojos intentando alejar su mente de allí.

Notó cómo el afilado punzón perforaba su piel y el líquido con la acreditación mojando su muñeca.

De pronto, un ardor empezó a recorrerle por el brazo hasta el hombro, para extenderse rápidamente hasta su pecho, que bombeó alterado, haciendo que la sensación invadiera el resto de sus extremidades y su cuerpo por completo.

Cuando llegó a sus globos oculares, un destello amarillo la cegó y perdió el conocimiento.

Abrió los ojos en una sala de colores cálidos y con una luz anaranjada que se filtraba por una ventana.

—Hola.

Hailey reconoció la voz de Justin y le miró.

—¿Qué ha pasado?

—¿No lo recuerdas? —Ella negó con la cabeza—. Has sufrido una pequeña reacción al implante, pero ya estás bien.

Ella se miró la muñeca y observó como un tatuaje de color amarillo serpenteaba formando una curiosa forma redondeada.

—Es como el tuyo pero de otro color.

—Cada gremio tiene su color, el médico es verde.

Hailey se sentó en el borde de la cama y examinó la habitación.

—¿Estoy en el hospital?

—Sí, pero no estás ingresada, esto es una sala de recuperación. Cuando tus constantes vitales se dispararon, mi jefa me dejó venir a verte.

La puerta se abrió con un sutil susurro al deslizarse y apareció un médico con una bata larga hasta los pies.

—¿Cómo se encuentra?

Justin le miró.

—Parece aturdida y no recuerda nada.

Hailey se frotó las sienes con la punta de los dedos intentando recordar lo sucedido.

—Es normal que esté desorientada, la eliminación traumática suele tener ese pequeño efecto secundario, pero en una hora estará como nueva y lista para volver a su rutina.

—¿Eliminación traumática? —susurró ella.

—¿Le han borrado la memoria?

El doctor sonrió cordialmente y Hailey no pudo evitar que un escalofrío recorriera su espalda.

—Es una práctica muy común, eliminamos los recuerdos que pueden ocasionar traumas para la felicidad de nuestra especie; sin traumas, no hay problemas y todos somos más felices y, por lo tanto, civilizados y tranquilos.

—Quiero irme a casa.

—Eres libre de hacerlo, pero reposa por hoy —Les dedicó una sonrisa y desapareció sin hacer ruido.

Hailey saltó de la cama y perdió el equilibrio, Justin la sostuvo por la cintura y la abrazó.

—No sabía que harían eso. No les hubiera dejado.

—Igual a ti también te lo han hecho y no te acuerdas —Se miraron asustados—. Igual nos están haciendo cosas peores y luego nos borran la memoria para que creamos que todo es maravilloso. Todo esto es demasiado bonito y perfecto… —Hundió la cabeza en el pecho de él.

—Tranquila, nadie nos está haciendo nada, creo que nosotros no comprendemos su filosofía porque ellos son…

—¿De otro mundo?

Él asintió.

—Vamos, necesitas descansar; después de una buena siesta lo verás todo diferente.

La rodeó con sus brazos y abandonaron el hospital.

Miró por los grandes ventanales de la sala de descanso de su lugar de trabajo y una silueta familiar la hizo sonreír.

Un delfín se paseaba cerca.

La noche anterior, Antia le había hecho una visita para asegurarse de su bienestar y juntas tomaron una taza de té, que la serenó antes de dormir.

Cuando aquella mañana expuso ante los demás sus dudas sobre la práctica del borrado de memoria, todos coincidieron en que, si la práctica se usaba sólo por el bien de las personas y para que su mente se mantuviera equilibrada, no tenía nada de malo.

Justin sostenía su conclusión de que ellos jamás comprenderían al cien por cien los actos de los habitantes de la isla, ya que mentalmente estaban mucho más evolucionados que ellos.

A pesar de que aceptó a regañadientes que todo había sido por su salud, algo en su interior le decía que aquello no estaba bien.

La puerta de la sala se abrió, dando paso a un grupo de tres hombres que se sentó en una mesa alejada de la que ocupaba Hailey.

Ya hacía dos semanas que trabajaba allí pero, a pesar de ello, no se relacionaba demasiado con sus compañeros de trabajo y, evidentemente, no era porque ellos no fueran simpáticos y muy amables, sino porque Hailey cada día desconfiaba más de sus sonrisas.

—Hola —Hailey dio un brinco, asustándose al oír la lúgubre y ronca voz.

—Troy, ¿qué haces aquí?

El chico se sentó junto a ella y la luz brillante destacó su demacrado y ojeroso rostro.

—Trabajo aquí, como tú.

—No lo sabía —Sonrió—; es la primera vez que coincidimos.

El dio un sorbo a la bebida que acababa de servirle un robot.

—Antes trabajaba en el horario nocturno, así durante el día podía estar junto a Amber, pero han decidido cambiarme al turno de la mañana para ver si mis historias mejoraban.

—¿Qué les pasa a tus historias?

Él meneó la cabeza abatido.

—Dicen que son demasiado deprimentes —Se rió sin ganas—. Será porque me siento así.

Hailey le miró con lástima; había envejecido diez años de golpe.

—Se te ve cansado, quizás puedas pedir unas vacaciones.

—No puedo —Le mostró su muñeca desnuda—. He de ganarme el puesto; hasta entonces, nada de vacaciones.

Hailey se miró su acreditación.

—A mí, me la pusieron a los tres días, ¿cuánto hace que estás aquí?

—Dos semanas, creo.

Los tres hombres les dedicaron una mirada y se miraron unos a otros sin decir palabra.

Hailey se movió nerviosa al sentirse observada.

—No hacen más que criticarme.

—¿Cómo?

—El resto de compañeros; lo hacen telepáticamente, pero sé lo que piensan de mí, que no soy tan feliz y amable como debería —Les dedicó una fría mirada—. Me gustaría que a sus parejas las mantuvieran alejadas de ellos a ver si seguían riendo así.

Hailey bebió un sorbo de su té helado sin saber qué decir ante las palabras amargas de Troy.

—¿Crees que pronto despertará?

—Eso espero, se le agota el tiempo —susurró.

—¿Qué quieres decir?

Los tres hombres se levantaron y abandonaron la sala. Al pasar junto a ellos, les dedicaron una amable sonrisa y un saludo.

Troy les maldijo en silencio.

—No debería decirte esto, porque ni yo debería saberlo —le susurró.

—Cuéntamelo.

Él escudriñó la sala para asegurarse de que estaban solos y se acercó a ella con la amargura reflejada en sus ojos.

—Sí Amber no supera la prueba antes de que dé a luz al bebé, la desconectarán.

—¿Quieres decir que la…?

Una chica entró en la sala y Troy se puso en pie.

—He de volver al trabajo —Le sonrió sin humor.

Hailey le siguió con la mirada mientras una sensación helada paralizaba sus músculos.

41
FALSAS
APARIENCIAS

Sus rápidas pisadas sonaban amortiguadas por la moqueta del suelo de la habitación de Hailey.

Justin, Jake y Lori la observaban con atención mientras ella les relataba lo ocurrido y sacaba sus conclusiones.

—No sabemos qué son. Parecen humanos pero no nos han dicho que lo sean. Se dedican a borrarnos la mente cuando quieren. Nos han encadenado, con esta cosa —Se señaló nerviosa la muñeca—, a un puesto de trabajo para el resto de nuestras vidas y ahora Troy me ha dicho que matarán a Amber si no supera la prueba del bosque antes de dar a luz a su hijo. ¡¿Es que soy la única que cree que detrás de esas sonrisas y esa amabilidad hay gato encerrado?!

Lori miró a Jake, que se había levantado para acercarse a su hermana.

—Hailey, no ha de importarnos quiénes son, está claro que conviven en una armonía que para nosotros es impensable, ya que nuestra sociedad se pasaba más tiempo en guerra que procurando el bien ajeno, pero no has de desconfiar tanto de ellos, no nos han hecho daño nunca.

—Aún —susurró fríamente Hailey.

—Yo creo que Troy está muy cansado y alterado y está claro

que todo eso le está afectando. Ve y oye cosas que no sabe interpretar porque está deprimido por no poder estar con Amber —La voz de Lori sonó tan dulce y calmada como siempre.

Hailey se le acercó.

—¿Y si no se lo inventa y matan a Amber?

Lori se encogió de hombros.

—Entonces, todos sabremos que no son los seres puros y buenos que aparentan ser pero, como se suele decir, todos somos inocentes hasta que se demuestra lo contrario —Le replicó Jake.

—¿Tú qué opinas, Justin? —Lori le miró.

—No sé qué pensar. Sí es cierto que Troy está sensible por todo lo que le ocurre. Debe ser duro estar a punto de ser padre y que la mujer a quien amas esté en coma y, evidentemente, está tratando de buscar culpables a su situación para desfogar su impotencia, pero...

—¿Pero? —Hailey se sentó junto a él.

—A pesar de que se están portando muy bien con nosotros, no negaré que no me gustó que le borraran la memoria a Hailey; entiendo que sea una práctica habitual para protegernos a todos, pero deberían preguntar antes de hacer algo tan drástico.

Hailey sonrió al ver que Justin cada vez estaba más de su lado.

—Si no preguntan es porque esconden algo.

—Venga, hermanita, deja ya de pensar que todo esto es como una gran conspiración contra nosotros. Si tú vieras a un pobre indígena africano que se ha roto una pierna, ¿no se la escayolarías? —Hailey asintió—. ¿Cómo crees que reaccionaría al ver que tiene la pierna inmovilizada con una cosa blanca que no sabe qué es?

—Ya se por dónde quieres ir, pero no es lo mismo.

—Claro que sí —Le rebatió Jake—. Tú no le preguntarías si quiere la escayola, porque sabes que es por su bien, que es la única manera de que sane correctamente a pesar de que el pobre no comprenda que tú sólo velas por su bienestar.

—No es lo mismo. ¡Quieren matar a Amber porque si no respeta la naturaleza hará peligrar esta sociedad enfermizamente perfecta!

Lori y Justin se miraron, sin atreverse a interrumpir el enfrentamiento de los dos hermanos, que cada vez elevaban más el tono de voz.

—¡No van a matar a Amber!

—¡No lo sabes! ¡¿Y si lo hacen?!

—¡Será por nuestro bien!

Hailey palideció y miró a su hermano con los ojos muy abiertos. Jake negó con la cabeza.

—No quería decir eso, me has puesto nervioso.

—Quizás nuestra sociedad no era idílica, pero el asesinato estaba penado por la ley.

Hailey tomó una bocanada de aire y Justin la abrazó para intentar tranquilizarla.

El silencio se hizo denso sobre ellos y Jake y Lori les dejaron a solas.

Todos tenían mucho en qué pensar.

Justin empezó a caminar por el pasillo que llevaba a su puesto de trabajo cuando notó como algo se le había enganchado en la suela del zapato. Sin pensarlo ni un segundo, frenó en seco y apoyó una mano en la pared para mantener el equilibrio, mientras con la otra despegaba un pequeño trozo de algo similar a la cinta adhesiva de la suela de su deportiva. Antes de que volviera a emprender la marcha, su muñeca rozó el sensor junto a la puerta donde había parado y ésta se abrió de par en par.

Lo ojos curiosos de Justin escrutaron el interior de la sala en un segundo, observando a un joven distraído ante un panel luminoso, y unos hologramas en una mesa lejana que tenían forma humana.

Sin darse cuenta, entró movido por su curiosidad.

Entrecerró los ojos conforme se acercaba a las siluetas holográficas y translúcidas. Frunció el ceño al reconocer a una de ellas, cuyo pecho empezó a brillar en ese instante con una luz anaranjada.

—No deberías estar aquí, éste no es tu puesto de trabajo —El operario, que había reparado en su presencia, le sonrió sin alterarse un ápice.

Justin notó como el hombre tiraba de él hasta la puerta sin dejarle volver a mirar las miniaturas de todas las personas del campamento, incluido él mismo.

Al salir de nuevo al pasillo, Kalel le estaba esperando con una sonrisa brillante.

—Justin, llegas tarde. Vamos, te acompañaré —La puerta se cerró tras ellos y Justin siguió a su jefe sin decir ni una palabra—. ¿Estás bien? Pareces alterado por algo.

—No —Se forzó a sonreír—, es que se ha abierto la puerta al apoyarme accidentalmente sobre el sensor y me he sobresaltado, eso es todo.

—Me alegro —Le dedicó una cordial mirada.

Justin tomó una bocanada de aire silenciosa e intentó sosegar su pulso, que amenazaba con disparar todas las alarmas del hospital.

Hailey abrió los ojos en el preciso momento en que la puerta de su cabina se deslizaba, dando paso a un sonriente Lezael con una caja con varias esferas que emitían colores brillantes.

—He visualizado tus últimas proyecciones, parece que estás abandonando el género romántico para pasar al de intriga y conspiraciones.

Hailey dio un respingo en su diván y saltó al suelo, disimulando así su nerviosismo.

—He creído que tanto romanticismo podría cansar a mi público.

—Tienes una visión excelente de este empleo —Lezael introdujo la mano tras la pantalla y una bola como las que llevaba brilló entre sus dedos.

—¿Eso es mi película?

—Sí, si quieres mañana te enseñaré dónde se archivan todas y, si te apetece, puedes visualizar algunas que han tenido mucho éxito para coger ideas e inspirarte.

Ella sonrió amablemente.

—Me gustaría.

Troy salió de la cabina contigua y pasó junto a ellos con su habitual expresión taciturna.

Se dirigía a tomar su descanso diario.

Lezael observó como los ojos de Hailey le seguían y le cedió el paso.

—Creo que te apetece compartir el descanso con tu compañero, adelante.

Hailey le miró recelosa al ver que Lezael había leído sus intenciones y se encaminó hacia la sala de descanso sin darle las gracias.

Cuando entró en la habitación, los ojos tristes de Troy le dedicaron una intensa mirada. Se encaminó hasta la mesa donde él estaba sentado, pasando entre algunos compañeros que tomaban un tentempié y hablaban telepáticamente.

—Hola, ¿cómo estás hoy? —Ella se sentó sin esperar invitación.

—Hailey, has de ayudarme —susurró tan bajo que ella apenas pudo oírle.

—¿Qué sucede?

Los ojos de él no paraban de mirar a los compañeros de las otras mesas.

—Ayer por la noche no me dejaron verla, su habitación está cerrada y en la puerta hay un alto enfermero con mala pinta.

—Pero eso no puede ser, tú tienes tus derechos y no pueden prohibirte...

—No hables tan fuerte, nos miran —susurró.

Hailey miró al grupo que se había levantado y sonrientes se acercaban a la puerta de salida.

Una fugaz idea se paseó por su mente al no sentir el mismo peligro que su amigo.

Troy parecía un neurótico.

—No nos miran, se están marchando. No pasa nada.

—Hailey —se acercó a ella y le cogió las manos con fuerza—. Algo no va bien, tengo un mal presentimiento y sé que ellos están detrás de todo. Quieren hacernos daño y...

Troy enmudeció al ver al enfermero que bloqueaba la entrada de la habitación de Amber y a dos hombres corpulentos que habían entrado en la sala directos hacia ellos.

A pesar de que en sus amables rostros brillaba una radiante sonrisa, un escalofrío recorrió la espalda de Hailey al ver el pánico grabado en los ojos de Troy.

—Vienen a por mí —susurró antes de que los recién llegados se les acercaran demasiado.

Hailey se quedó paralizada en su asiento y Troy se puso en pie acercándose a ellos en silencio, mientras el enfermero le rodeaba la espalda con su fuerte brazo.

Sin duda, le habían comunicado algo telepáticamente.

La imaginación de Hailey se puso a trabajar en ese preciso instante y una única conclusión se materializó ante ella.

Sabían las sospechas de Troy y le habían amenazado con algo para que él les acompañara de forma civilizada.

Con el miedo corriendo por sus venas, salió rápidamente de allí hasta llegar a la seguridad de su habitación.

Las explicaciones alteradas de Hailey salían torpemente de su boca entre jadeos y movimientos nerviosos que la hacían dar tumbos por la habitación.

Justin la abrazó para intentar calmarla.

—Sé que es todo muy raro, pero no has visto que se llevaran a Troy por la fuerza ni que le hicieran daño.

—Justin, estoy segura de que le han dicho algo telepáticamente, le han amenazado. O quizás ha sido civilizado para protegerme a mí.

Él la miró directamente a los ojos.

—Tú misma me has dicho que antes de que se lo llevaran creías que Troy estaba un poco paranoico; es posible que te haya contagiado con sus teorías descabelladas.

—¿Ahora yo también estoy exagerando? ¿Tú de parte de quién estás?

—Tuya, pequeña, estoy de tu lado. Simplemente digo que hasta que no comprobemos que realmente ha desaparecido no pongamos el grito en el cielo.

Ella le miró con el ceño fruncido.

—Te aseguro que, si esta noche no aparece en la cena, removeré esta isla al completo hasta saber qué han hecho con él.

Justin le acarició el cabello para que se relajara.

—Verás como aparece. Si no es así, te prometo que te ayudaré a buscarle.

La imagen del pequeño holograma de él mismo con la luz brillando en su pecho alimentó la teoría que le planteaba Hailey, pero supo con certeza que revelarle aquel detalle en aquel preciso instante no haría más que empeorar su humor.

Algo estaba claro en aquel asunto, había demasiados secretos por parte de los habitantes de la isla, enmascarados tras su civilizado comportamiento.

42
AMBER

El comedor estaba abarrotado de gente, como era normal a aquellas horas de la noche. Hailey tomó de mala gana un asiento junto a Lori y Jake, que escuchaban atentamente a Keith mientras recitaba a la perfección el abecedario.

Los ojos de Hailey buscaron los de Justin al comprobar que Troy no estaba junto a sus amigos.

—Justin… —susurró sin que los demás se dieran cuenta.

—Igual se ha entretenido y llega tarde, concédele algunos minutos más.

Lori sonrió a los recién llegados.

—¿Cómo ha ido vuestro día, parejita?

—Muy bien —Sonrió Justin abrazando a Hailey para darle ánimos.

Jake, después de felicitar al pequeño por sus progresos escolares, le dedicó una sonrisa a su hermana.

—¿Pareces cansada?

Hailey le dedicó una nueva mirada a Justin.

—No puedo más…

Antes de que Hailey soltara la bomba que constituían sus sospechas, una sonriente Antia se acercó a su mesa y la interrumpió con un musical carraspeo.

—Chicos, siento molestar durante vuestra cena, pero he de guiaros hasta la sala común, donde os espera algo que os gustará.

Hailey buscó la mano de Justin por debajo de la mesa y la apretó con fuerza.

Sin oponer resistencia alguna ante la cordialidad de la hermosa joven, todos se pusieron en pie y la siguieron hasta la sala común preguntándose cuál sería la sorpresa que Antia quería mostrarles.

Justin y Hailey seguían de lejos la procesión que habían emprendido todos los miembros de su campamento.

—Tranquila, Hailey —musitó Justin.

—Todo esto me da mala espina, no me gusta.

Al llegar frente a la sala común, Antia les dedicó una última mirada y sonrió.

—Adelante.

Poco a poco, todos fueron entrando en silencio en la habitación, que apenas tenía luz.

La voz de Lori llegó hasta los oídos de Hailey antes de entrar; se quejaba de la oscuridad.

La mano de Antia empujó levemente a Justin y Hailey para que entraran y cerró la puerta tras ellos con un rápido movimiento.

El corazón de Hailey se aceleró al notar contra su espalda la única salida firmemente cerrada.

Por suerte, antes de que el pánico de apoderara de ella, la luz empezó a iluminarles gradualmente hasta que aparecieron frente a ellos dos siluetas sonrientes.

Hailey se quedó sin aliento y todos rodearon a Troy y Amber, que lucían radiantes de estar juntos por fin.

Justin acarició las pálidas mejillas de Hailey.

—Mira pequeña, están bien. Se debieron llevar a Troy porque Amber había despertado.

Ella le devolvió una sonrisa sin sentimiento, a la vez que inten-

taba asimilar que su teoría de la conspiración no tenía bases só-
lidas para ser creíble.

¿Realmente Antia y los suyos eran tan bondadosos?

Amber no hacía más que acariciar su prominente barriga y
Troy no dejaba de rodearla con su brazo por la cintura, como si
temiera que ella fuera a desaparecer.

Los más pequeños del grupo la habían acribillado a preguntas
sobre cómo sería el bebé y si se movía, y Amber les había respon-
dido cariñosamente mostrando su barriga e indicándoles cómo
podían notar a su hijo.

Troy había relatado tranquilamente cómo le habían acompañado a la habitación de Amber justo en el momento en el que ella
aceptaba por fin que la naturaleza debía ser respetada y las horas
que había dedicado aquella tarde junto a su guía para que Amber
asimilara lentamente su nuevo mundo.

Lejos de parecer asustada, ella parecía feliz de haber despertado en una isla futurista, donde todas las comodidades que le
brindaban aparecían ante ella con un sólo deseo.

Hailey intentó por todos los medios acercarse a Troy un segundo para verificar que seguía siendo él y que no habían borrado su
mente, y por lo tanto todas sus sospechas pero, por mucho que lo
probó, no halló un momento en el que su amigo estuviera a solas.

Después de cenar en su sala común, todos juntos festejando
que por fin Amber estaba con ellos, se fueron retirando a sus
habitaciones, sintiendo el cansancio de la jornada laboral y la
emoción vivida aquella noche.

A pesar de que Hailey había intentado poner resistencia por su parte, Justin logró convencerla para que se fueran a dormir, dejando a Jake y a Lori junto a Amber y Troy, que irradiaban un halo de felicidad absoluta.

Hailey se aseguró de que la puerta de su habitación estaba bien cerrada y se acercó a Justin, que se había desnudado a gran velocidad, encaminándose hacia el baño para darse una ducha.

—¿Me estoy volviendo loca?

Justin se acercó a ella y empezó a desnudarla lentamente.

—No, reconozco que a mí también se me ha contagiado la paranoia de Troy, pero ya hemos podido ver que ambos están bien. Su historia ha tenido un final feliz.

Hailey no pareció ser consciente de su total desnudez hasta que el agua cálida de la ducha empezó a empaparle el cuerpo, proporcionándole una sensación relajante.

—¿Realmente crees que estos… seres, simplemente quieren que seamos felices?

El aroma del jabón de Justin invadió las fosas nasales de Hailey y no pudo evitar abrazarle para que la espuma del jabón también se adhiriera a su piel húmeda.

Justin empezó a enjabonarla a ella con caricias lentas.

—No estoy seguro al cien por cien, hay pequeños detalles que me despistan pero, ¿sabes que creo? —Ella le miró con una atenta mirada—. Tanto si quieren hacernos daño como si sólo procuran nuestra felicidad, acabaremos enterándonos tarde o temprano.

Hailey dio un paso atrás y se sumergió por completo bajo el chorro de agua caliente.

—Eso no es de mucho consuelo en caso de que quieran, que sé yo…, usarnos como esclavos.

Justin la abrazó, sintiendo como el cuerpo de ella se resbalaba bajo sus brazos.

—¿Recuerdas nuestro pacto en el campamento?

—¿Vivir al día?

Él asintió.

—Sigamos con él. Olvida a Antia. Olvida este mundo nuevo que nos rodea con su inquietante tecnología que roza la magia. Mientras estemos el uno junto al otro, limitémonos a ser felices.

Se inclinó y la besó mientras el agua corría sobre sus labios como si fuera una intensa lluvia de verano.

—Bueno, eso se nos da bastante bien.

Ella le devolvió el beso y durante algunas horas consiguió que sus temores se desvanecieran en su mente.

43
EL ARCHIVO
DE PELÍCULAS

Estiró su cuello con curiosidad, a la vez que mantenía el equilibrio sobre la punta de sus pies, para poder ver el interior de la caja que estaba bajando Lezael de una de las altas estanterías de metal negro del oscuro almacén de películas.

Tal y como le había prometido, la había llevado allí para que Hailey pudiera familiarizarse con los trabajos más populares de sus compañeros con más experiencia.

Lezael sonrió y le acercó una de las esferas de colores cambiantes.

—Ésta en concreto la creé yo.

—¿Tú eras proyeccionista?

Él le dedicó una brillante sonrisa.

—Hace muchos años que trabajo aquí.

—Pareces muy joven, ¿cuántos años tienes?

Lezael empezó a revisar el contenido de otras cajas, cogiendo esferas de su interés para dejarlas dentro de la caja que había entregado a Hailey.

—Tengo sesenta años.

Los ojos de ella se abrieron desorbitados y la esfera que sostenía se deslizó entre sus dedos para caer dentro de la caja.

—No es posible, parece que tengas mi edad como mucho.

—Somos muy coquetos y nos gusta cuidar nuestro aspecto.

Evidentemente, no sólo por pura vanidad, ya que cuando usamos nuestras técnicas de rejuvenecimiento no lo hacemos por no tener arrugas, sino porque a la vez rejuvenecen nuestros órganos internos. Algunos tienen más de cien años de vida y aparentan los cuarenta.

Lezael dejó varias esferas en la caja y prestó especial atención a una que era de colores más oscuros que el resto.

Aquel pequeño detalle paso desapercibido ante los impresionados ojos de Hailey, que escrutaban el rostro de su jefe buscando cicatrices de cirugías plásticas.

—Puedes llevártelas a tus dependencias y verlas cuando quieras, así cogerás nuevas ideas sobre enfoques y localizaciones.

Ella movió la cabeza intentando disipar su sorpresa y apretó la caja contra su pecho.

—Gracias.

Lezael se limitó a sonreír mientras la guiaba hasta la salida.

A pesar de que durante todo el día había conseguido mantener un ánimo constante que casi se parecía al buen humor, su escasa alegría no tardó en disiparse dejando espacio a la sospecha en cuanto sus ojos se centraron en Amber y Troy, que ya habían ocupado la mesa del comedor y esperaban sonrientes al resto del grupo para cenar.

Justin clavó su mirada en los ojos de Hailey y le sonrió intentando recordarle su filosofía de vida.

Ella miró al cielo y se sentó resignada.

Al verlos, Amber empezó a parlotear sobre lo mucho que había aprendido aquel día sobre la isla y las costumbres de sus habitantes.

Troy la miraba embelesado.

—Hoy me han mostrado la zona de maternidad del hospital y hemos ido a ver a los recién nacidos. Son tan hermosos los bebés nacidos aquí, tienen un brillo especial en los ojos —Hailey se limitó a asentir cordialmente— y también me han mostrado dónde podré hacer los ejercicios de rehabilitación después del parto para recuperar mi antigua figura. No me malinterpretéis, adoro estar embarazada pero detestaría quedarme así de gorda después de tener a nuestro hijo.

Lori y Jake entraron acompañados de los pequeños Keith y Nicole. Amber les dedicó un entusiasta saludo y empezó a relatarles su día.

Justin miró a Hailey y suspiró aliviado de no tener que aguantar más el parloteo constante de su compañera.

—Ya casi no recordaba lo que hablaba —susurró Justin.

Hailey contuvo una sonrisa.

Cuando el resto del grupo hubo llegado, empezaron a cenar entre anécdotas del día y curiosidades.

Troy se centró en comer y prestar su completa atención a Amber, ofreciéndole alguna que otra caricia sutil por debajo de la mesa.

Hailey comprendía que estaba enamorado, pero parecía muy distinto.

—Troy —El chico la miró sonriente—. ¿Ya no tienes sospechas?

—¿Por qué habría de tenerlas?

Justin miró a Hailey, que volvía a tener en sus ojos el brillo de la conspiración. Por suerte para ella, el resto del grupo estaba demasiado entretenido con las detalladas explicaciones de Amber de cómo decoraría el cuarto de su bebé.

—¿Qué opinas de *ellos* ahora? —susurró cerca de Troy.

—Hailey, estás paranoica. Nunca ha pasado nada extraño ni nada peligroso para nosotros. Tranquilízate y disfruta de nuestra nueva y cómoda vida.

Abrió los ojos ofendida.

¿Ahora era ella la loca que creía en las conspiraciones?

Justin le pasó un brazo por encima de los hombros y negó con la cabeza, incitándola a que dejara correr el tema.

—Esto es increíble —musitó y se centró en terminar su cena en silencio.

Se revolvió entre las sábanas intentando conciliar el sueño, pero la insinuación de Troy de que era ella la que estaba obsesionada con un complot contra ellos resonaba en su cabeza una y otra vez.

Justin se giró hacia ella y abrió los ojos lentamente.

—¿Qué te pasa, pequeña?

—No puedo dormir.

—Eso ya lo noto, parece que las sábanas te quemen, no aguantas ni cinco segundos en la misma posición —Le rozó la mejilla con la punta de los dedos.

Hailey se sentó en el borde de la cama y resopló agobiada.

—Me ha molestado lo que me ha dicho Troy, pero empiezo a pensar que quizás sí me estoy obsesionando demasiado por algo que no sucede.

Él se sentó junto a ella y empezó a masajearle la espalda con sus grandes manos.

—Creo que se ha pasado; al fin y al cabo fue él quien te metió todas esas dudas en la cabeza. Habría que recordarle que pensaba que nos iban a matar a todos.

—Sí, habría que recordárselo… ¡Espera! ¿Y si le han borrado la memoria como lo hicieron conmigo?

Justin la abrazó y la obligó a tumbarse en la cama junto a él.

—Hailey, olvídalo ya.

—Lo siento, tienes razón, me estoy poniendo muy pesada —Se acurrucó en el pecho desnudo de él.

—La verdad es que eres peor que Amber con tu parloteo constante de la conspiración, los seres extraños y futuristas que nos quieren como conejillos de indias y todo eso.

Hailey se incorporó e intentó buscar su mirada en la oscuridad.

—¡Oye! No te pases.

Justin empezó a reír.

Hailey volvió a recostarse e intentó quedarse dormida, pero a los pocos minutos empezó a notarse inquieta y saltó de la cama de un brinco.

—¿Dónde vas?

—No puedo dormir, ¿te importa si voy a la sala común a visualizar alguna película de las que me ha dejado Lezael?

—¿Quieres que te acompañe? —Bostezó.

Ella se acercó a Justin y le dio un suave beso en los labios.

—Tú descansa, yo vendré enseguida.

Justin se cubrió los ojos con su antebrazo e hizo que la habitación se iluminara con una tenue luz para que Hailey se vistiera y cogiera la caja con las películas.

Cuando oyó como la puerta se deslizaba para volverse a cerrar, la luz se apagó por completo y Justin no tardó en quedarse profundamente dormido.

A pesar de que no eran más de las doce la de noche, los pasillos que conducían a las habitaciones estaban completamente desiertos.

Hailey, cargada con su caja llena de esferas, entró en la sala común, que la recibió con una cálida luz anaranjada.

Estaba completamente vacía.

Empezó a mirar una a una las luces de las esferas de la caja y seleccionó una al azar.

Al acercarla a sus ojos, las luces tomaron forma de imágenes, indicándole a grandes rasgos el contenido de aquella película en especial.

Empezó a seleccionar las que parecían contener imágenes de exteriores con un aire futurista, colocándolas sobre la mesa que había frente al sofá.

De pronto, sus ojos repararon en una de colores oscuros y la observó con detenimiento, pero las imágenes eran algo borrosas.

Movida por su curiosidad, se acercó a la pantalla proyectora y empezó a estudiarla minuciosamente.

Aquella pantalla era muy distinta a la de su lugar de trabajo. Era de un material parecido a la tela y no había ninguna obertura por detrás para poder introducir la esfera.

Chasqueó la lengua y miró el panel metálico donde ella solía poner su mano para conectarse con el proyector.

Movida por la intuición, pasó la esfera por delante y, sin tener tiempo de reaccionar, ésta se fusionó con el panel adquiriendo una forma de lámina.

Hailey se sobresaltó y movió la cabeza para tranquilizarse; al fin y al cabo, no debía asustarse, aquella tecnología era capaz de todo.

La pantalla no tardó en iluminarse y ella volvió al sofá, donde se acomodó mientras ordenaba a las luces que disminuyeran su potencia casi hasta apagarse.

Su corazón dio un brinco descontrolado dentro de su pecho al oír su nombre pronunciado por la voz nerviosa de Hailey y el panel de emergencias de la pared empezó a sonar ante su repentino cambio de ritmo cardíaco.

Hailey saltó sobre el botón sin poder parar de temblar y con el rostro pálido como la cera.

—¡Justin! ¡Justin!

—¿Qué ha pasado? —Saltó de la cama y la abrazó.

Ella empezó a respirar rápidamente presa de sus nervios, pero incapaz de llorar.

—Lo he visto.

—¿Qué has visto, pequeña?

Hailey le miró con los ojos cargados de miedo.

—Cómo murieron nuestros padres.

44
¿REALIDAD O FICCIÓN?

Sus manos aferraban con fuerza la taza de porcelana con una infusión de tila, que un robot con forma de bandeja había traído a petición de Justin.

Los ojos de Hailey miraban al vacío mientras intentaba sosegar sin éxito sus nervios con las palabras cálidas y dulces de él, que no dejaba de abrazarla ni un instante.

—¿Estás un poco más calmada ahora?

—No lo sé —musitó ella con los labios sobre el borde de la taza.

—¿Qué ha pasado?

Ella llenó de aire sus pulmones intentado sacar fuerzas para revivir lo que sus ojos habían visto.

—He ido a la sala común para ver alguna película y he escogido una que parecía distinta a las demás.

—¿Distinta?

—Sí, normalmente brillan con unos colores bonitos y cálidos, pero ésta era… oscura —Un escalofrío recorrió su espalda.

Justin la abrazó con fuerza y ella empezó a temblar de nuevo.

—La verdad es que al principio parecía una película normal, hasta me ha hecho gracia el hecho de que las calles y todo lo que saliera no fuera futurista, sino de nuestra época —Respiró profundamente—. Había una chica que estaba paseando su perro por el parque, un taxista un poco peculiar que le contaba su vida a un cliente y todo me pareció tan familiar y cotidiano que me quedé dormida entre sus diálogos y el rumor de los coches.

Justin le rellenó la taza con más infusión y le sonrió dulcemente.

—¿Entonces has tenido una pesadilla?

—No —Los ojos de Hailey reflejaron pánico—. Me he despertado entre gritos y fuertes ruidos; por un instante, he creído que algo estaba pasando en la isla, pero enseguida he visto que era la película.

—Pequeña, es ficción, uno de tus compañeros la creo para el cine.

Ella negó con la cabeza lentamente.

—Eso es imposible.

—¿Por qué?

—Porque… —Se abrazó a sí misma y empezó a frotar sus brazos ansiosamente—. Algunas de las personas que he visto morir las conocía; eran mis vecinos, mis profesores, incluso juraría que he visto a mi madre.

Justin la abrazó con fuerza y ella hundió su cara en el pecho de él.

—¿Estás segura?

Sólo hizo falta una mirada de ella para saber la respuesta a su pregunta.

Saltó de la cama con un ágil brinco sin despertar a Lori, que aún dormía y se acercó a la puerta donde una voz familiar susurraba su nombre.

—¿Jake?

Se frotó los ojos con los puños e hizo que la puerta se abriera lentamente.

Lori se removió en la cama al percibir la luz que se filtraba.

—Hailey, Justin, ¿qué pasa? Parece que habéis visto un fantasma.

Ella miró a Justin, que se negaba a soltar su cintura.

—Jake, os quiero mostrar algo. Os esperamos en la sala común. Es importante.

La puerta se cerró dejando a Jake con la palabra en la boca y la imagen de los ojos asustados de su hermana grabados en la retina.

La puerta de la sala común se abrió, dando paso a Jake y Lori con el cabello alborotado y una intensa mirada de preocupación.

Hailey se había acurrucado en el sofá junto a Justin.

La pantalla de proyección estaba apagada.

—¿Qué pasa? —Jake se sentó junto a su hermana.

—Lezael me ha dejado todas estas películas creadas por compañeros del cine para que las visualizara y así mis proyecciones tuvieran mejor calidad —Tomó aire intentando estar calmada.

Lori hundió la mano entre las esferas de colores de la caja y sacó una al azar.

—Me estaba costando mucho conciliar el sueño y he venido a ver alguna, así que he conectado una de colores oscuros al proyector —Evitó mirar a la gran pantalla.

—Hermanita, no sé dónde quieres llegar.

—La película que he visto era una grabación de los desastres que terminaron con nuestro mundo —Se estremeció al recordarlo.

Los ojos de Lori se abrieron como platos al ver el pálido rostro de Hailey.

—¿Estás segura? Igual ha sido una proyección ficticia de uno de tus compañeros.

—No, he visto a mi madre.

—¡¿Qué?! —Jake se puso en pie de un brinco movido por su sorpresa—. Hailey, eso es imposible. ¿Cómo pueden saber ellos cómo era mamá? Seguro que has visto alguien que se le parecía y la imaginación te ha jugado una mala pasada.

Ella negó con la cabeza mientras la sensación cálida inundaba su pecho.

—Espera, ¿no es posible que haya sido una pesadilla que haya tenido uno de los proyectores del cine onírico? —intentó justificar Lori.

—Si fuera un sueño, no tendría detalles tan claros de nuestra sociedad —La voz de Justin sonó grave y seria.

—Quiero verla —Jake se acercó al proyector y le dedicó una mirada a su hermana.

Hailey hundió su cabeza en el pecho de Justin. No quería volver a ver aquellas escenas.

—La esfera se ha fusionado con el panel de la pantalla, supongo que sólo tienes que tocarla para que vuelva a reproducirse.

Un denso silencio inundó la sala.

—Aquí no hay nada.

Hailey se giró hacia su hermano con los ojos abiertos como platos.

—¡Estaba ahí! —Saltó de la seguridad de los brazos de Justin hasta la pantalla—. Esto no puede ser.

Justin y Lori intercambiaron una mirada de preocupación y se acercaron a ellos.

—¿Hailey?

Ella miró a Justin.

—Estaba aquí…

—Pequeña, me has dicho que te habías quedado dormida con la película; quizás lo has soñado todo.

Los ojos de Hailey brillaron con desconcierto para pasar, al cabo de un segundo, a destellear con un toque de ira verdosa.

—¡¿Ahora tú también me vas a decir que estoy loca?!

—¡No! —La aferró de los hombros intentando calmarla—. Sólo digo que últimamente estás estresada y puede ser que lo hayas soñado.

Hailey se deshizo de las manos de Justin con un manotazo y salió corriendo de la habitación.

Lori dio un paso hacia la puerta dispuesta a seguirla, pero Jake frenó su marcha.

—Es mejor que la dejemos un momento a solas. No podrá ir muy lejos y creo que es mejor que se serene antes de intentar hacerla entrar en razón.

—¿Qué le pasa últimamente?

Justin se encogió de hombros.

—Supongo que no todos nos hemos adaptado tan rápidamente como Amber a nuestro nuevo mundo, sobre todo cuando Troy ha estado comiéndole el coco.

Lori se sentó en el sofá y bajó la cabeza mirando hacia el suelo. Se sentía culpable de no haber prestado más atención a su amiga.

De pronto, algo brilló bajo el sofá.

—¿Qué es esto? —Estiró la mano y sacó una esfera de colores oscuros.

El corazón de Justin dio un vuelco al reconocer la película que les había descrito Hailey.

Jake la cogió con cuidado y se acercó al proyector sin saber qué hacer exactamente.

—¿Cómo se supone que funciona esto?

—Hailey siempre pone la mano en esa placa para encender la pantalla —murmuró Lori.

Él paso la esfera frente a la placa y ésta se adhirió a ella como si fuera un imán.

Jake no pudo evitar dar un salto hacia atrás.

La pantalla se iluminó y, poco a poco, se fueron mostrando las imágenes que Hailey había relatado a Justin apenas hacía una hora.

La chica con el perro, el taxista, la ciudad…

Los tres amigos se quedaron mirando aquellas imágenes tan familiares hasta que cambiaron por completo.

El perro de la chica había empezado a aullar con un lamento desgarrador justo unos segundos antes de que un terremoto empezara a mover toda la ciudad, haciendo que varios edificios se desplomaran como castillos de naipes.

La gente gritaba mientras corrían por las calles llenas de escombros y polvo gris.

De pronto, las imágenes cambiaron mostrando una ciudad distinta a la anterior.

—Eso parece…

—China —murmuró Justin sin poder apartar la mirada.

La inmensa ciudad repleta de habitantes que corrían por sus iluminadas calles se vio destruida por una gran ola que arrasó todo cuanto se encontraba en su paso.

Los gritos de la gente y los estruendos de los rascacielos hicieron que Lori se tapara los oídos con sus manos.

Era aterrador.

Jake, que ya no toleraba más aquellas imágenes al igual que su compañera, se acercó al proyector dispuesto a poner fin a la película, pero justo en aquel momento apareció una nueva ciudad en la pantalla, una que él conocía muy bien de cuando había ido a visitar a su madre.

—Ese edificio es donde tenía el apartamento mi madre —Su voz fue un sutil jadeo.

Un humo negro empezó a salir de las ventanas del lujoso edificio de apartamentos y la cámara se acercó enfocando varias ventanas y su interior.

Las intensas llamas anaranjadas estaban quemando por completo el comedor de aquella vivienda.

Una mujer salió a la terraza del apartamento para pedir auxilio y, a pesar de que la imagen se había empezado a alejar de las ventanas, Jake reconoció su rostro justo antes de que una fuerte explosión de gas hiciera que todo el edificio ardiera como el papel.

Jake se tambaleó y Justin corrió al panel y arrancó la película con las uñas. Al instante, volvió a recuperar su forma esférica, cayó al suelo y volvió a rodar hasta los pies de Lori en el sofá.

Ella la miró y se alejó como si pudiera hacerle daño.

—¿Jake? —Lori sonó desafinada como un viejo violín.

—Era mi ma… mi madre —Se abrazó a Lori y empezó a temblar.

Justin movió la cabeza intentando sacudir de su mente los desastres que habían presenciado y salió corriendo hacia la puerta.

Tenía que encontrar a Hailey.

45
INHUMANOS

Su falta de ánimos y su cansancio por la privación del sueño la hicieron arrodillarse y, posteriormente, sentarse en el suelo junto a la gran cristalera del mirador de la última planta.

Los peces de colores nadaban curiosos, como de costumbre, junto a las luces que imitaban la luz de la Luna y Hailey se preguntaba dónde estaría su amigo el delfín.

La sensación de incomprensión por parte de todos los seres que quería en aquel lugar había hecho que el calor de su pecho, que amortiguaba sus lágrimas hasta silenciarlas, se extendiera por sus brazos y su estómago.

Deseaba llorar, pero no le era posible.

Aquella sensación inhumana, la simpatía y amabilidad de Antia y sus iguales, junto con todo lo vivido aquellas últimas semanas, se mezclaron con una idea que Hailey siempre tenía muy presente.

"Si a nosotros nos pudieron salvar, ¿por qué no lo hicieron con nuestros familiares adultos?"

Como si Antia estuviera cerca, las palabras de la hermosa joven resonaron en su mente.

"A vosotros os pudimos reeducar, ellos eran ya un caso perdido"

Hailey sintió ganas de gritar y se tapó la cara con las manos haciéndose un ovillo.

—No es justo —musitó—. No es justo… ¡No es justo!

Su grito resonó con eco por la amplia sala rebotando contra los gruesos cristales.

—Tienes razón, no lo es, no nos hemos portado bien contigo —Hailey rotó sobre sí misma para ver como Justin se arrodillaba junto a ella—. Hemos visto la película. Lo siento.

—Creía que había desaparecido.

—Volvió a su forma esférica y rodó bajo el sofá.

Ella le dio la espalda intentando mostrar indiferencia.

—De todas maneras, eso ya no importa, pasó hace más de siete años y nada cambiará el hecho de que nadie hizo nada para salvarlos.

—Es algo horrible —Hailey le miró por el rabillo del ojo—. Esta sociedad intenta ser perfecta, pero bajo esa fachada de civismo son más inhumanos que nadie.

—Eso si son humanos, porque sinceramente lo dudo —bufó.

Justin acarició suavemente el antebrazo de Hailey y ella se estremeció.

—Yo estoy de tu parte, y de verdad que siento el malentendido, yo no pretendía que pensaras que no te creía.

Ella negó con la cabeza.

—Déjalo, sé que no querías herirme —Le sonrió—, de verdad.

Justin la atrajo hasta él y la abrazó con ternura.

—Jake se ha quedado destrozado cuando ha visto a vuestra madre.

Ella le miró a los ojos y se puso en pie de un brinco. Era momento de dejar las lamentaciones a un lado y cuidar de lo poco que quedaba de su familia.

Los sollozos de Jake se filtraban por la puerta de la sala común e invadían el pasillo por donde Hailey y Justin caminaban rápidamente.

Al reconocer la voz de su hermano, empezó a correr dejando atrás a Justin, que tardó algunos segundos en reaccionar.

Cuando entraron en la habitación, encontraron a Jake abrazado a una desbordada Lori que no sabía qué más podía hacer para calmar el llanto desgarrador que había conseguido reducir al fuerte chico a una simple marioneta de trapo.

Hailey se acercó a ellos y acarició la cara de su hermano que, al verla, empezó a sollozar con más fuerza hasta que consiguió tenerla fuertemente abrazada contra su pecho.

—Hailey, la he visto morir —Se atragantó con sus lágrimas—. Siento un…

—Dolor inmenso en el pecho como si toda la pena del mundo se hubiera instaurado en tu corazón —Ella terminó la frase—. A mí me pasó antes de que Justin desapareciera, pero tal y como vino, se fue. Intenta calmarte.

Lori miró a Justin sin saber qué hacer o decir. Se sentía mal por no poder comprender al cien por cien el dolor de Jake, ya que el calor de su pecho se lo impedía.

A medida que fue pasando el tiempo, Jake parecía empezar a calmarse, siempre y cuando su hermana no se separara de él ni un solo centímetro. En aquellos momentos, la necesitaba cerca.

Muy cerca.

Las suelas de sus zapatos se adherían a la moqueta del pasillo con cada nuevo paso. Después de una dura jornada laboral y una noche prácticamente en vela, Justin no se sentía con fuerzas para caminar con su energía habitual. Lo único que había conseguido mantenerlo despierto era el intenso calor que sentía en su pecho al recordar de manera inconsciente las imágenes de la película.

Cuando casi había llegado al final del corredor, sus ojos se posaron sobre la puerta del laboratorio donde había visto los hologramas con la luz anaranjada en el centro de su pecho y, como si un rayo iluminara su mente, relacionó al instante la cálida sensación con la luz.

Aquello le proporcionó fuerzas para salir corriendo hasta los transportes e ir a contarle a Hailey su descubrimiento.

Pasó los dedos por su cabello húmedo, sintiendo como el agua helada aletargaba sus extremidades y la hacía tiritar, pero el calor de su pecho era tan insoportable que necesitaba aquella sensación fría para intentar encontrar un punto medio entre las dos extremas sensaciones.

Se estaba volviendo loca y cuanto más nerviosa se ponía, más calor experimentaba en su pecho.

Justin abrió la puerta del baño y entró asustando a Hailey, que se frotaba los brazos para mitigar el frío.

El agua paró.

—¡Nos bloquean la tristeza!

—¿Qué? —Hailey salió de la ducha y empezó a secarse con una toalla, resoplando al sentir sólo el calor.

—Han bloqueado nuestra capacidad para llorar —Se dio unos pequeños golpes en el pecho.

Ella se enrolló en una toalla y se acercó a él.

—¿Cómo lo sabes?

—Al principio no le di demasiada importancia, creí que lo había visto mal o que me lo había imaginado; pero hace algunos días, entré por error en un laboratorio del hospital y vi unos hologramas parecidos a nosotros con una luz anaranjada brillando en el centro del pecho —Los ojos de Hailey se abrían cada vez más—. Creo que esa luz es un bloqueador de nuestras emociones negativas, es la sensación cálida que sentimos cuando estamos tristes.

—La sensación abrasadora dirás. Llevo todo el día como si el Sahara estuviera en mi escote.

—A mí también me arde desde ayer, creo que están neutralizando una gran pena.

Hailey puso su mano sobre el pecho de Justin como si pudiera sentir también su calor interior.

—Pero yo conseguí llorar y ayer Jake también lo hizo.

—Supongo que a veces no funciona por una sobrecarga de tristeza o por un fallo del sistema.

Los ojos de ella brillaron con un destello verde que hizo que los músculos de Justin se tensaran.

—¿Puedes entrar en ese laboratorio?

—Sí.

Hailey sonrió sin humor.

—Hay que desactivar esos hologramas.

Antia entró en la sala con su rostro impasible y un brillo intenso en sus ojos cristalinos.

Ante ella, cuatro de los hologramas brillaban con una luz tan intensa que prácticamente era imposible mirarlos directamente.

El operario la miró preocupado y Antia sonrió.

"Está a punto de suceder, avisa a tus compañeros para que no cometan ningún error".

El chico asintió y Antia esbozó una amable sonrisa en su bello rostro de muñeca.

46
EL PLAN

La normalidad que aparentaba Hailey aquella noche delante de los demás miembros del grupo, empezaba a poner nervioso a Justin que, a su pesar, no era tan buen actor como ella.

Habían acordado mantener en secreto sus planes hasta el fin de semana, cuando incluirían a Lori y a Jake que, tras ver la película, habían cambiado de parecer sobre la sociedad que en teoría les daba cobijo y seguridad.

Hailey empezó a reír escandalosamente a causa de un cómico comentario de Troy y propinó un delicado codazo a Justin, que parecía triste sobre su puré de verduras.

Él reaccionó emitiendo una carcajada forzada.

Lori les miró extrañada y aprovechó uno de los monólogos de Amber para hablar con Hailey.

—¿Qué está pasando? —Miró hacia Amber y asintió disimulando sus susurros junto a su amiga.

—Venid luego a mi cuarto —musitó sin mirarla.

Lori se apartó el pelo y se dejó caer sobre el hombro de Jake, que comía sin ser consciente de nada de lo que le rodeaba. Al igual que Hailey, Justin y Lori, su pecho ardía con demasiada intensidad para sonreír sinceramente.

La puerta se deslizó, dando paso a Lori y a Jake con un brillo de preocupación en sus ojos. Antes de cerrarla, Hailey se asomó al pasillo para verificar que nadie les había seguido ni visto entrar en su habitación.

—Hailey, ¿se puede saber por qué pareces la más feliz del grupo con todo lo que vimos ayer? —Jake se dejó caer en un sillón.

—¿Feliz?

—Ya te he dicho que eres una actriz estupenda —Justin se sentó a los pies de la cama.

—¿Estabas actuando? Pensábamos que te habían borrado la memoria o algo parecido.

Hailey movió la cabeza.

—Todo lo contrario, Lori. Tenemos novedades pero, para no despertar sospechas, queríamos esperar hasta el fin de semana para contároslas.

Jake se inclinó hacia delante y apoyó sus codos sobre las rodillas.

—Ya estás hablando, hermanita —Le dedicó una severa mirada.

Ella miró a Justin, que asintió con la cabeza.

—Desde que vimos la película, os arde el pecho, ¿verdad?

—Sí, es insoportable —se quejó Jake.

—Tenemos la explicación a esa sensación —Justin saltó de la cama, se dirigió a la pequeña pantalla incrustada en la pared junto a Jake y puso su mano sobre el panel metálico—. Tenéis que ver esto.

Lori se acercó a él y Jake se tensó en su asiento, mientras Hailey se frotaba los brazos reprimiendo un escalofrío.

La pantalla empezó a proyectar imágenes del pasillo del hospital donde Justin trabajaba hasta que una de las puertas se abrió dando paso a un laboratorio con zonas borrosas.

—¿Qué hay en esa mesa? —musitó Lori sin poder evitar acercarse más a la pantalla.

Justin cerró los ojos para concentrarse, era la segunda vez que proyectaba sus recuerdos y no era fácil para él.

Los hologramas sobre la mesa del laboratorio se definieron y Jake contuvo la respiración al reconocer a varios miembros del campamento entre ellos.

—¡Somos nosotros!

Justin abrió los ojos y la pantalla se apagó.

—Son réplicas en miniatura de todos los miembros del campamento con una luz en el pecho que bloquea la tristeza.

Hailey andó lentamente hasta quedar junto a Justin.

—Hemos de apagarlos para que todos sientan sus verdaderas emociones.

—¡No! —Lori empezó a gesticular con el pánico impreso en cada una de sus facciones. De pronto, parecía diez años mayor—. Vi lo que le sucedió a Jake cuando se desató su tristeza y si todos nos sintiéramos así sería un caos. No hay necesidad de hacerlo.

—Creo que tiene razón —susurró Jake aún en shock—. Sentí que me moría de lástima y eso… eso dificultaría nuestros actos para vengarnos.

Lori le miró asustada y Hailey no pudo hacer nada más que sonreír.

—¿Hablas en serio, Jake? —Justin se acercó a ellos.

—Ellos terminaron con nuestra sociedad por no ser demasiado buenos con el medio ambiente. Sí, era cierto, nunca cuidamos la naturaleza, pero eso no les daba derecho a dejar que nuestra raza casi se extinguiera por completo —Se puso en pie con la

337

cabeza bien alta—. Han jugado a ser dioses y eso no está bien.

Un denso silencio se cernió sobre ellos mientras las palabras de rencor de Jake se filtraban en sus corazones.

—¿Qué propones? —musitó Hailey.

—El núcleo de la isla es como un Sol en miniatura, que si no es controlado puede arrasarlo todo.

Lori abrió los ojos de par en par.

—¿Propones aniquilarlo todo?.

Jake se limitó a asentir.

—¿Qué pasará con los miembros del campamento? —preguntó Justin.

—Les avisaremos para que huyan de la isla; si pudimos sobrevivir varios meses en el bosque, podremos hacerlo durante años. Repoblaremos el mundo a nuestra manera.

La voz de Jake se había vuelto fría y la sensación de su pecho ya no ardía con tanta intensidad.

—Supongo que podríamos usar las burbujas de transporte para llegar a tierra firme lejos de este complejo.

—Pero no conocemos a todos los humanos que están aquí. Debemos de ser cientos; no podremos salvarlos a todos y si acabamos asesinándolos, ¿no seremos igual que Antia y los demás?

—Lori tiene razón, además, ¿cómo justificar una huida masiva de humanos a tierra firme? —Hailey se acercó a su amiga.

Todos intercambiaron unas miradas mientras escrutaban en el fondo de sus mentes en busca de una solución factible.

Justin esbozó una brillante sonrisa.

—¿Qué os parece organizar una excursión a las ruinas sólo para nosotros, para comprender completamente todo el daño que hizo nuestra civilización al planeta Tierra y así terminar de concienciarnos de que hay que cuidar a la Madre Naturaleza?

—No nos dejarán ir solos —gruñó Jake.

—Sí, si es Hailey la encargada de proponerlo. ¿No os habéis fijado en cómo la miran todos y cómo son de serviciales los guías de todos los grupos con ella? Es como si tuviera algo especial —Lori se acercó a su amiga.

—Sí, yo también lo he notado —puntualizó Justin—, la gente la mira con admiración.

Hailey se removió incómoda.

—Son imaginaciones vuestras.

—Es cierto —Jake se acercó a ella y la cogió por los hombros.

Hailey les miró nerviosa y asintió.

—Mañana hablaré con Antia.

Sus corazones palpitaron con fuerza. Su plan de venganza empezaba a tejerse y ya no había vuelta atrás.

Su cabello se arremolinó alrededor de su sonriente rostro cuando dio un pequeño salto de emoción ante los planes que le proponía Hailey.

—¡Es una idea estupenda! —Antia sonrió emocionada.

—¿En serio? —Hailey meneó la cabeza—. Quiero decir, me alegro de que te parezca bien.

—Comprendo que debéis mantener un último contacto con vuestras raíces antes de dedicaros al cien por cien a vuestra nueva vida —Sonrió—. Estoy un poco celosa de que no se me haya ocurrido a mí.

Hailey fingió una cordial sonrisa.

—Puedes hacer tuya la idea, pero...

—¿Sí?

—Quisiéramos ir solos. Ya sabes, olvidar por un instante que vosotros existís para tomar una plena conciencia de lo que fuimos; si alguno de vosotros está presente puede que haya gente que no se moleste en escuchar a su corazón y lo que siente al ver las ruinas de su ciudad.

Antia asintió efusivamente.

—Es muy lógico, pero os colocaremos unas pulseras transmisoras para que cuando volváis nadie se pierda.

—¡Claro! —respondió Hailey con demasiado entusiasmo.

—Voy a planear una reunión con todos los guías para esta misma tarde; con suerte, la excursión se podrá realizar el próximo fin de semana aprovechando que el clima parece soleado.

Hailey sonrió y Antia, tras despedirse con la mano, desapareció alegre por los pasillos de las habitaciones.

Justin, que había estado tras la puerta de su habitación escuchando toda la conversación, se acercó a Hailey, que parecía aliviada.

—Ha sido muy fácil.

—Sí, son muy crédulos, ¿no te parece? —Hailey frunció el ceño.

—Aquí la venganza o la maldad no tiene cabida.

Se cogieron de la mano y empezaron a caminar hacia los transportes que les llevarían al comedor para desayunar y afrontar una nueva jornada.

47
PLANEANDO
LA EXCURSIÓN

Los ojos de Hailey vagaban sin ver realmente las imágenes proyectadas en la gran pantalla del cine.

Antia se había dado muchísima prisa en organizar una reunión con los más de trescientos jóvenes que habían rescatado. Ahora, en aquella enorme sala, los cien guías describían con exactitud el recorrido que harían los transportes automáticos hasta los diferentes puntos del continente para que cada grupo pudiera visitar las ruinas de su propia ciudad.

Jake parecía conforme con los planes de la excursión. Por un momento, le había preocupado que todos ellos se hubieran concentrado en un mismo punto, pero los guías habían considerado que era mejor para reafirmar su nueva conciencia ecologista que vieran las ruinas de sus antiguas casas, colegios y calles.

Lori se reclinó sobre el hombro de Hailey con la preocupación marcada en las leves arrugas de su frente.

—Éramos más de mil ochocientos millones de niños y jóvenes —susurró.

—¿Qué quieres decir?

—Que deben haber más islas como ésta con el resto de los nuestros, ¿no crees?.

Hailey miró la enorme y abarrotada sala y comprendió al instante lo que su amiga le decía.

—Sólo podremos escapar nosotros. Cada isla deberá librar su propia batalla.

Los ojos de Lori se abrieron ante las frías palabras de su amiga.

—Supongo que ya haremos mucho por nuestra especie liberando a trescientos.

Hailey le cogió la mano y sonrió.

El característico cosquilleo eléctrico y el sonido de la puerta metálica al deslizarse, hicieron que un escalofrío recorriera la espalda de Jake.

Aquella mañana no era un día cualquiera de trabajo; debía fijarse en cada uno de los movimientos de sus compañeros, en cuántos de ellos cuidaban las instalaciones y en cuáles eran las pantallas que controlaban el sistema de seguridad del núcleo.

Por suerte, su tatuaje dorado le daba libre acceso a todas las estancias de aquel exclusivo lugar y sus compañeros no parecían molestos con sus preguntas aparentemente casuales ni con sus idas y venidas.

Era como si le dejaran hacer todo lo que quisiera sin levantar ninguna sospecha.

La pantalla se iluminó con tonos naranjas, grises y negros hasta que se definió por completo el enorme sol contenido entre una estructura de un extraño metal con forma de espiral.

Lori se había aovillado en el sofá que había junto a la cama de Justin y Hailey, mientras ellos permanecían de pie junto a Jake, que proyectaba todo lo que había visto.

—Sobre el núcleo, hay un centro de control con siete pantallas conectadas a un superordenador que controla todos los suministros de la isla.

—¿Qué es esa espiral? —preguntó Justin, señalando la gran estructura.

—Es como un gran imán que controla los polos magnéticos del núcleo. Las cargas de ese sol en miniatura lo necesitan para no desestabilizarse y explotar.

—Entonces, queda claro nuestro objetivo —murmuró Hailey—. Desactivar el imán.

Lori empezó a sufrir escalofríos.

—Me he pasado todo el día indagando cómo hacerlo y lo cierto es que el sistema de seguridad es muy básico. Para acceder aquí —La pantalla mostró el centro de control del núcleo—, hay que tener el pase adecuado y una clave de acceso que sólo posee mi superior.

Justin chasqueó la lengua cuando Jake reprodujo la tarjeta metálica con luces de colores que parecían brillar en su lisa superficie.

—¿Y una vez dentro? —Hailey pareció confiada y segura de sí misma.

—Allí es todo mucho más sencillo, hay que desactivar dos programas que funcionan simultáneamente, cada uno en un ordenador distinto. Pero sin la acreditación y con apenas un día para terminar de planearlo todo no creo que sea posible hacer nada.

Hailey sonrió con soberbia.

—¿Puedes volver a mostrarme cómo es la acreditación?

Jake asintió y proyectó la tarjeta en la pantalla.

Hailey abrió el primer cajón de su cómoda y cogió un pañuelo transparente, que dobló con cuidado hasta que tuvo la forma y el tamaño de la acreditación. Se concentró y miró fijamente la pantalla.

Sobre su mano, la tela plastificada se transformó en una réplica exacta de la tarjeta.

—Es idéntica —Justin la miró con detenimiento.

—¿Cómo has hecho eso?

Lori se acercó a ellos con los ojos muy abiertos.

—Todo adquiere la forma que deseas.

Hailey sonrió triunfal mientras sus amigos escrutaban la lámina metálica que emitía colores.

—Evidentemente, no servirá para abrir la puerta, pero sí es lo suficientemente exacta como para que le des el cambiazo a tu jefe con la tarjeta real.

Jake sonrió a su hermana.

—Eres brillante. Ahora, sólo falta decidir quién vendrá conmigo al núcleo pasado mañana.

Lori se tambaleó.

—¿Se necesitan dos personas para desactivar la protección?

—Sí —contestó Jake con un semblante demasiado serio.

Ella tragó saliva y el silencio se adueñó de la habitación durante unos segundos.

—Iré yo —Justin avanzó un paso hasta Jake.

—No puede ser —replicó Hailey con un tono frío—. Tú debes ir al laboratorio y desactivar los hologramas. Todos se merecen sentir sus emociones reales, aunque ello les duela.

—Tiene razón, Justin, no nos podemos arriesgar a que la explosión sea suficiente para destruirlo todo, incluidos los bloqueadores de tristeza.

Justin asintió.

—Te acompañaré yo —murmuró Lori.

Jake le dedicó una dulce sonrisa, pero Hailey se interpuso entre ellos.

—Creo que soy yo la que debe ir, soy la que está más acostumbrada a proyectar imágenes y la que puede mantener el pañuelo con aspecto de tarjeta con unos detalles mejor definidos. Además, si tan especial me consideran todos en este lugar, no me negarán que acompañe a mi hermano para saciar mi curiosidad por la bola de energía que sustenta esta isla.

Los dos chicos asintieron prácticamente a la vez.

—Creo que es lo más lógico. Además, Lori, necesitamos a alguien que lleve nuestros brazaletes de rastreo hasta las ruinas para que nadie sospeche que no estamos en la excursión.

El pecho de Lori empezó a moverse agitado con su respiración.

—Pero, podréis escapar todos antes de que el núcleo explote, ¿verdad?

Jake se acercó a ella y la abrazó con fuerza.

—Haremos todo lo posible.

Justin cogió la mano de Hailey con la terrible certeza de que deberían sacrificarse para que sus semejantes pudieran vivir en libertad y vengar a sus seres queridos muertos.

48
EL NÚCLEO

El calor de su pecho mezclado con el nerviosismo y la tensión de las horas vividas en su último día en la isla la hacían permanecer tumbada en la cama con los ojos abiertos de par en par.

En apenas unas horas, Hailey y Jake destruirían aquel lugar.

A pesar de tener algunas medidas de seguridad, los habitantes de la isla parecían de lo más confiados en cuanto a protección se trataba. Quizás porque su carácter empático y aparentemente bondadoso les impedía pensar en que los humanos a veces eran mezquinos y tramaban atentados.

Los dos hermanos habían repasado aquella tarde todos los detalles del plan. Ambos irían al núcleo poco después de la partida de todos los humanos a las excursiones que les llevarían a sus antiguas ciudades, la acreditación de Jake les abriría paso y Hailey se vestiría como una operaria fingiendo ser nueva en el recinto.

Justin iría al hospital para desactivar los hologramas fuera como fuera, mientras Lori, con las tres pulseras de localización de sus amigos, iría con el resto de sus compañeros del campamento hasta las ruinas; ella sería la encargada de explicar a todos el porqué de su tristeza y de la explosión.

Hailey se arrellanó sobre su almohada y suspiró nerviosa.

—Yo tampoco puedo dormir —respondió Justin a su sonido.

—¿Estás asustado?

—Como todos, supongo —La buscó en la oscuridad y la abrazó.

Las palabras que ambos no pronunciaban eran las que más miedo les daban. Tenían la certeza de que iban a morir.

—¿Hacemos lo correcto?

—Han de ser libres y volver a lo que queda de sus casas.

—¿Qué será de nosotros? —musitó ella contra su pecho.

Justin la besó con ternura, enredando como siempre sus dedos en el cabello de Hailey.

—Nuestras almas se reunirán en el cielo, pequeña, y jamás habrá nada que nos separe.

La sensación cálida en el pecho de Hailey le impidió ponerse a llorar como una niña.

Estaba aterrada.

Buscó con sus labios la boca de Justin, desencadenando una lluvia de besos dulces que fueron creciendo de intensidad hasta sumirlos en una pasión descontrolada con un único fin, volverse a unir en un único ser entre jadeos de pasión y juramentos de amor, por última vez.

Unas plataformas con barandillas de formas sinuosas y redondeadas emergieron del agua hasta la entrada del puerto, donde los guías pasaban lista y distribuían a los chicos en los transportes en función de sus destinos.

Todas las personas que habían rescatado estaban allí. Bebés, niños, adolescentes, incluso algunos que estaban en el hospital con enfermedades leves habían sido transportados hasta allí para que no se perdieran la excursión.

Antia había pasado por el grupo que formaban Hailey y los demás miembros de su campamento, colocándoles con cuidado un brazalete de un material parecido a la silicona en la muñeca.

Jake se acercó a Lori, que cada vez estaba más pálida, y le entregó su pulsera con disimulo.

Ella le miró sin poder formular ni una sola palabra.

—Siempre te querré —Se acercó a ella y la besó con pasión.

—Te quiero —titubeó ella.

Hailey y Justin también le dieron sus pulseras de localización.

—Has sido mi mejor amiga.

—Hailey, no hables así, nos volveremos a ver muy pronto.

Ella sonrió a Lori, que había empezado a temblar.

—Cuídate —Justin se limitó a sonreír, no le gustaban las despedidas.

Sin decir nada más ni mirar atrás, aprovecharon que el gentío se agolpaba entre risas, gritos y grandes esperanzas por volver a ver sus ciudades, para desaparecer sin llamar la atención de los guías.

Cogieron una burbuja hasta las habitaciones y permanecieron encerrados en la habitación de Hailey hasta que hubieron pasado dos horas.

El pecho de Jake ardía con fuerza al frenar las lágrimas de dolor y tristeza que no brotaban de sus ojos por la pérdida de Lori.

Justin lamentaba su pesar, pero no quería soltar a Hailey de entre sus brazos ni uno de los instantes que aún les quedaran por pasar juntos.

Los minutos parecían martillear sus cerebros crispando sus nervios.

Ella miró su reloj y se puso en pie, cambiando su ropa por un mono de trabajo como los que vestía Jake, que se había cambiado nada más dejar a Lori.

Su hermano la imitó endureciendo sus facciones.

—Ha llegado el momento, ya deben estar lo suficientemente lejos como para que nada malo les suceda—. Hailey parecía tranquila.

—¿Recuerdas tu plan, Justin?

—Sí, Jake. Me colaré en el laboratorio y armaré un buen destrozo hasta terminar con las máquinas que controlan los hologramas. Sólo espero que vuestros sentimientos no interrumpan vuestra misión.

Hailey se acercó a Justin y le besó tiernamente sin importarle que su hermano estuviera cerca.

—Recuerda lo que hablamos anoche. En cuanto los hologramas estén destruidos, quiero que corras hasta las burbujas y te alejes todo lo posible de este lugar.

—Sólo si tú haces lo mismo.

Ella sonrió y volvió a besarle.

Como si sus cuerpos pesaran más de lo normal, empezaron a caminar hasta el pasillo que llevaba a las burbujas.

Jake había enmudecido y Hailey se negaba a soltarse de la mano de Justin, que le sonreía intentando fijar en su mente cada uno de los detalles del rostro de ella.

—Aquí debemos separarnos —susurró Jake entrando en uno de los transportes y esperando a su hermana—. Justin, al final me ha gustado conocerte.

Justin le sonrió.

—Ponte a salvo, por favor —La voz de Hailey sonó desgarrada—. Lori necesitará un amigo de confianza.

Él se limitó a besarla y a abrazarla con fuerza intentando retenerla.

Un par de mujeres pasaron de largo y se subieron en una burbuja ascendiendo con rapidez.

—Chicos, no debemos llamar la atención —carraspeó Jake.

Hailey pasó sus dedos por la boca de Justin y sonrió antes de entrar en la burbuja con su hermano.

Mientras los dos ascendían hasta su destino, Justin pudo ver como ella agitaba su mano despidiéndose de él.

Por un instante, todo lo que estaba a punto de hacer perdió por completo el sentido. Sacrificar su vida y la de Hailey era un precio muy alto para liberar a los suyos y hacerles entender que la civilización de Antia podía haber salvado a toda la humanidad si se lo hubiera propuesto.

Movió la cabeza para alejar sus dudas.

—Tengo un plan que cumplir —susurró para sí mismo.

Entró en una de las burbujas que, en pocos minutos, le llevó a la planta del hospital.

El lugar, más desierto que de costumbre, ya que los fines de semana sólo unos pocos trabajadores merodeaban por los laboratorios, hizo que el pulso de Justin se disparara, obligándose a calmarse con respiraciones de relajación para que las alarmas no delataran su posición ni su estado.

Pasó su muñeca por la chapa metálica que daba paso al laboratorio de los hologramas y echó un rápido vistazo.

Por suerte, no había nadie más, a excepción de un robot preparado con instrumental que clasificaba velozmente unas muestras en algo similar a una nevera.

Justin sonrió ante su suerte y se acercó a la mesa metálica donde varias decenas de hologramas brillaban con la luz en su pecho. Sus ojos localizaron al instante el de Hailey, que brillaba mucho más que los demás y pasó sus dedos sobre ella.

En una placa transparente junto a la mesa, había una sencilla distribución de carpetas virtuales con los nombres de varias ciudades; tocó una de ellas y los hologramas cambiaron representando otras personas.

Miró a su alrededor en busca de un arma para destruir aquel ordenador en concreto. Junto a la puerta, había un objeto similar a un paraguas de mango cilíndrico que le pareció perfecto.

Lo agarró con ambas manos y, cogiendo una bocanada de aire, empezó a golpear la pantalla, que empezó a resquebrajarse ante la agresión.

Justin pasó de jadear a gritar en sólo un par de golpes hasta que varias chispas azuladas y la desaparición de los hologramas sobre la mesa, le indicaron que el escudo que bloqueaba sus sentimientos estaba desactivado.

Como si un ser invisible le hubiera empujado en el pecho, se quedó sin respiración y cayó de rodillas sobre el suelo, abriendo la boca como un pez que lucha por respirar fuera del agua.

Las lágrimas acudieron a sus ojos y su corazón experimentó un dolor tan intenso que creyó que iba a morir.

El pasillo y la gran puerta dorada que daban paso al núcleo parecieron vibrar bajo sus pies, a la vez que una presión, acompañada de unas amargas lágrimas, se apoderaba de Hailey y Jake.

Ella se cogió del brazo de su hermano, sintiendo como sus piernas flaqueaban por las emociones contenidas, mientras con la mano secaba rápidamente sus lágrimas para no despertar la atención de dos hombres que se dirigían a uno de los negocios de aquella planta.

—¿Estás bien? —Intentó decir con calma Jake.

—Lo ha desactivado —Contuvo un sollozo.

Él intentó sonreírle.

—Ahora nos toca a nosotros —Respiró hondo—. Intentemos olvidar nuestra tristeza.

Hailey asintió haciendo un brusco movimiento con la cabeza para apartar su cabello de la cara.

A pesar de que Justin había destruido el bloqueo, su dolor no era tan insoportable como la primera vez que lo sintió en el bosque; al parecer, como ya había experimentado la ausencia de aquella protección, ahora no dolía tanto.

Jake pasó su muñeca por la placa metálica y entraron al núcleo con una apariencia serena.

El luminoso lugar, rodeado de estructuras metálicas y suelo de rejilla, le resulto muy familiar a Hailey, ya que las proyecciones de Jake habían sido muy elaboradas.

Caminaron por un pasillo hasta el centro de una sala de forma redondeada con unos cristales tintados de color oscuro, por los que la luz del brillante sol en miniatura se filtraba levemente.

Las paredes estaban llenas de paneles de control virtuales pero no había nadie en aquel lugar.

—Es extraño, siempre hay un par de personas de guardia en esta planta —murmuró Jake mientras se acercaba a la mesa de su jefe.

—Es sábado, quizás pongan un piloto automático o algo similar. Me cuesta creer que con la tecnología que tienen no usen un ordenador inteligente para no tener que trabajar los fines de semana.

Él se encogió de hombros y empezó a caminar rodeando por completo el núcleo.

Hailey empezó a remover los objetos de la mesa del superior de Jake, entre folios holográficos e informes escritos con tinta dorada sobre un papel que parecía un plástico muy fino y frágil.

Pero la tarjeta no estaba.

Miró la silla flotante que había frente al escritorio y sonrió ampliamente. La chaqueta del uniforme del jefe de su hermano estaba cuidadosamente colgada sobre el respaldo y de su bolsillo colgaba la acreditación que necesitaban.

Jake, que había dado la vuelta completa a la estancia, se posicionó junto a ella, que no podía borrar una sonrisa triunfal de sus labios.

—La tenemos —susurró sustituyendo la original por la réplica.

El sonido de una puerta metálica que se deslizaba con un poco de dificultad les hizo correr hasta la puerta que daba acceso a la planta sobre el núcleo.

Jake pasó la acreditación sobre una placa negra y la puerta se abrió sin hacer ruido.

Antes de que se cerrara, vieron como el superior de Jake se sentaba en su mesa con una manzana en su mano.

Al parecer, su ausencia era debida a que había ido a buscar algo para comer.

Ante ellos, se elevaban unas escaleras de caracol mecánicas de un metal negro y mate. Hailey dio un paso y Jake la siguió, empezando a subir poco a poco.

Él le cogió la mano a su hermana y ella se giró y le sonrió.

—Sé que siempre nos hemos fastidiado el uno al otro, pero quiero que sepas que en el fondo eres muy importante para mí.

Hailey sonrió.

—Eso es lo que hacen normalmente los hermanos, ¿no? Se hacen la vida imposible el uno al otro, pero en el fondo se quieren.

Él asintió y ella le abrazó con fuerza, sin poder evitar que varias lágrimas silenciosas resbalaran por sus acaloradas mejillas.

Pocos minutos después, y tras haber cerrado por completo sus corazones ante la tristeza y sus sentimientos, entraron en la sala de control del núcleo. Ante ellos, una mujer de rostro asustado les sonrió y salió de allí a toda prisa.

Hailey miró a Jake con el ceño fruncido y movió la cabeza para eliminar una idea de su mente.

Aquella mujer daba la impresión de saber qué sucedía.

—¿La has visto? —murmuró Jake, empezando a tocar con agilidad los botones virtuales de una consola de mando.

—Quizás me lo imagine, pero parecía asustada. No nos ha preguntado nada y se ha marchado casi corriendo.

Él empezó a tocar con dedos veloces otro panel.

—He bloqueado esta puerta para que nadie entre. Quizás su reacción se deba a que nos ha visto por unas cámaras de seguridad y haya ido a buscar ayuda para detenernos.

—En ese caso, démonos prisa, ¿qué hago?

Las luces de una pantalla que había en la otra punta de la luminosa sala empezaron a parpadear.

—Ve a aquella pantalla y acciona los colores de las luces cuando yo te lo diga; hemos de hacer la secuencia a la vez para que se desactive la espiral de contención.

Hailey corrió hacia la pantalla y llenó de aire sus pulmones.

—Jake —Él la miró desde su posición—. No tendremos tiempo de escapar, ¿verdad?

—Quizás un par de minutos, pero no será suficiente para ir hasta los transportes.

Ella le dedicó una sonrisa melancólica y se volvió, fijando sus ojos en la pantalla.

—¿Lista?

—Sí.

Los dedos de Jake se acercaron a una luz de color naranja.

—Sigue la secuencia como yo. Naranja… amarillo… azul…

Los dedos de los dos hermanos volaban a toda velocidad sobre los botones de colores, presionándolos a la vez.

De pronto, unos golpes en la puerta les hicieron sobresaltarse.

—¡Jake! ¡Hailey!

Ella miró a su hermano, que había endurecido aún más su expresión.

—Es Antia —susurró él.

Hailey asintió rápidamente mientras su corazón empezaba a latir tan fuerte que activó uno de los paneles de emergencia de la sala.

Los golpes en la puerta empezaron a ser más frecuentes y ésta empezó a ceder, dejando que la voz de Antia que les llamaba se filtrara con más claridad.

—¡Sigue, Jake! —suplicó Hailey.

—Violeta… Marrón…—La puerta emitió un fuerte chirrido—. ¡Y, por último, el blanco!

Las luces se apagaron y la sala se iluminó con los tonos anaranjados del núcleo, que había subido de intensidad, aumentando un poco su tamaño.

Hailey corrió hasta su hermano y se abrazaron, justo en el momento en que Antia, acompañada de un robot que había destruido la puerta, entraba en la estancia.

—Chicos…

—Antia, ya está hecho, vosotros permitisteis la aniquilación de nuestros seres queridos y nosotros acabaremos con vuestra especie, seáis lo que seáis —Jake apretó a Hailey contra su pecho al percibir la fuerte luz que empezaba a ser cegadora.

—Somos humanos como vosotros, mucho más evolucionados, pero somos iguales —Sonrió dulcemente.

—¡No sois humanos! —gritó Hailey justo en el momento en que los cristales de la sala se rompían en mil pedazos.

Antia se acercó a ellos con una enorme sonrisa y un brillo de dulzura en sus ojos.

—Mi misión casi ha terminado… —Un destello azul la hizo

desaparecer y la potente luz del sol en miniatura cegó a los dos hermanos, que empezaron a gritar al sentir el fuerte calor.

En cuestión de segundos, la isla explotó arrasando todo cuanto encontró a más de un kilómetro a la redonda.

49
La verdad
sobre Antia

La luz anaranjada del atardecer fue lo primero que percibieron sus ojos a través de la fina piel de sus párpados.

Abrió los ojos alterada y, con un sudor frío que le recorría todo el cuerpo, se encaminó por pura inercia hasta la puerta del baño.

Al accionar el interruptor, encendió un fluorescente sobre el pequeño espejo del baño alicatado en blanco y su imagen reflejada la hizo quedarse sin respiración, teniendo que cogerse del borde la de la pila del baño para no caer al suelo ante su reflejo de adolescente de trece años.

Meneó la cabeza y se lavó la cara con abundante agua fría para volver en sí y asimilar que todo había sido un sueño.

Se secó con una toalla con el logotipo del hospital donde estaban ingresados y volvió a la habitación.

Debía comprobar si su hermano aún estaba en aquella cama en coma.

Al volver, se tapó la boca conteniendo un grito de horror al ver a Antia sentada en el sofá donde ella se había quedado dormida.

La hermosa chica le sonreía.

—No te asustes, por favor —Se puso en pie y caminó hacia ella.

—Esto no es posible, lo he soñado todo y tú no puedes ser real —jadeó nerviosa.

Antia le cogió una mano y la llevó hasta el sofá, donde la obligó a sentarse.

—Sé que estás confundida pero la explicación es mucho más simple de lo que crees.

—¿En serio?

—Provengo de tu futuro, del futuro de tus hijos, donde las personas han evolucionado sin perder su empatía ni su respeto por sus semejantes ni el planeta.

Hailey frunció el ceño.

—Si no lo he soñado, ¿cómo es que he visto donde vivís tú y tus semejantes? —rugió molesta.

—En realidad, vivimos en ciudades, la isla la creamos para la misión y no vivimos en el dos mil diecinueve como tu viste, sino en el dos mil ochenta y uno, con una tecnología mucho más avanzada que la que usábamos allí. Para nosotros, la isla estaba más que obsoleta, pero vosotros necesitabais algo que os recordara a vuestra anterior vida.

Hailey se levantó y empezó a caminar nerviosa frente a Antia, que no borraba su cordial y dulce sonrisa.

—¿Misión? ¿Qué misión?

Antia se levantó y, volviendo a coger la mano de Hailey, la llevó hasta la ventana.

—¿Ves esa estrella que brilla con tonos azulados a pesar de que aún faltan varios minutos para que anochezca?

—Sí, claro, es Venus.

Antia negó con la cabeza.

—Es una estación voladora desde donde lo han controlado todo. Allí está la persona responsable que ideó el plan de haceros caer en coma.

—¿Para inducirnos en una pesadilla controlada?

—Lo que has vivido no ha sido un sueño, ha sido real. El campamento, la isla, la explosión.

Hailey volvió a sentarse con el rostro pálido.

—¿Justin?

—Sí, él también es real. Habéis viajado en el tiempo con nuestra supervisión, de ahí que tengamos ese centro de control flotante —Las palabras y el tono de Antia eran tan dulces como los de una profesora que explica algo a sus alumnos de párvulos.

—Eso no puede ser, caí en coma con trece años y me desperté con veinte; si ahora estoy aquí, porque habéis usado una máquina del tiempo para devolvernos al dos mil doce, debería seguir siendo adulta.

Antia negó con la cabeza y su lisa melena se arremolinó alrededor de su cuello de porcelana.

—Tenemos máquinas que rejuvenecen las células y no ha sido difícil devolveros a vuestra edad.

Hailey se puso en pie y caminó hasta la cama de su hermano. Allí, un joven Jake dormía profundamente.

—¿Pero por qué hacernos pasar por todo aquello para, luego, volvernos a dejar como estábamos?

—Siéntate, por favor —Hailey cruzó la habitación y obedeció—. Mi nombre completo es Antia Sullivan. Mi padre decidió adoptar el apellido de su madre, mi abuela —Le cogió la mano con dulzura—. Hailey Sullivan.

—¡¿Qué?!

—Soy tu futura nieta. En mi época tienes ochenta y dos años y eres la responsable de la misión dos mil doce. Fue a ti a quien se le ocurrió mandarnos a mí y a un equipo para sumiros en el coma, concienciaros de que hay que cuidar la naturaleza y llevaros a la isla, donde sabíamos de antemano que tú, Jake, Lori y Justin organizaríais una revuelta para terminar con nosotros.

Hailey fue cerrando la boca, poco a poco, asimilando lo que Antia decía.

—¿Por eso todo fue tan fácil?

—Estaba todo previsto. Lezael colocó la película falsa de los desastres naturales que habían matado a vuestras familias, yo accedí a las excursiones y el equipo de vigilancia del núcleo desapareció para dejaros vía libre a ti y a Jake.

—¿Todos lo sabíais?

Antia asintió.

—Tuvimos que enviar de vuelta a casa a algunos compañeros que se quedaban fascinados mirándote, poniendo así en riesgo la misión.

—¿Por eso algunos decían que yo era famosa?

—Llegarás a ser una celebridad en el futuro y por ello les fascinaste en cuanto te vieron.

Hailey empezó a frotarse las sienes con sus dedos.

—Pero, ¿de qué ha servido todo esto?

—El plan es sencillo. Tú generación ha aprendido el valor de vivir de la naturaleza, respetándola y siendo consciente de que es frágil, pero sabéis lo que el futuro os depara siempre y cuando cuidéis el planeta. ¿Verdad que ahora cuando vuelvas a tu vida normal verás las cosas distintas?

—Sí, ahora valoro cosas que antes ignoraba o simplemente no quería hacer, ¿pero a qué precio? Justin no está a mi lado, Jake no sabe dónde está Lori y Amber, ¿qué ha pasado con su bebé?

Antia se puso en pie y se acercó a la cama de Jake.

—Ellos no recordarán nada, les hemos borrado la memoria. Sólo sabrán, de una manera inconsciente, que han de cuidar de los suyos a la vez que del planeta, por eso aún duermen.

—¿Y por qué yo lo recuerdo todo?

—Porque tú eres Hailey. Si te borramos la memoria, en el futuro no podrás orquestar el plan maestro que salvará a la humanidad de acabar con el mundo contaminándolo y destruyendo a sus iguales con guerras y enfermedades creadas en los laboratorios. Tú debes recordar.

Hailey miró por la ventana de nuevo y clavó los ojos en la estrella azul.

—¿Justin está ahí con mi yo anciano?

—Eso no te lo puedo decir —Le acarició el cabello—, pero sí te diré que todos terminaréis reuniéndoos con las personas que conocisteis en el campamento. Diseñaste el plan para que nadie sufriera.

—Pero él no se acordará de mí.

Antia corrió las cortinas y encendió la lamparilla de la mesita de noche junto a Jake. Había oscurecido.

—Sabrá quién eres de forma inconsciente. Les hemos borrado los recuerdos, no los sentimientos.

Jake emitió un leve murmuro y se revolvió en la cama.

Antia abrazó a Hailey y ella se quedó paralizada. Ahora sabía que aquello que le despertaba aquella hermosa chica no era desconfianza, sino un sentimiento completamente opuesto.

De alguna manera, la ponía nerviosa porque le recordaba a ella con su larga melena negra y a Justin con sus profundos ojos azules.

—Créeme, sé que todo saldrá bien; tú misma me lo contaste. Debo irme.

Una luz azulada empezó a envolver a Antia, que sonreía y agitaba la mano mientras su figura se difuminaba con la luz.

Jake se incorporó con dificultad en la cama y miró a su hermana frotándose los ojos con el dorso de la mano.

—¿Hailey?

Las lágrimas empezaron a brotar de los ojos de Hailey, que se abrazó a su hermano.

Jake se sorprendió. Pero, al instante, el íntimo contacto con ella le gustó y se sintió aliviado, sin saber por qué, de tenerla a su lado.

La puerta de la habitación se abrió, dando paso al padre de Hailey y su abuela con el rostro preocupado por la extraña enfermedad que habían contraído los niños y adolescentes del mundo.

—¿Jake, Hailey?

La voz de su abuela hizo que ella corriera a abrazarla llorando con más fuerza.

—¡Estáis despiertos!

—¡Papá! —Hailey saltó a su cuello.

Durante varios minutos, la alegría y las lágrimas de felicidad llenaron aquella habitación y, poco a poco, también las demás del hospital, conforme los chicos y chicas salían de su profundo sueño, volviendo a su realidad con una nueva mentalidad.

50
SILBIDOS

Empezó a revisar la lista de libros que tenía que leer en su primer semestre en la universidad y se dedicó a buscarlos con tranquilidad en las estanterías de la tranquila y majestuosa biblioteca del campus.

Los años pasaron rápidamente y el mundo y la sociedad habían ido cambiado poco a poco, gracias a la actitud de los jóvenes que la Hailey anciana había reeducado en los campamentos y en la isla con su plan.

Al principio, Hailey pensaba muy a menudo en Justin, Lori y los demás miembros del campamento pero, con el tiempo, pasaron a ser un sueño borroso en su mente, a pesar de que el amor por Justin seguía viviendo en su corazón.

Cuando terminó el instituto, ingresó en la universidad para estudiar Biología.

Se encontraba recopilando información en su primera semana de clase, cuando cogió un libro de tapas viejas y papel amarillento y empezó a hojearlo allí mismo, de pie.

Sin saber por qué, empezó a sonar una melodía en su cabeza y terminó silbándola muy flojito y con un poco de dificultad.

Una carcajada se filtró entre los libros de la estantería y Hailey miró sobre ellos hasta ver el pasillo contiguo.

Unos brillantes y profundos ojos azules le devolvieron la mirada y, en el acto, una corriente vibrante se apoderó de su estómago.

—Es terrible eso que silbas.

Ella sonrió.

—El chico que me enseñó a silbar decía lo mismo.

—Espera ahí —susurró él.

Pocos minutos después, Justin aparecía en el pasillo de Hailey con varios libros de medicina entre sus brazos y una brillante sonrisa.

—No deberías silbar en una biblioteca, ¿sabes? —Ella sonrió, sintiendo su corazón desbocado latiéndole contra el pecho—. En realidad, no deberías silbar en ningún sitio.

—¿Hablas así a todas las desconocidas?

Justin se puso serio y enarcó las cejas.

—Me llamo Justin —Le tendió la mano sujetando sus libros con la otra.

—Hailey —Le devolvió el saludo.

—Me resultas familiar—. Ella se encogió de hombros.—Como me he metido con tu terrible silbido y esa cancioncita, ¿me permites invitarte a un café?

—¿Crees que te perdonaré con un café?

Ambos empezaron a caminar entre las estanterías.

—Perdonarme no sé si lo harás, pero al menos yo estaré tranquilo, porque mientras bebes al menos no silbarás.

Hailey empezó a reír escandalosamente y uno de los vigilantes de la biblioteca le llamó la atención para que no hiciera ruido.

Justin sonrió y el mundo de Hailey volvió a estar completo.

FIN

AGRADECIMIENTOS

Hay muchas personas a las que he de agradecer su ayuda y soporte constante para que ésta y cada una de mis novelas vean la luz, pero antes de nada, quiero agradecerte a ti que hayas dedicado tu tiempo a la lectura de mi historia y deseo de todo corazón que te haya gustado y sorprendido.

Evidentemente, y como siempre, quiero dar las gracias en primer lugar a mi marido, familia y amigos, cuyos ánimos constantes no dejan que me rinda. Sin vosotros ninguna de mis novelas sería posible.

Quisiera agradecer a Sergio su ayuda constante y sus maravillosas ideas para la campaña de marketing. Gracias por estar ahí siempre.

También quiero hacer una mención especial a nueve personas a las cuales he torturado durante casi dos meses con la campaña de marketing de la novela, y ellos muy amablemente me prestaron sus blogs para la promoción.

Muchas gracias por formar parte del mundo de COMA a: Amparo, Estela, Joe, Jony, Judith, Natalia, Patricia, Rocío y, al ya mencionado, Sergio.

Gracias a todos los lectores y seguidores de mis novelas por haber leído ésta y por ser fieles a todas mis historias.

www.ingramcontent.com/pod-product-compliance
Lightning Source LLC
Chambersburg PA
CBHW031101030726
47496CB00002BA/322